嫁接草木的人

张同 著

海峡出版发行集团 | 福建教育出版社

图书在版编目（CIP）数据

嫁接草木的人/张同著. —福州：福建教育出版社，2025.1

ISBN 978-7-5758-0139-3

Ⅰ．I25

中国国家版本馆CIP数据核字第202491X5T3号

Jiajie Caomu de Ren

嫁接草木的人

张同 著

出版发行	福建教育出版社
	（福州市梦山路27号　邮编：350025　网址：www.fep.com.cn
	编辑部电话：010-62027445
	发行部电话：010-62024258　0591-87115073）
出 版 人	江金辉
印　　刷	福州万达印刷有限公司
	（福州市闽侯县荆溪镇徐家村166-1号厂房第三层　邮编：350101）
开　　本	890 毫米×1240 毫米　1/32
印　　张	10.25
字　　数	230 千字
插　　页	1
版　　次	2025 年 1 月第 1 版　2025年 1 月第 1 次印刷
书　　号	ISBN 978-7-5758-0139-3
定　　价	35.00 元

如发现本书印装质量问题，请向本社出版科（电话：0591-83726019）调换。

序：

希望的田野

刘建新

读完书稿《嫁接草木的人》，我的眼前浮现一幅长江中游两岸农民在时代转型发展中不断成长和成熟的长卷。四十年艰苦创业，如今已近古稀之年的他们，仍然活跃在乡村振兴的舞台上。有梦想的人，没有时间苍老。他们勇于开拓、不断创新的进取精神让我心中升起久违的感动。从承包梨园、嫁接苗木开始，到多板块多元化产业发展，黄卫民、胡光琴这对农民夫妇用自己的智慧和实干精神，书写着在这片土地上奋斗的精彩，在这田野上播种着希望。

从个人脱贫到带领乡亲共同致富。如果说黄卫民、胡光琴夫妇找"下放"的种梨专家拜师学艺是脱贫心切，那么在他们成为指南村第一个"万元户"之后，嫁接梨子树苗在百里洲镇大力发展种梨产业，便是一种战略眼光的体现。百里洲的砂梨至今仍是这个镇上的重要产业，品种不断更新，品牌越来越响亮，被评为"中国十大名牌水果"。在他们举家搬迁到江北的滕家河种植花卉苗木的同时，又带动了滕家河村花卉苗木产业的发展，把村里几个因时运不济的困难户，通过提供种子、指导技术、包销花卉苗木的一站式服务，不仅让这些困难户很快摆脱贫困，还新建了楼房、家里有了存款，有的还买了小轿车。这些实实在在的变化，让这对农民夫妻在升起幸福感的同时，也让他们在乡村产业发展上有了更为宽泛的视角。于是，园林绿化产业就悄然发展起来，上到重庆，下到上海，东西南北，全国各地，选种育苗，承揽订购，预算结算，忙得不亦乐乎。每年都要承接几项大几千万元的绿化项目，他们组建了百余人的园林绿化工程队，天一亮就出发，天黑了才回家，如此辛苦的工作，重复做了几十年，这是他们勤劳的禀赋，也是中国农民的韧性，借用黄卫民的话说，是一种责任。一百多人，涉及一百多个家庭要生存，要发展，一刻也不能停下来。在湖北卫民园林建设有限公司，跟随他们夫妇一起创业的农民就有一大批，这么多年，相依相随，就像大集体时代的生产队一样，他们集体修剪，栽树移树，进行病虫害防治，每一项工程的完工，都是他们集体的成绩，更难能可贵的是，卫民园林为这些农民交学费，送他们到宜昌和武汉等地培训，这些农民都持有园林工程师的资格证，走到哪里都具有独当一面的能力，已经有别于传统意义上的农民。

　　繁育"枝江枫杨"，创造生态保护奇迹。枝江枫杨是国际植物界的珍贵树种，有极高的生物科研与经济价值，世上存活极少。1979年，枝江市董市镇周湖村一棵砍伐的百年枫杨树桩上长出新枝，被原枝江县林业技术人员调查发现。由于其树干和材质均不同于普通枫杨，属国际植物界的珍贵树种，有极高的生物科研与经济价值，国际植物学会将其命名为"枝江枫杨"。在枝江枫杨被命名后的二十多年里，湖北各级林业专家试图通过扦插、嫁接、直接采籽等方法，对枝江枫杨进行繁育，但均以失败告终。2008年，受枝江市林业局的委托，在苗木繁育方面极富经验的卫民园林公司开始进行试验，历经多次失败后，应用扦插法成功培育出了5棵枝江枫杨，成活率达到95%以上。2014年8月，卫民园林申报的《一种枝江枫杨繁育方法》获国家发明专利授权，应用这项技术，在苗木基地成功繁育了27棵枝江枫杨，并安排人员常年养护，人工培植的枝江枫杨如今已长成参天大树。枝江枫杨是独有的世界物种，是枝江的一张名片。黄卫民、胡光琴用成果再次证明了"实践出真知"这一真理。在保护生物多样性上做出了了不起的贡献。在这里，我想说的是，不要小瞧农民的技术和创新。他们在田间地头的长期实践，读懂的是人与自然和谐共生的某些密码，是一草一木在四季轮回里的喜怒哀乐，这和书本上的理论探索一样，妙在其中，甚至可以说更直接、更有说服力。

反哺故土，传递善心。因为交通不便，黄卫民、胡光琴的老家指南村相比于江北的村庄，其发展仍然显得缓慢，村集体经济单薄。村卫生室是修建了，却没有装空调。村支书来找黄卫民他们"求援"，要他们赞助两台空调。黄卫民和胡光琴买了两台空调，带上安装的师傅送到指南村。在我国的许多地方，由于地域禀赋、政策因素等多方面原因，发展极不平衡，就像人与人之间、家庭与家庭之间的差距一样。由两台空调引出的"百里洲的村支书们过了一个无债年"的故事，让我们看到一个个在外打拼的成功人士反哺故土的可喜画面。当负债累累的村庄摆脱债务的时候，像一个需要拉一把的新生孩子，多方关注与供给，其发展才会顺畅一些。因为有胡光琴这样的榜样，枝江女企业家队伍中也涌现了覃立新、郭钟华这样的热心故土发展的女能人，她们在做实业的同时，也在以各自的方式反哺家乡，这样的带动既是正能量的传递，也是能够映衬她们高尚情怀的一面镜子。

除却这对夫妻的创业历程和爱心善举，本书还勾勒了许许多多边边角角的故事。如"疫情"期间的趣事，实际上是在衬托黄卫民、胡光琴夫妇在非常时期的坚守和付出；写家乡在建桥，实际上是想表达这对农民夫妻参政议政的热情和责任；写作者本人辞去枝江作协主席这一社会职务，民间艺人杨和春用方言乡音演唱的楠管段子等，表达的是对新型农民的价值认同。所有这些都为《嫁接草木的人》做足了时代背书。农民的成长离不开时代大环境，他们虽然出生孤岛百里洲，但他们不是孤立存在于社会空间，而是和他们生存与发展相关的人、物、地域等时时都在发生关系。从他们的日常里记录，在他们的进步中寻找，寻找于社会和时代有意义的东西，这是一个作家必须具备的独特视角。

2018年中秋，因为作者张同的报告文学《绿色钥匙》研讨会，我有幸认识了《嫁接草木的人》中的主人公黄卫民和胡光琴夫妇，他们的创业故事被媒体朋友誉为"打赢脱贫攻坚战的时代镜像"。他们低调的做人风格给我们留下了非常深刻的印象。那次研讨会之后，卫民园林又兴建"三峡奇石馆"、建"枝之绣坊"、新上研学项目等大投入，都是在传播生态文化，培养生态小公民，其情怀值得点赞。当我从书稿"一次难忘的接待"章节里读到胡光琴为"一带一路"16个发展中国家44名女高官上生态课的时候，我的眼前为之一亮，更令人欣慰的是，当她讲完课之后，那么多的外国女高官都邀请胡光琴和黄卫民到她们国家去做园林景观设计，我不禁为我们中国的农民感到骄傲和自豪。从书稿中，我也知道黄卫民、胡光琴夫妇有了两个可爱的小孙娃，孙儿和孙女，而且知道他们的女儿也生育有一儿一女，老一辈凑成的"好"字，在小字辈中继续"好"，这是中国传统家风的力量。当现实生活中许多时尚族不愿结婚，更不愿生娃的现象不时进入我们的视野，我始终相信良好的传统家风的价值和魅力，才是我们这个民族生生不息的文化源泉。就像当初很多人离开乡土到远方寻找所谓的诗和远方，而黄卫民和胡光琴扎根乡土，把脚下的土地变成了别人的诗和远方一样。几年前读过刘铁芳著的《乡土的逃离与回归》，对书中提出的空心化村庄的问题、乡村教育问题无不感同身受，但看到《嫁接草木的人》，仿佛找到了答案，也找到了乡村振兴的底气。

张同老师对文字有着天然的敏锐和灵性，她用质朴清新的文字拼贴起一对农民夫妇乡村创业的故事，而这个故事带给人们并不流俗的感悟，和一个对于乡土社会和时代发展比较清晰的答案。

一切优秀的文学作品，无论是批判还是赞美，都必须导人向善或者给予希望。

本书对乡村世界细微之处人间烟火和温情善意的描摹，感人至深；对乡村振兴时代洪流中新农人奋斗进取的刻画，激越动人！如此，这算得上一部优秀的文学作品，因为它饱含"善"与"希望"，特别是对我们世世代代生活的这片田野的希望！

（刘建新，毕业于武汉大学新闻与传播学院，获新闻学博士学位。现任长沙理工大学文学与新闻传播学院院长，教授，硕士生导师。）

目 录

序：希望的田野　刘建新

引子 / 001

1. 绣娘转行 / 011

2. 书香花香滕家河 / 020

3. 小枝条的远方 / 025

4. "枝江枫杨"之恋 / 030

5. 娃娃鱼来过 / 035

6. 柚子树下的合影 / 039

7. 家庭农场启示录 / 044

8. 一个老农的"晚来福" / 053

9. 古树迎嘉宾 / 063

10. 规划采摘园 / 069

11. 方言乡音唱劳模 / 074

12. 小酌 365 / 086

13. 有趣的弟妹 / 094

14. 金贵的雨水 / *105*

15. 回归 / *111*

16. 别样的生日 / *117*

17. 等你回家吃饭 / *124*

18. 梧桐树下 / *130*

19. 一次难忘的接待 / *149*

20. 针线岁月里的暖 / *156*

21. 此时此刻 / *162*

22. 复壮的古香樟 / *169*

23. 客从关洲来 / *174*

24. 研学开新局 / *181*

25. 插曲——平静的喜悦 / *204*

26. 空调引发的话题 / *209*

27. 家乡在建桥 / *225*

28. 成家与立业 / *232*

29. 拍戏 / *236*

30. 他从陕西来 / *245*

31. 娘子军们的时光韵 / *252*

32. 秋月作证 / *271*

33. 亲近乡土少年游 / *279*

34. 新生代成长 / *288*

附录

打赢脱贫攻坚战的时代镜像

——读张同的报告文学《绿色钥匙》 刘志刚 王宏波 / 297

一幅写意的山水画 董传莲 / 302

淡淡桂花香 陈剑萍 / 306

后记 / 311

引子

　　戊戌年初冬的北京，中国妇女第十二次全国代表大会如期举行。央广网记者刘乐在现场采访，面对一个个妇女代表热情洋溢的参会体会，刘乐感到收获满满。但这位年轻的记者也有他独到的眼光。他发现了一个衣着朴素、神情淡定的妇女代表，而她并不像有的代表那样主动接近媒体。越是这样，越是引起了刘乐的好奇。他主动找到这位代表，和她说话。这位来自湖北枝江农村的妇女代表叫胡光琴，这一年已满六十周岁。谈到参加这次大会，胡光琴感到光荣和自豪，她非常感谢党中央和各级妇联组织对基层妇女的关心和爱护。面对记者递过来的话筒，胡光琴一点也不怯场，她像和邻居聊天一样自然："在我们湖北枝江，一直有尊重勤劳致富的好传统。80年代初，我和爱人黄卫民从十亩梨园开始，尝试在梨树下种植花卉。在改革开放的好政策中，我们有机会跑市场，学习花卉新品种种植技术，创办卫民园艺场，开始了花卉苗木生产经营一条龙的产业发展。在近四十年的辛勤耕耘中，我深深地感到，绿化事业是辛苦的，但也是最值得的。每当完成一项绿化工程，就给大地穿上了一件绿衣。这些年来，是党的富民政策为我们指明了发展方向，提供了政策支持，现在的我，想到的是肩上的责任，那就是要携手更多的姐妹，与她们一起活跃在乡村振兴的舞台上。"

刘乐在网上百度了一下"湖北枝江胡光琴"，原来，胡光琴在枝江当地是个小有名气的人物，她和丈夫一道白手起家，从普通农家女成为拥有几千万资产的园林公司总经理，称得上是农村妇女中致富的先行者。能有机会出席全国性的妇代会，本应是一件自豪和荣耀的事，胡光琴却开心不起来。因为到北京来开会之前，和儿子黄雷的几句口角之争让她深深地感到困惑和痛苦。她不明白自己和丈夫辛苦建立起来的家业，儿子却不愿意跟着他们的步伐走，而且还振振有词，希望他的爸爸妈妈到国外去疗养一段时间，钱他来出！那意思是爸爸妈妈守旧了，落后了。在胡光琴看来，人生最大的悲哀在于，你忙碌了一辈子交出的家业，孩子们看不上。而这些，她没敢跟记者讲。家丑不可外扬。黄雷再怎么着，那也是她的儿子，她不能在外人面前说儿子半个"不"字，尽管她心里像被什么堵着一样难受。也许，是自己落后了吧。她这样化解自己内心的困惑。黄雷毕竟是新生代，他们所生活的时代与二十年前大不一样了，这小子毕竟又在英国读书三年。见识、想法、行动不可能和老一辈晚睡早起忙里忙外的节奏一致。当年怀黄雷的时候，临近分娩的前一天晚上，胡光琴还一只腿跪在地上数了十几万根树苗。丈夫黄卫民心疼她，说等孩子生了，一定要让孩子记得父母吃过的苦。胡光琴那时笑着说："我们多吃点苦，就是为了孩子不跟着我们受苦。"这些年，儿子读书一帆风顺，北外毕业，留学英国，回乡成家，怎么突然间，在守业兴业上，意见如此分歧呢？胡光琴百思不得其解。毕竟，胡光琴是见过世面的女性。意见分歧总是存在的，或许这种存在就是一种动力,迫使你去学习,去追问,去反思,去解决。她把这种困惑深藏在心里。夜已经很深了,深秋的北京,有了浓浓的寒意。胡光琴翻开妇女代表大会的报告,又认真读了一遍,明天的讨论发言,她已经想好了内容。这个心记利害的女性,在第二天上午湖北代表团的讨论发言中,如数家珍一样,把报告的主要内容和学习感想说得流畅自然、朴素深刻。她好像忘记了这是在北京人民大会堂的某一个厅参加集体讨论。她的从容与自信,感染着身边的代表们。代表们也记住了她,这个来自湖北枝江的农村妇女。

此刻,在胡光琴的湖北卫民园林建设有限公司,一场浪漫的草坪婚礼正在举行。这里曾是枝江城北的一个小山坡,也是枝江城区的一个制高点。2000年的时候,黄卫民、胡光琴夫妻迁到这里,在这里投资兴业,创建成今天的卫民园林。园林占地百余亩,地方不大,却经典精致,有南方园林特色,也有现代田园特征,是浓缩版的森林农庄,也是田园中的锦绣城堡。这个草坪,自建成以来,已见证了300多对新人的浪漫爱情。这个草坪也是时代进步的产物,是年轻一代崇尚生态环保的选择。大家可以在草坪上听音乐、阅读、聚会,也可以躺在草坪上仰望蓝天,夜晚在草坪上数星星。草坪的一端,有两棵造型别致的老榆树。这两棵树是园林主人黄卫民和胡光琴夫妇俩从长阳大山深处买过来的,移栽到这里后,它们彼此向着对方生长。夫妻俩盼望着,这两棵树十年或许百年,它们会枝叶相连。这两棵树在举办草坪婚礼仪式时,常常充当了背景墙的支撑,有了这两棵树,婚庆公司在安装舞台的时候便可减少工作量,正是这两棵树和草坪,吸引了无数枝江和周边县市的青年男女来这里拍摄婚纱照。园内古树参天，百鸟欢唱。古树林中，一蔸八树或一蔸十树的丛生香樟随处可见。这些丛生奇树，有的来自深山老林，有的来自江汉平原，移栽到这里十多年之后，已根深枝繁，续写着生命传奇。这些丛生香樟，丛生银杏，树龄均在100年以上。沿着古树的小道，颇有曲径通幽之感。园内小道，没有一条是直的，都是弯弯曲曲，曲曲弯弯，象征着人生的路，没有过于平坦的大道，总是在曲折中发现一片新天地。这里径与径相连，道与道相通，小径连着大道，每一条小径两旁，都有不同的风景。有"园中走一趟，江南水乡心中装"的愉悦。这些都是黄卫民、胡光琴夫妇俩在建设这片园林时的设计。

园林的建筑，不像有的建筑，印上了鲜明的时代特色。这几栋建筑没有时代感，也没有枝江本土建筑风格特色，它具有异域风情，像日本的农庄，也像欧美国家的小别墅。五栋之间，楼宇相连，集餐饮、住宿、商务、会议为一体。自2016年1月开业以来，人气十分兴旺。科教文化界大咖，尤喜来此食宿，称赞这里的优美环境是配送的福利。这栋建筑的负一楼，珍藏有3000多件三峡奇石，有出自枝江玛瑙河的玛瑙石，也有来自远安、长阳、兴山、五峰、猇亭等地的奇石。有些石头，从画面上看十分美观，被赏石爱好者赋予贴切的命名，如"玉兔听涛""月夜花径""鱼翔浅底""三峡大坝""金湖湿地公园""万里长江第一洲"等独具个性特色和魅力的石头，是大自然的巧合赋予了这些石头神奇美丽的图案。这些石头是黄卫民平时收集的，他爱好石头，平时做绿化工程也需要用到石头，日积月累，竟有了3000余件。说起石头，枝江有一大怪象，捡石头的爱好者竟有300多人。枝江市文联还专门成立了奇石协会，由黄卫民担任协会会长。有了奇石馆之后，奇石协会的部分会员都愿意把自己收藏的作品拿到馆内来展示，由卫民园林提供展示柜台。这样一来，馆内平添了许多"热闹"。湖北化肥厂的退休职工谢志忠，1950年出生于沈阳，性格和善，乐于助人。80年代初期开始收藏石头，退休后兴趣集中在石头上。家里收藏奇石上万块，有十四个系列。他学过中医，爱好民间艺术。宜昌、荆州和周边县市的石友经常光临谢志忠的家，交流奇石。为活跃枝江本土的奇石文化生活，他在枝江五柳公园提供过两年的奇石展览。有部分精品奇石已收录卫民园林三峡奇石馆。从捡石头、赏石头中，谢志忠既开发了智力，又锻炼了身体，年近七十，身健思敏。有趣的是，他的夫人也爱好捡石头，于是，各种奇石便成为他们家的艺术组合。他收藏的石头有"禅石系列"，如"布衣和尚""弥勒佛""苦行僧""修行""净心禅悟"等；"古今中外名人系列"，如"一代文豪鲁迅""高尔基""贝多芬"等；有"字面石系列"，如"人"字石、"火"字石、"山"字石等，对于谢志忠老人来说，赏石捡石已经成为他的精神世界。他听说很多石友都把石头拿到卫民园林奇石馆去参展了，便来到卫民园林"考察"，发现把石头放在这里，可以起到推介的作用。于是，他从家里精心挑选了部分石头，也借用了奇石馆一个柜子，展示自己收藏的石头，这样一来也丰富了奇石馆馆藏的内容。

园中靠东一角，有几棵高大的柚子树。柚子树本不稀奇，稀奇的是这里的柚子树上可以同时结出橘子、橙子，三种果实的成熟期差不多，这是园中主人在嫁接上的又一次技术创新。黄卫民和胡光琴在柚子树上嫁接了红橘和脐橙，每到果树成熟的季节，红黄橙三种颜色的果实共享一棵树，呈现出别样的风景。2018年深秋，正是"一年好景君须记，正是橙黄橘绿时"，不知是哪位摄影爱好者拍出了这里的"一树三果"，一时间，爱好摄影的人纷纷前来。其实，在这个园林里，最值得拍摄的树是那棵高六丈八的老榆树，其冠荫一亩三，有一树成景之美。树的前方，有一棵高四丈有余的榆树，人称"母子榆树"。2013年，这棵子榆树遭雷击，树干被劈开两尺多长。黄卫民、胡光琴夫妇俩心疼得不得了，为这棵子树包扎伤口，并清理了伤口周边的杂物，用吊瓶补给子榆树需要的营养。半年之后，这棵子榆树奇迹般恢复了"元气"。近两年，在子榆树的旁边又生出一棵小榆树，成了"祖孙三代"。置身于这样的园林，不禁会发问，这个园林现在价值多少？2017年5月，福建一个大商人看了这个园林之后，愿意出1个亿买下这个园林，商人说他太喜欢这里的造景了。黄卫民听了笑呵呵地对主人说："再加两个亿我可以考虑。"商人竟然追问："此话当真？"胡光琴接过话说："我们农民现在不差钱了，别说三个亿、四个亿，您出十个亿我也不卖，我们要建一个样本，并且希望几年之后，枝江农民都有这样的美丽庭院！"福建商人走后，胡光琴嬉笑黄卫民："卖园林这么大的主，你也敢做？再加两个亿可以考虑，人家一听你就是个说话不靠谱的。"黄卫民解释道："我是想试探一下他，是真想要还是假想要。你莫说，我说再追加两个亿，他还怕我反悔，这也说明我们这片园林，人家真看得上，瞧得起。借此评估一下园林的价值，有什么不好吗？再说，他若真的买了，进账3个亿，我们用自己的双手再造一个更大的园林，那不等于给枝江引资进来了吗？那不就是为我们枝江的发展做了一件好事吗？"胡光琴反驳道："你做美梦去吧。我看这个商人没这么大的实力。说出去的话如泼出去的水，你说卖就要卖，等你想反悔说不卖的时候就迟了，人家说你不讲诚信。"夫妻俩争争吵吵是常事，好在彼此不骂人、不打架，逗来逗去，逗一大圈，话题又回到日常生活中，回到对儿女们成长的关注中。黄卫民习惯地把这样的争吵叫"果空"。有时候会说到一些正事，比如百里洲什么时候可以建一座大桥。夫妻两人，黄卫民是宜昌和枝江两级人大代表，胡光琴是枝江市政协委员，他们在各自的建议案和提案中，不止一次发出对百里洲要建一座桥的呼吁。从儿子黄雷1991年出生时开始，他们和父辈们的盼望一样，盼望百里洲能建一座桥。如果不是因为交通不便，黄卫民和胡光琴也不会在儿子出生那年从百里洲指南村举家搬迁到江北滕家河。几十年过去了，从百里洲到枝江县城，依然要靠乘船才能到达。他们参与呼吁建桥，为家乡的发展尽自己的努力。

2018年5月9日，我和胡光琴去看卫民园林建设有限公司在宜昌伍家岗东段沿江大道上的绿化工程。到达的时候，已近10点。五月的阳光照在人身上，能唤醒体内的汗神。这里，市政施工正在进行，时有拖沙石的、拖扣板的工程车来往于已刷黑的公路上。公路右侧预留的花坛里，有已栽了的女贞，每隔两尺挖有一个小窝，这里即将栽上从浙江运回来的杜鹃树。这天工地上有28个人，除了看见开洒水车的何峰师傅、挖树窝的王师傅和罗祖伦是男的，"大部队"均是清一色的女将，她们的工作服都是红底小碎花的外套，戴着小碎花的遮阳布帽。我们的小车在工棚前停下，已有两名女将在做饭了，见到我们，她们热情地打招呼。我放下背着的小包，拿起铁锹，准备帮忙栽杜鹃树。胡光琴说，你让她们来栽，免得把衣服和鞋弄脏了。见我很执着，她也来帮忙。我以为，栽树是个很简单的事，特别是眼下只有膝盖高的小树。胡光琴告诉我，先要把树蔸儿放正，不然树蔸儿歪了，树型就会受影响；放树蔸的时候，要塞上细土，以便根须在融入新土之后很快生长。栽在花坛里的树，要整齐划一，不能东倒西歪。按照这个要求，我栽了五棵杜鹃树，已是大汗淋漓。王师傅扛着锹来了，胡光琴告诉他，这花坛里的石头和废弃的水泥柱比较多，一定要清理出来。在我栽第六棵的时候，果然在挖好的小窝里，看见两尺来长的斜角石头，王师傅挖了二十多分钟才将那块大石头挖出来。后又接连不断地挖了几块长方形的大石头。我说，这绿化工程不好做呢，难度挺大的。特别是市政建设中的地段，砖头石头的清理难度大。胡光琴说，没有哪一项工作是容易的，每一项工程都是用汗水换来的。

许是久没做这样的体力活儿了，加上我没戴帽子，没喝水，一会儿竟有一丝头晕的感觉，贫血症状。虽如此，在这样的环境里，我是喜欢的。大家一起劳动，有说有笑，200多棵杜鹃树一会儿就栽完了。胡光琴一声："吃饭了！"，大家收工进棚，洗手拿碗。香喷喷的工作餐已摆在长桌上了。长桌是两块小铺板拼的，上面铺了桌布。有一大盆鱼炖黄瓜，一大盆肉炒青椒，一大盆肉炒土豆丝，一大盆肉沫咸菜和一大盆西红柿蛋汤，够丰富的了。大家围坐在一起，吃得津津有味。胡光琴告诉我，人多的时候，有200多人吃饭，烧火做饭的就是几班人。我笑问道，是公司还是生产队啊？胡光琴也笑了，她说或许都像，又都不像。我问几位大姐，这做饭是轮流做还是指定有专人。她们告诉我，是轮流做饭，来这里干活的都是在家里做过饭的人，还有人当过大厨。我感到这天吃在口中的饭菜就是大厨做的，开胃爽口，吃了一碗还想添第二碗。我说，喜欢看她们身上的花衣服，就像她们手中栽种的花草，既鲜艳夺目，又朴素自然。你看她们的衣服虽然都是红底色小碎花田园风，细看又有诸多的不同。有的是牵牛花，有的是榆钱儿，有的是小水仙，有的是茉莉，真是百花齐放，百媚千红。其中一个短发的大姐说："这衣服便宜，又好洗，才30多块钱一件！"我是想说，这衣服，穿在她们身上，与她们朴实的脸、与她们从事的工作都很相称。她们都是枝江董市镇和安福寺镇一带的，这几年跟随着胡光琴他们从事绿化工程，既增加了收入，也增长了见识。每天早上，黄卫民安排司机把她们送到工地，下午收工后又接她们回家。"我们知道老板不容易，但老板从不拖欠我们的工钱，蛮舍得！我们这些人，生怕黄老板他们有事不叫我们。"一个来自安福寺的大姐告诉我。吃完饭，在工棚里休息一会儿，她们又到工地上去了。

老天爷像长了眼睛似的，太阳躲进了云层，使仍在工地上劳作的她们不至于在太阳下暴晒，新栽的杜鹃树成活的概率也更多一层。在这样的劳动场景中，面对这样一群劳动的女将们，我不觉想起如今流行的旗袍秀，那些每人拥有三五件或更多件旗袍的资深美女方队，秀出千姿百态万种风情，那也是一种生活的美。但在我的骨子里，更喜欢田园风的女将们，她们没有油纸伞，不穿高跟鞋，不搽脂抹粉，不纹眉涂唇，任由风吹日晒，她们更显精神。我仔细观察这天出勤的20多个女将，没有一个长得胖的，这一群五十五岁以上的乡村女将，她们的头发也是黑油油的。她们经年野外劳作，无须减肥，那身材，那模样，那种做事的干练，一个个简直就是乡村女神。看到她们，会情不自禁地想起老家，想起至今仍在乡村的姐姐，甚至想起母亲五十多岁时的样子。离开工地的时候，望着这一批从浙江运回来的杜鹃，从此生长在宜昌的土地上，装扮城市的美好，不由得感叹，这一群来自枝江乡村的她们，也算得上是人类生活的美容师，她们用辛勤的汗水换来报酬，既知足常乐，也心安踏实。和她们在一起，心理上会有一种自然的亲近感。仿佛我本身就是她们其中的一员。五十多岁的乡村女性，在完成自家责任田里的事情后，进入卫民园林的绿化队伍，挣点收入，何乐而不为。从和她们的交流中得知，她们是喜欢集体生活的。一个人干活和一群人干活，氛围不一样，效果也显然不一样。分田到户之后，大家各忙各的，乡村人与人之间的交流相对少了。当年承包土地的那一批年轻的农民，如今都上了年纪。这一群年过半百的乡村女性，愿意在卫民园林这样的环境中融入集体，过有说有笑当然也有烦恼的日子。

蒿草丛中有兰香，百姓层面有传奇。老百姓自己的故事，有时像春天的一枚茶芽，有时像八十度的老窖，浓淡之间，苦甜之间，欢笑与泪水之间，它们在中国大地上真实而丰茂地生长着。2018年中央1号文件中有这样一段话："实施乡村振兴战略，必须破解人才瓶颈制约。要把人力资本开发放在首要位置，畅通智力、技术、管理下乡通道，造就更多乡土人才，聚天下人才而用之。"这与党的十九大报告中提出的要培养一支懂农业、爱农村、爱农民的"三农"工作队伍一脉相承。"乡村振兴"这项大的国家战略，是由无数个地方战略组成的大集成，承载着千千万万个农民的梦想。只有置身于烈日之下、泥水之中，才会切身感受到农民的梦想里栽种了什么样的秘密和期许。

于是，我融入这一群绿化的人物之中，用手中的笔记录他们。

1

绣娘转行

1979年，时年21岁的胡光琴在江口刺绣厂当绣花工，师傅是杜海英。出生于1935年的杜海英是松滋朱家铺人。8岁开始学刺绣，21岁嫁到江口，在江口服装厂刺绣组工作。凭着在刺绣上的天赋与勤奋，她的刺绣成为古镇一绝，完全可以和四大名绣——"苏绣""湘绣""粤绣""蜀绣"媲美。武汉汉绣的同行看了杜海英刺绣的作品后，要她到武汉去发展，当汉绣的传承人，杜海英舍不得离开江口小镇，谢绝了同行的好意。1970年，杜海英下放到离江口不远的桃花垱，因为不会农活，就给村里的人做衣服。那时"做上工"，一天1.2元的工钱。直到1979年才回江口。在杜海英多年的刺绣中，绣过的作品有多少，她已经不记得了。只要一拿起针和线，她就进入状态，飞针走线，什么事都不想了，一心一意地把图案绣好。绣好一幅图，哪里要用"飘针"，哪里要用"空心针"，哪里要着什么色，哪里是渐变色彩，都十分讲究。在没有灯光的夜晚，杜海英借着月光绣花，质量毫不打折。跟着这样一位师傅学绣花，胡光琴不仅得到了真传，还因为心灵手巧深得杜海英师傅的喜爱，常常点拨胡光琴，绣花蕊时应怎么绣才显得真实生动。在众多的徒弟中，杜海英特别喜爱胡光琴，把她当作年轻时的自己。后来刺绣厂解散，胡光琴又回到指南村。在村里，她是科研组的成员之一。

邻家的玉姐姐要出嫁了，胡光琴心里有诸多的不舍，她们一起下田劳动，一起到外村看电影，就像自己的亲姐姐一样。胡光琴那时家里穷，买不起贵重的礼物送给玉姐姐，就熬了两个夜工，绣出一对漂亮的荷花图案的枕巾。玉姐姐看到那对枕巾上含笑盛开的荷花，高兴得抱着胡光琴哭了。这千针万线组成的荷花图案里，有两个姐妹二十多年的纯洁友谊，有她们一起共同度过的青春时光。胡光琴绣花的手艺在指南村颇有名气。一夜之间可以绣一双鞋垫，而且自画自绣。平平常常的一张桌布，胡光琴绣上两只活灵活现的蝴蝶在上面，便有了灵动的艺术气息。在没有电灯的夜晚，她也可以像师傅杜海英一样，在月光下飞针走线，同村的姑娘们佩服得不得了，常常围着她向她请教刺绣手艺。她也热心地教她们，就像当初杜海英师傅教她一样。"生在农村，种田绣花织毛衣，洗衣做饭纳鞋底，这是起码的基础课。"胡光琴回忆道。只是，三十年后的农村，年轻的姑娘们会做这些事的少之又少，即便有，怕也不会有那么全面的了，而是手机在手万事休！胡光琴从江口刺绣厂回来后不久，就与同村小伙黄卫民结婚了。当时，黄卫民家里也可以用一贫如洗来形容。公婆依照农村礼数，把一串已有岁月痕迹的旧钥匙郑重地交给了她。胡光琴接过钥匙，心中感到沉甸甸的。这意味着，这个家庭的责任，她胡光琴要担当起来。刚成家的时候，婆婆要她跟着黄家房族一位婶婶学裁缝。毕竟在刺绣厂做过工，胡光琴有车工基础，她也非常愿意去做裁缝，可是仅仅跟了三天的师傅，她就发现，这个师傅与她性格相去甚远。她跟婆婆说，世上的路有千万条，不做裁缝可以想办法谋求别的出路。今天看来，胡光琴的选择是对的，如果她当初学会了缝纫手艺，或许她会是一个出色的裁缝，而荆楚大地上就会少一位杰出的园林专家。

80年代的百里洲，刚刚从改革开放的号角里醒来。虽然与县城枝江隔着长江，但洲上人杰地灵，从不缺乏先知先觉者。指南村的黄卫民、胡光琴夫妇便是改革开放以后百里洲上最先行动起来的一批人之一。"不是人的胆子大，说到底也是底子太薄了被逼出来的！"胡光琴解释道。

指南村在百里洲不是最富裕的村，但村里有个科研组，同时还有一个果木园。果木园的负责人叫黎宗应，是百里洲上最先种砂梨的人。那时候的百里洲，基本以粮棉种植为主，果树和特产种植尚属新生事物。1980年，时逢指南村30亩梨园要承包到户，村里采用了抓阄的方式承包，30亩梨园分给3户人家，每户10亩。胡光琴家抓中了其中的一个。虽然平时也在村里的科研组，但对种梨的技术，并不是全面了解，或者说了解还不精深。承包梨园后，他们夫妻俩三天两头往黎宗应家里跑。黄卫民有的是力气，帮黎宗应挑粪、浇水，但凡下力的活儿，黄卫民都帮黎宗应做，为的是积极向黎宗应请教种梨的技术。两个多月的时间，黄卫民渐渐摸熟了栽培、嫁接要点。

俗话说，庄稼一枝花，全靠肥当家，种果树也一样。施什么肥，决定了果品的质量。1981年春天，梨花在春风中悄然开了，喜欢绣花的胡光琴真想把素洁秀气的梨花和长出的嫩叶儿绣在手绢上。然而，她没时间绣花了，她要用这十亩梨园大干一场。天还没有亮，胡光琴就起床，和黄卫民一起拖着板车到榨坊里买来棉饼和棉油下脚料，当作肥料施到梨园和棉花田里。虽然比起施化肥和磷肥，成本高了些，但对土质有特别的养护作用。"那一年的棉花朵儿好大，手一挨着就摘下来了，两朵就是一大把，握在手里胀手呢！拖到采购站的卖特级！"胡光琴沉浸在对丰收年的回忆中。那一年的梨子也丰收了，其中有一个梨子，长到5斤7两，村里说，胡光琴种了个"母梨"，被拿到武汉参加农业博览会的展览，人们称这个大梨为"梨王"。有人提出疑问，长这么大的梨，肯定是基因变异了，或者其肉质、含糖量、口感均达不到常规梨。于是大家要品鉴这个梨王。结果，这个梨肉质细嫩，脆甜可口，比常规梨的口感更胜一筹。胡光琴说，长这么大的梨，皆因为饼肥的作用。这一年，她家的梨子就丰产10万余斤。他们家成了百里洲最早的一批万元户。

有了这一年的丰产丰收，胡光琴种田的积极性更高了。连续几年，梨价看涨，激发了百里洲上许多农民栽种梨树的热情，从1983年开始，夫妇俩开始种梨树苗和柑橘苗，他们较早地掌握了梨树苗种植技术和嫁接技术，此后几年，果树苗供不应求。于是，春天里卖树苗子，秋天里卖梨子和柑橘，夫妻俩忙得不亦乐乎。

农历1984年，是甲子年。对种田人来说，是最具期待的一年，民间说"有人过得甲子年，吃不完的米，用不完的钱！"那一年确实是风调雨顺，庄稼长得壮实，农田一片丰收的景象。这年初夏时节，胡光琴走亲戚回来的路上，她看到一户人家门前种的几棵黄杨木很漂亮，就想把自己果园四周也栽上这种好看的黄杨木。一个星期后，他们的果园四周便扦插了黄杨木苗儿，像平地而起的绿色小卫士。"黄家屋里有一个亲戚，他看到我们种的黄杨木苗子后，非常赞许，并建议我们向花卉苗木方向发展。他跟我们说，中国人喜爱花卉园艺，过去有钱人都很喜欢建园林，玩花草，现在生活越来越好，今后我们这里肯定也会兴起的。我们觉得他说得很有道理。但是我们当时根本不知道种什么好，也不知道从哪里弄种子。他就帮我们联系台湾的朋友，请他们从台湾给我们寄来了一大包花卉种子。"胡光琴回忆说。

收到种子后，胡光琴和黄卫民专门拿出一块地，种下台湾寄来的十多种花籽。几个月之后，他们的自留地里鲜花开得姹紫嫣红。两人决定把鲜花拖运到刘巷集镇上去卖。指南村离刘巷集镇近十公里，不怕吃苦的胡光琴半夜里就起床，用板车装了花钵，和黄卫民一起拖到刘巷集镇上。松球盆景，3元一钵，其他鲜花，根据大小，5元、3元一钵不等。初次"试水"，一天竟卖到500多元。跑了几天集镇下来，种花的本钱弄回来了。有一天，他们从刘巷集镇卖完花回到指南村时，已是黄昏时分。见全村人都在修路，而这条路正是通向他们家门口的路。他们俩就问村支书："这也不是冬天修水利的季节呀，今天这是怎么修起路来了？"支书脸上露出开心的笑，说道："为了你们！明天，县里领导来你们梨园参观花卉呢！把你们推成发家致富的重点了！"有的村民就开起了玩笑，说："黄哥，胡姐，请我们吃糖呀！"

路修宽了，胡光琴和黄卫民好生感激。第二天，阳光似乎格外明媚，十八辆小车开进了指南村，准确地说，开进了胡光琴的梨园旁边，几十名省、市领导来梨园参观。梨树林里，种满了各种花草，像植物王国的"复式楼"，一般人家，梨园就是梨园，而在胡光琴的梨园，梨树上结果实，梨树下是花卉，不仅可以有两项收入，而且如此套种种植，把田园装扮得锦绣如画。或许是她有一种绣花情结，即便是种田，她也像在大地上绣花一样。时任枝江县委书记张业玉陪同省市领导在参观了胡光琴的梨园之后，又来到胡光琴的家里，参观他们的庭院经济。房子是旧的，但从房前屋后的收拾与打理上能看出主人的勤劳。菜园里几乎没有一根杂草，屋后的葡萄藤根据主人搭建的架子肆意地攀援，大钵小钵的花卉毫不矜持地一展芳华。"这样的庭院，简直就是金不换嘛！"来参观的一个干部这样称赞。这个干部看了屋前，又看屋后，参观的领导纷纷上车了，他还在这里看。黄卫民就说："领导，您怎么还不走啊？他们都上车了，您再不走就掉队了！"这个领导说："不要紧的。你们很不错，我们要大力支持你们发展。你们有什么困难，就去找我。我帮你们解决。"没想到这对憨厚老实的夫妻，两人几乎异口同声地说："没有困难，谢谢领导关心！"来参观的领导们走后，黄卫民问乡政府的一位干部，最后走的那个领导叫什么名字，是干什么的。乡干部告诉他，这位领导叫许元甲，是县里分管财经的领导。"人家是县里的财神爷，财神爷问你们有困难没有，你们说没有！你们除了会种田，脑子硬是不开窍！"

是的，这两个只会种田的农民，他们的兴趣和关注点更多的是在技术和市场上。种苗木种花卉，不仅带来了可观的收入，还因为带动部分同村的农民勤劳致富，他们夫妻俩在村里很是受人尊敬。80年代初，他们家买了台黑白电视机。每到晚上，几乎是一个队的人，男女老少，都来到黄卫民家看电视，站的站，坐的坐，还有的自己带椅子，就像在70年代生产队里看露天电影一样。大家聚集在一起，不光看电视，还交流各种信息。特别是雨天，大家也喜欢聚集在他们家里，炸油条，包饺子，讲笑话。如此一来，胡光琴的家简直成了村里新闻播报中心。最热闹的时候是梨子成熟的季节。只要是看到有拖梨子的大车停在胡光琴他们家门口，平时聚集在他们家玩的那些乡邻，就三五成群来主动帮他们，或做饭，或摘梨，或跑腿，从不计回报。其实，胡光琴他们自己种的梨根本不愁销。南方的梨贩子来到百里洲，黄卫民和胡光琴认识好几个梨贩子，就帮助周边梨农卖梨。除了帮助指南村的，还有五星村和合心村的，他们夫妻俩一人一辆自行车，负责联络，并以村组为区域选择一批货源点，由他们统一调配和发货，创造了一天走量20多万斤砂梨的纪录。砂梨不耐贮存，成熟后如果不及时卖掉，就会影响梨农一年的收入。对于梨农来说，春天的时候，梨花盛开是喜悦，意味着又一年希望的开始；夏天的时候，果实一天一个样儿是喜悦，意味着丰收在望，而真正意义上的喜悦是把成熟的梨子变成现钞，是流过的汗水变成鼓鼓的腰包。那时的百里洲，几乎还没有农村经纪人这个概念，有销售路子的人就成了乡亲们敬以依赖的财神。1988年秋，指南村的柑橘喜获丰收。眼看挂在树上的果实由青变黄，许多农民开始犯愁了。黄卫民给当时在省经委工作的侄子打电话，问他可否帮忙在武汉联系一下，把指南村的柑橘运到武汉去销售。侄子满口答应。听到侄子在电话里的热情，黄卫民做起了到省城销售柑橘的梦。他找了一辆大车，以每公斤1块钱的价格收购了指南村部分农民的柑橘，满怀喜悦地拖运到武昌。拖到武昌后，侄子说："叔，可能还要等两天，还有个领导没签字！"黄卫民一下子懵了，他仿佛在瞬间明白了一个道理，不能因为这一车柑橘影响了侄子的前途。他给在省工商局工作的一个亲戚打电话，问他能否帮忙，工商局的亲戚说没问题，他就把柑橘拖到亲戚告诉他的地方。等他亲戚来到现场的时候，他以每公斤6角4分的价格，也就是0.32元一斤一次性给了批发市场。亲戚说："你怎么不等我来了再卖呢？卖这么低的价格，这一趟亏了多少？"黄卫民嘿嘿地笑，说没亏多少。回到指南村，他按当初承诺的价格给农民按一公斤1块钱结账。这一趟亏了2000多元。有的农民知道黄卫民贩柑橘亏了，就要退出差价部分，说不能要你一个人承担损失，黄卫民坚决不要，说大家都不容易，有时候一些教训是花钱买来的。他由此体会到，在家门口做生意和出去做生意是两个完全不同的概念和模式。初入市场，吃点亏，实属难免。但这次亏本，让他明白了市场的重要性，也更加明白了种植技术的重要性。他用一颗淳朴的农民之心在慢慢领悟市场经济的种种滋味。

上文描述过的兴旺景象没过两年，梨子的价格受到一定的冲击。许多农民都不种梨了，胡光琴和黄卫民也不例外。既然种梨的市场行情不好，那也难不倒他们，早就有了套种花草的经历与经验。夫妇俩就认定了种植花卉苗木这条路。他们开始大量培植雪松、樟树、广玉兰、女贞等绿化苗木。在经营上，本着质优价廉的原则，一些企事业单位纷纷前来购买。1990年冬天，从襄阳那边来了两个要柑橘树苗的客户，黄卫民又去了外地，刚生了儿子尚在坐月子的胡光琴，把儿子放在床上，自己给客户数发树苗，一个晚上数二十几万株苗子，第二天客户运走树苗的时候说："见过吃苦的，没见过你这么能吃苦的，以后要买树苗，我们还找你！"订单多起来了，他们俩却愁起来。百里洲四面环水，进出都要过河，把花卉苗木运出去十分不便。经过别人介绍，自己也去实地做了考察，这年年底，他们举家搬迁，到位于枝江市郊区的滕家河村沿318国道边的十亩荒地处。之所以是荒地，是因为那几年农业税和各项费用居高不下，农民种田的积极性并不高。加上这里是低洼地，常在下大雨时被淹。胡光琴他们来到这里，她要向人们证明，只要是土地，不是石头，她就可以在这片土地上绣出花一样的美景来。半年之后，这片荒地在他们勤劳的双手中改造成了地势平坦、土质疏松、排灌自如的好地。不久，他们从老家指南村移来了苗木，之后又从湖南、广东等地引进500多个新的花卉苗木品种。在江北的滕家河村建起了枝江初具规模的"枝江卫民花木园艺场"。那个曾在月光下飞针走线绣荷花的村姑，已是两个孩子的母亲，女儿玲玲已上小学，儿子黄雷已有两岁多。

2

书香花香滕家河

从普通的花卉苗木到景观苗木，胡光琴和她的丈夫黄卫民一头扎进了一个郁郁葱葱的绿色世界。他们在滕家河的新家，简简单单，但园子里的桂花树、樟树、红叶石楠、大叶黄杨、银杏、栾树、广玉兰、柚子树、冬青、朴树、白皮椤、桂花树、皂荚、三角枫等50多个品种的景观苗木却长得挺拔葱绿。夫妻俩白天栽种花草，晚上看书学习，主要是植物栽培技术方面的实用书。这天晚上，她还在看书，丈夫黄卫民看到在田里累了一天的她，心疼地催她早点儿休息。三十出头的胡光琴突然有了这样的感叹，要是时光再回到十年前，她一定选择再去学校读书。事实上，她已经在阅读世界里日益精进了。关于花卉栽培、苗木繁殖技术等方面的报刊，家里已堆得老高。只是她的阅读，不在窗明几净的教室里，而是在田间地头，在烧火做饭的间隙，在睡觉前的床头。这种与实践相结合的阅读更有收获，也更有成效。

看到胡光琴一边忙田里的事，还抓紧分分秒秒时间看书学习，婆婆担心她身体吃不消，生怕她把身体搞垮了。婆婆在指南村一带，是个有名的厉害人。乡村人说厉害人，是指性格比较要强，说话也不怕得罪人的人。婆婆常常暗自喜悦，黄家娶了个好媳妇。但婆婆从不把这种喜悦挂在嘴上。就凭公公病在床上一年多的时间，胡光琴就像照顾自己的亲爹一样地照顾老人，婆婆心里就很感动。都说久病床前无孝子，在胡光琴这里，没有这一说。自己的父亲去世得早，她在嫁进黄家以前，母亲也去世了，留下他们姐弟几人。对待黄家的公婆，她一直视为自己的父母。在公公去世之后，婆婆沉默了一段时间，就想到街上去卖菜，因为自家菜园里的菜吃不完。可是从滕家河到街上有四公里多，已近八十岁的老太太甭说挑菜去卖，就是轻装走路一个来回，也怕她吃不消。黄卫民劝母亲，家里不需要她去卖菜挣钱，小孙儿黄雷甚至把婆婆准备的扁担和菜篮子悄悄藏起来了。老母亲就生气了，仍然执意要去。胡光琴理解婆婆，公公不在了，婆婆内心很寂寞。她想去卖菜，实际上也是去打发时间。胡光琴就依了婆婆，每天早上由她开着车送婆婆到枝江马家店马畔路市场去卖菜。无论天晴还是下雨，只要婆婆去卖菜，她就护送。日子久了，熟悉的朋友们都笑话这对婆媳，说开着个奥迪来卖菜，连加油的钱都挣不回来，这是图的哪门子啊？胡光琴说，只要婆婆感到自由和快乐，别说开奥迪送她，就是开飞机也得为她做好服务。或许勤劳的缘故吧，婆婆八十六岁了，身体硬朗，健若青年。就像歌词里唱的那样："……人有志气永不老，你看那白发的婆婆，挺起了腰杆也像十七八。"没想到一场突如其来的车祸，婆婆不舍地走了。那天中午，胡光琴咽喉发炎，在医院输液。婆婆卖完菜，在回家的途中，去看望一家亲戚，不承想，一个骑摩托车的年轻人速度过快，把婆婆撞倒了。刚输完液回到家的胡光琴听到这一消息，飞也似的赶往医院，婆婆在弥留之际，挂念着胡光琴的嗓子好些没，嘱咐黄卫民，要善待好胡光琴。"老话说得好，妻贤夫兴旺，母慈儿孝顺。你能娶到这么好的媳妇，是你的福气，也是黄家前世修来的好福气！"婆婆说完这几句话，把目光转向胡光琴，流下最后一滴泪，无力地闭上了双眼。虽然婆婆身上被疼痛折磨，但走时仍然比较安详，婆婆说出了她藏在心中多年的话。胡光琴哭得伤心欲绝。对肇事者，公安机关给予了应有的处罚，要求对方除了出安葬费以外，还要赔偿18万元。对方感到天都塌陷了。家里几个病人，孩子上学要钱，房子歪歪倒倒，一看就是个贫困户。要这样的家庭拿出18万元的赔偿金，那不是要了人家的命吗？胡光琴和黄卫民同情对方，说赔偿的18万元不要了，老母亲不在了，要钱也买不回来了。他们希望对方以后谨慎驾驶，平安出行。

处理完婆婆的丧事，胡光琴又投入到无尽的忙碌之中。夜深人静的时候，她常常想起婆婆，想起自己的母亲，这两个善良的女人常常让她联想到人活在世上的意义。这两个去世的女人，生前都善于做好事，乐于帮助别人。婆婆在世的时候，喜欢她种的花草树木，特别是盆景。婆婆说："无论多忙，或者有多烦恼的事，只要回家，回到这些花卉苗木当中，心情就好了。"人老了，有儿女在身边当然是幸福的，那些没有儿女在身边的老人呢？胡光琴听说马家店街道办在城区和江口社区创办福利院，她想为福利院的老人尽一份义务，无偿捐赠价值7000多元的花卉苗木和盆景。不仅给予捐赠，还戴着草帽，加入了栽种的行列。福利院有一个老人认出了胡光琴，说："以后看到这里的花草，就会想到你呢！"胡光琴笑着对老人说："谢谢您！只要您过得开心就好，祝您健康长寿！"待老人走过之后，胡光琴眼角泛起了泪花，不知道是想起了自己已故的双亲还是感受到了这里老人们内心的孤独。

与她的家相距不远的马家店街道办事处宝筏寺村二组农民甘继华40多岁了，这几年家运不济，田多劳力少，几近撂荒，胡光琴看在眼里，想帮他一把。胡光琴主动上门，劝甘继华加入了"枝江市卫民苗木专业合作社"，无偿地为他提供草坪种苗，手把手地教他栽培管理技术，甘继华的10多亩麦冬草发展起来后，胡光琴又用高于同等条件的价格和他签订包销合同。短短几年时间，甘继华不仅有了新房子，有了城里人都有的家用电器，还有了一大笔存款和新崭崭的小汽车。

自从家搬到江北的滕家河之后，胡光琴回百里洲指南村的日子相对少了。1992年，胡光琴回到指南村走亲戚，无意之中听说村里来了个重庆农村小伙，才15岁。家境贫困，来投靠远嫁枝江百里洲的姐姐。但姐姐家境也不宽裕，根本没有能力供养他，只好托人在一家私人小作坊做零工，除管饭吃以外，每年只给他300元的报酬。胡光琴听了，心里很是同情，她在亲戚家吃完饭后就去找那个重庆小伙。见了面，才知道这个来自大山区的小伙子叫罗祖伦，因无依无靠才来投奔姐姐。胡光琴打电话给黄卫民，与他商量，她想把这个名叫罗祖伦的小伙子接到自己家里，教他学花木栽培管理技术，让他以后有一个更好的职业。黄卫民当然同意胡光琴的想法。罗祖伦来到江北的滕家河，跟着黄卫民夫妇俩学习苗木栽培，他们还送他出去深造。几年之后，罗祖伦如愿考上园艺师。小伙子到了谈婚论嫁的年龄，胡光琴与黄卫民商量后，给罗祖伦把户口迁来枝江，还帮他建房娶妻。如今，罗祖伦已为人父，在湖北卫民园林建设有限公司是骨干力量。他一直感谢胡光琴对他的知遇之恩。自从罗祖伦来到他们身边，每年的团年饭，他们都在一起，从罗祖伦一个人到罗祖伦夫妇俩，再到他们一家三口，时间长了，他们彼此真成了亲密无间的一家人。

除了扶持像甘继华和罗祖伦这样的农民之外，近几年，黄卫民和胡光琴把"枝江卫民花木园艺场"改成了花卉苗木专业合作社，先后带动200多户农民致富，受到各级党政组织和行业管理部门的奖励和社会的好评，并获得全国农民专业合作社示范社称号。滕家河卫民苗木专业合作社每年接待学生参观1万人次以上，这里不仅环境优美，还成为枝江中小学生的科普实践基地。每次接到通知有学生来实践，黄卫民便放下一切事情，为孩子们耐心讲解花卉苗木的栽种与养护，教他们壮龄树木的移植要点。2004年夏天，枝江市园林部门想全面展示枝江花卉的发展成果，分管领导找到黄卫民，由黄卫民来具体安排，黄卫民一举将1.3万余盆盆景花卉摆放到位。各个品种搭配协调，总体设计与花木造型独具匠心，整个摆设既快又好，深得社会各界好评。

3

小枝条的远方

黄卫民、胡光琴夫妇搬到江北的滕家河之后，在他们的苗木基地仍种有十多亩砂梨。1997年，百里洲人民政府邀请日本专家农学博士川俣惠利到百里洲影剧院授课，除了百里洲本土的梨农外还有周边乡镇甚至还有松滋县的农民赶来听课，多达1500多人。改革开放后的枝江农村，农民学技术的热情与劲头，超过了以往。黄卫民听说有日本博士来讲课，也回百里洲去听课。川俣惠利在百里洲讲完课后，还进行了砂梨保鲜试验。黄卫民看在眼里，记在心上，对川俣惠利留下了非常好的印象。1998年10月，时任宜昌市农业局局长李全新、枝江农业局副局长淡昭创、百里洲种梨农民刘传松和已迁至滕家河的黄卫民去日本考察学习种梨技术。黄卫民接到去日本考察学习的通知时，心里很激动。虽然对他来说是自费考察，但是能走出去增长见识，也是一次难得的机会。那时候出国，不像现在这么容易。如今已退休的枝江农业局副局长淡昭创回忆道："当时是湖北省外专局宜昌外事办的'引智'工程，我们有了去日本学习和考察的机会。在选派考察对象上，我们注重带动性和影响力，要学习回来后能带动一大片的人。刘传松种梨的时间长，摸索了一定的经验，百里洲上种梨的人都知道他；黄卫民种梨的时间也较长，他师从农业局高级农艺师黎宗应。黎宗应被打成'右派'后回到老家指南村，专心研究果树栽培，与黎宗应同村的黄卫民不仅爱学习，技术好，学东西也特别快。我们到日本的东京都农业试验场，川俣惠利是那里的技术专家。那个农场施行的是合作社+订单的运作模式，产供销一条龙。我们在那里主要学习栽培、修剪、喷灌、搭棚、肥水管理以及订产技术。其实，走出国门，绝不仅仅是在单一地学习某种技术，在学习的同时，也在观察，在思考，是一个综合性的学习与提升。黄卫民是个有心人，他在那里对小型机械很感兴趣，还花钱买了一些工具和比较珍贵的种子。我们一同去的时候兑换的日元，他都花完了，还找我借了一些。回来的时候，就数他的行李最多，除了工具、花草种子，还有两整箱检疫过的梨树枝条。在我看来，思路的转变比技术更重要！"

二十多天的日本考察很快就结束了，黄卫民可谓意犹未尽。这个川俣惠利博士对黄卫民有相见恨晚之感。黄卫民早年在百里洲指南村种梨时，试验梨树下面种花草的"树上挂梨果，林下大收获"模式，川俣惠利很有兴趣，并且给予赞誉。后来，百里洲推广了"梨—姜""梨—草莓""梨—菜""梨—魔芋"等多种种植模式。黄卫民一说起百里洲，川俣惠利就来了兴趣。认为百里洲不仅地灵，更是人杰。临别，川俣惠利送给他几把剪枝条的剪刀，并为黄卫民办好枝条检疫手续。

已经坐上了回国的飞机，黄卫民才想起此次来日本，没有给妻子胡光琴带一点礼物，比如化妆品，比如衣服、首饰、包或者其他，心里怪歉疚的。这么多年来，胡光琴跟着他风里雨里泥里水里，晚睡早起，像男人一样地干苦力，胡光琴从没有缺席过。

虽然很少用化妆品，虽然没有穿名贵的衣服，这个出生在百里洲指南村的女人对黄卫民来说，有天然的魅力吸引着他，她勤劳善良，智勇双全，还有更重要的一点，她天生丽质，长得好看。这么多年来，他们两人闯荡市场，南疆北国，可一起出门的机会并不多。因为家里上有老，下有小，他们两人不可能一起出门。而两人一直配合默契，彼此支持。经过这么多年的努力，相比家乡许多农民来说，他们确实已经走在前列了，而此次到日本考察学习，不仅开阔了眼界，这里的一村一品发展模式更增加了他要带动家乡产业发展的动力。他悄悄对刘传松说："我们俩带些好枝条回去嫁接，把我们那里的老品种更新过来，可以卖到更好的价格，让农民增加收入！"刘传松说这个主意好。正如淡昭创所描述的那样，黄卫民是个有心人，他除了带上两箱梨树枝条以外，还带了开黄色花朵的水仙、开红色花朵的紫薇等诸多在枝江没有的花卉苗木或种子。为了把购到的这些东西带回来，他把行李箱里的衣服都丢了，腾出空来装这些"宝贝"。他想，将来有一天，枝江的农村也会有合作社+订单的运作模式。此次考察，黄卫民感触最深的是种田要讲究科学，为什么要修剪，不仅仅是为了形状好看，更是一门订产技术。一棵树，不能让其太多产，要订产，修枝、疏花和疏果是为了让树有计划地结果实，保持其营养均衡和后续生长。有时打开一点点思路，就打开一条科学的通道。黄卫民憧憬着，地肥水美的枝江，终有一天，也会像川俣惠利所在的农场模式一样，不仅一村一品，而且还会超过他们。

黄卫民带回的两箱枝条，足有3000多根，他全部用来嫁接，然后低价批量售给枝江梨农。新品种梨的口感确实不一样，鲜嫩脆甜，价格高出普通梨的50%。如果说当初是因"引智"而去考察学习的，黄卫民带回来的"枝"和"智"，惠及了一方农民，用他的话说，还是值得的。时隔二十年，枝江农村发生了翻天覆地的变化。因为互联网的应用，在枝江农村已是无处不在。合作社+订单的模式也早已不稀奇。

说起黄卫民当年去日本考察学习，胡光琴就笑起来。我问她笑什么，她说："你卫民哥说我像日本女人，走路都是跑的！"这当然是他们夫妻间调侃时的趣话。有一次省妇联组织胡光琴她们妇女代表到台湾考察学习，胡光琴一听说要去台湾，就找出多年前收到的一张名片带在身上。到了台湾以后，她找到台湾接待她们的负责人，把名片递给人家，咨询名片上的地址要坐哪一路车。负责人接过名片，问她是从事什么职业的，到那里去干什么。她说她是做园林的，只是一个农民，想去看看那里的罗汉松。负责人就喜滋滋地说："正好，我也去参观一下！"有官方带路，胡光琴如愿以偿。她手中的那张名片，还是多年前她到广东采购花卉时一个朋友送给她的，当时听说台湾有一片园林专种罗汉松，心里很是好奇，那时根本没想到还有机会亲临这个园林，一睹罗汉松的风采。"那是一片属于罗汉松的世界，树皮磨得发红，树型线条分明，雅致，高级，用我们卫民园林的胡爷爷的话说，叫墨绿漫山！"胡光琴寥寥数语，为我们勾勒出台湾罗汉松园林的大致特征。我问胡光琴，是否也像卫民哥那样带点罗汉松回来扦插，胡光琴说，这个品种在内地已经很常见了，公园、小区、道路绿化上都可以看到。它的价格跟一般的绿化树种相差不大，但档次大大提高了。在绿化之余又可以提高道路绿化的观赏性。这种树的观赏价值较高，种植在别墅的四周，配上一些颜色较浅的绿化花草，很简单地就成为一道亮丽的风景线。

胡光琴告诉我，这种罗汉松可用播种及扦插繁殖。播种繁殖，一般多在春、秋两季进行条播，种子发芽率高达80%—90%，但幼苗生长缓慢。扦插繁殖，宜在雨季进行，插后遮阴，极易生根。她栽种树苗花卉这么多年，像精通了植物的生长密码似的。在台湾参观罗汉松的时候，她和名片上的那个专家谈笑自如，她知道了那个专家是大陆安徽人，曾是一名高级军官。她毫不隐瞒地告诉对方，她来自湖北枝江，是一个地道的农民，对方露出惊讶的神色，继而伸出了大拇指。

4

"枝江枫杨"之恋

这个世界无时无刻不在发生着变化。不知从什么时候起,长在枝江大地上的不说话的一棵枫杨树,悄悄发生了变异。这一变异竟惊动了世界。

话说1974年,一个名叫尹保树的农民从外地搬迁到枝江董市镇周湖村,盖房子时,见池塘边有一棵又粗又直的普通枫杨树,便将它砍了做椽条。枫杨树通常被称作柳树,是江汉平原常见的一种树。第二年,树桩上长出了小幼苗,尹家人也没有太在意。觉得春天到了,万物复苏,是自然现象。一年年过去,小幼苗逐渐长成粗壮的大树。1979年5月的一天,枝江县林科所所长闫孝贵到周湖村走访老友,席间听几个老人讲起二组的尹保树家门口长得怪怪的柳树,并要闫孝贵这个搞林业的人去看看。闫孝贵对老人们讲的"稀奇树"也非常好奇,便约了村干部一同前往。眼前这根深杆壮的柳树不仅高大挺拔,树型好看,还一蔸二株,并肩生长。回到林科所后,闫孝贵又派技术员李方柱、华中农学院林学系实习生潘家华到周湖二组实地调查。他们在采集树木枝条和树叶样本时发现,尹家旁边的这棵树与一般枫杨存在多处不同:一般枫杨叶为对生,此树树叶为单生;一般枫杨树皮皲裂,而此树树皮比较光滑；一般枫杨材质呈白色，此树材质为红色；一般枫杨种翅上翘，此树种翅却呈八字平行状。由于没有找到相应的物种记录和标本，闫孝贵将这一新发现逐级上报。1982年，武汉植物研究所赵子恩教授率专家组赶到周湖村，带走了相关样本，并连同调查报告一起上报到中国林科院。同时，中科院武汉植物所将新物种命名报告提交给了联合国国际植物协会。变异枫杨的发现立即惊动了国际植物学界。它是一个新的物种，属胡桃科落叶乔木。树干修长挺拔，树叶单生，属国际植物界的珍贵树种，有极高的生物科研与经济价值。由于是在枝江被发现的，被植物学家正式命名为"枝江枫杨"。

一批又一批林业专家研究过枫杨为什么会变异，但至今仍没有答案。当年砍树做房子的尹保树不在了，老树在被砍之前是什么样子，后来人也不得而知。到底是老树一诞生就产生了变异？还是砍伐后新苗发生的变异？专家们根据研究发现，董市镇周湖村属于网纹红土地带，历史上气候温暖，适宜枫杨生长。至于是气候或土壤，或者是在授粉过程中遇外来物种产生杂交变异，根本无法推断。据史料记载，1958年前，受发源于玉泉寺的玛瑙河与长江内外夹击，董市一带几乎年年破堤决口。1958年2月、1959年冬和1964年冬，董市先后进行了几次大规模的围垦根治，彻底解决了水患。那么，是水灾或治理过程中改变了枫杨的生存环境而导致变异吗？这只是专家们的猜测。到1992年，国家林业部《关于保护珍贵树种的通知》将枝江枫杨列为国家二级珍贵树种，湖北省林业厅将其列为第一批珍贵树种。

枝江有了如此稀世之宝，该好好保护和培育。但在被命名之后的20年中，湖北省市各级的林业专家试图通过扦插、嫁接、直接采籽等方法，对枝江枫杨进行繁殖，但均告失败。有意思的是，落在枝江枫杨树干周围的种子，在同一片土壤里，次年生出的小树苗又"返祖"成了普通枫杨。守树人深感责任重大，繁衍技术仍没突破，万一这两棵仅存的树有个三长两短，那岂不是就绝种了吗？据世界自然保护部门资料统计，地球上每天有75个物种灭绝，如此计算，即每小时有3个物种消失，有一些物种还没来得及命名就从此不再见。

三峡日报记者金贵满先生在《世界珍稀树种——枝江枫杨变异之谜》一文中如此忧患地发表感叹："自然界残酷的现实告诉我们，一个物种的产生，必然同时产生一个生物链，同样，一个物种的灭绝，将使一个生物链难以为继。世界仅存一株的枝江枫杨一旦灭绝，人类如果再要观赏它，只能到植物研究所的标本室了，到那时，我们又将作何感想呢？"这种担心不是没有道理。2003年，其中一棵枫杨无缘无故地死了，唯一的一棵也于2007年遭到雷击，树冠折断。惊动过世界的枝江枫杨濒临绝境。

时间仿佛在等待两个人，"枝江枫杨"在等待两个人。两个喜爱栽树护树的来自百里洲指南村的农民。胡光琴至今仍清楚地记得，2008年春天的一个早晨，时任枝江林业局局长的黄卫民来到胡光琴家，很巧的是，这个黄卫民与胡光琴的丈夫同姓同名。黄局长进门就说："老哥子，能否借用你的妙手救救枝江枫杨，把它们繁殖下来？"胡光琴他们一家从报纸、广播、电视里知道枝江的周湖有一棵很特别的柳树，只是他们夫妻，一直忙于自己的事业，没有精力去顾及传说中的稀奇树。她跟随丈夫去了一趟周湖村，当时还有枝江电视台的两个记者陪同。到了周湖村，看到了传说中的枝江枫杨，这棵"独苗"已经是半死不活的样子。

头一年被雷击过，似乎还没有完全还阳。黄卫民和胡光琴决定试试。他们从老树上截取了6根拇指般粗的枝条。带回自家园中，利用扦插和压条的方法，将这些树枝埋在土壤中。除了普通的繁殖措施，他还对这些枝条进行盖膜以保持水分。夫妇俩每天起床第一件事，就是来到园中查看生长情况。20多天后，这6根枝条全部枯死。紧接着又进行第二次扦插，还是不行，第三次，第四次……这两口子，还真的和枝江枫杨较上了劲，他们不相信繁育不成。从80年代初开始种植花草树木，他们用嫁接、扦插、压条等方法繁育了多少树苗，已经数不清了，对枝江枫杨，即使有一百次的扦插失败，他们也要将繁育工作坚持到底。两年之后一个春天的清晨，黄卫民起床后习惯性地到田里看树苗子。这几年，夫妻俩起床后第一件事，就是到田里观察。一会儿，黄卫民高兴地回来向胡光琴报喜，"活了，活了，枝江枫杨插活了，你快去看啊！"胡光琴来不及上洗手间，她惊喜地跑到田里，看到扦插的枝条上长出了嫩绿的小树叶儿，虽然那树叶儿小得像刚发芽的种子，在胡光琴眼里，那就是初生婴儿的眼睛！不是吗？怀一胎也不需要两年多时间，多么珍贵的新绿！那是对他们俩辛勤付出的回报啊。虽然说鼓鼓的腰包是种田人的快乐，但这并不是快乐的全部。在他们手中栽培出来的庄稼和小苗，生长的快乐也是农民的快乐。两年多的实践终于有了结果，那一天天长大的新叶儿犹如孩子清纯的笑脸。从此，枝江枫杨得以繁衍生息。媒体报道说："一种被国际植物学会称为'枝江枫杨'的树种最近在枝江市繁育成功，使得这棵'世界独苗'终于有望摆脱灭绝的命运。"黄卫民、胡光琴夫妇的事迹见诸媒体后，四川植物园愿意出高价来买枝江枫杨，胡光琴坚持不卖，她说，这是我们枝江的珍稀树种，出再多的钱也不卖。后来枝江兴建滨江公园，他们供应了两棵。2014年8月，已经成立了宜昌卫民园林环境工程公司的黄卫民收到国家知识产权局发来的发明专利证书。由他们夫妇申报的《一种枝江枫杨繁育方法》获得国家发明专利授权，他们应用这种技术，成功繁育了27棵"枝江枫杨"。这项技术也获得了枝江市科技进步一等奖。在枝江枫杨繁育成功之后，他们夫妇又把濒临绝种的枝江丹桂繁育下来，为植物学研究、实践和探索闯出了一条新路。

枝江位于三峡之末、荆江之首，被称为"三峡东大门生态屏障"。之所以有这样的美名，是因为枝江境内物种资源丰富，植物资源92科410属，共1256种，其中国家级重点保护植物9种，珍稀物种有枝江枫杨、枝江丹桂、疏花水柏枝等。而"枝江枫杨""枝江丹桂"能得以延续香火，均出自黄卫民、胡光琴夫妇之手。

5

娃娃鱼来过

2016年农历腊月底，时近春节，忙于园林内部施工的黄卫民夫妇，正在计划着盘点这一年的收支情况。胡光琴接到一个朋友的电话，问他们在不在家。得知他们俩都在家，朋友神秘地说："一会儿就到了！"不到半小时，那个朋友开车来了，说感谢他们对他生意上的关照。说着从后备厢里端出一个塑料箱，黄卫民问是什么东西。揭开盖子一看，是一条"娃娃鱼"。黄卫民说，这怎么可以，太贵重了！朋友说："有你们这样的朋友，是我这一生的幸运，别说娃娃鱼，就是穿山甲我也想给你弄来！"

胡光琴看了娃娃鱼一眼，问道："是野生的还是家养的？如果是野生的，你这种行为就是违法的，我们不能要！"

对方说，是朋友家养的，养了好多呢！

娃娃鱼学名大鲵，是一种两栖动物，因叫声像婴儿的啼哭声而得名，它是国家二级保护动物，主要产于长江、黄河及珠江中上游支流的小溪流中。送娃娃鱼的朋友继续说道："我在网上百度了，娃娃鱼的药用价值很高，可以强壮体质，能有效地防治贫血、月经失调等症；也可治疗小儿嚼食之类的胃病；胆汁能解热明目。还可制成治疗灼伤的药物。年三十一餐焖了，一家人都享受享受！"黄卫民听了哈哈大笑，说："我一家人身体好得很，不需要大补！"

面对朋友的这番诚意，胡光琴说收下。黄卫民睁着大眼睛望着胡光琴，有些不理解。待来客走后，胡光琴说，你如果真心想救这条娃娃鱼，就得收下，不让它落入狠心人的手里。黄卫民一下子明白了。客人走后不久，黄卫民收到一条短信，对方告知这是一条野生的娃娃鱼。黄卫民便将电话打过去，对送礼的人说，以后再不能做这样的事了。他告诉胡光琴，说这条娃娃鱼是野生的。胡光琴说，早就看出来了。她曾在一次参加省妇联组织的考察活动中，专门请教了喂养娃娃鱼的师傅，那个师傅告诉她，野生的和家养的区别在哪里。年三十这天吃完团年饭之后，胡光琴对孩子们说："我和你爸爸出去办点事，你们各自安排自己吧。"他们开车来到枝江三码头。此刻，三码头有两个人在洗车。见到黄卫民和胡光琴，以为他们也是来洗车的。只见他们俩从后备厢里抬出那个塑料箱，走到江水边，胡光琴把那条娃娃鱼放到水里。娃娃鱼犹豫在水的边缘，头向着胡光琴，好半天，娃娃鱼动也不动一下。胡光琴说："你走吧，走得远远的，你不走，就会被人吃掉的。你来自江河，到你该去的地方去，你是自由的，我们有缘相遇一场，我会记得你可爱的样子！"这时，娃娃鱼摆动了一下，但仍然没有转身离开。胡光琴用那个塑料箱再次把它盛在箱里，用力向外抛出去，娃娃鱼一个转身，瞬间就不见了。在江边洗车的夫妇见证了这一幕，对他们放生的举动深表钦佩。

放生了，胡光琴心里反而又有了一种牵挂，这条娃娃鱼来到她家，虽然只有短短的几天时间，却有一种说不出的不舍。而今，主动放生的也是她，或许是自己心中有善念吧。望着长江对岸的百里洲，她又想起了自己的父母，特别是母亲从小就教育她，为人要善良，做事要实在。回去的路上，两口子聊起了吃的话题。黄卫民说："你说，以前，我们指南村秧田里、水沟里乌龟脚鱼多的是，我们都嫌弃那些东西不好吃，现在又时兴吃这些玩意儿了。家养的不好吃，价格也不便宜，野生的更是少见了。价格被贩子们炒上了天。说起来，我挺佩服村里的老尤，我那时吃过他熬的龟胶。"说完，他朝胡光琴神秘地一笑。胡光琴不屑地说："没粮食吃了才去吃那些东西，老尤那时被打成右派，他家到处借粮食，我妈都还给他家借过粮食，说人家是有知识的人，要尊重人家。"黄卫民说："正因为人家有知识，人家懂得那些东西都是极有营养价值的。而我们这些大老粗不懂。粮食不够吃，他们就另想法子。有一天，我路过他们家门口，老尤叫我的小名，要我到他跟前，给我两块黑乎乎的东西叫我吃。我以为是糖，吃在嘴里，有点儿咸。我问他这是什么，他说是龟胶。吃了那两小块龟胶，我一天不想饭吃。别说，那东西吃了真饱肚子。又过了一个多月，我路过他家，闻到一种说不出的味儿，猜想他家可能又在熬那玩意儿。就好奇地进去看。只见老尤坐在灶前，朝灶里送柴火，见我去了，朝我笑笑，叫我在那儿等，说一会儿就可以熬好了。锅口上盖着一个大的木锅盖。不一会儿，老尤揭开锅盖，用漏勺捞出细碎的骨头，把乌黑的汤盛在一个大钵里装着。说冷了就可以切开成小方块。我没有吃，就走了。人家本来就粮食不够吃才想这个苦法，我又去吃人家的，不好意思。"

"那东西要做好了才好吃！"胡光琴说。

"不管好不好吃，度命要紧！你说老尤他一家都长得白白胖胖的，特别是听斗他的人讲，他挨斗的时候，皮鞭抽在他的屁股上，竟被弹回来了！"黄卫民一本正经地讲着，胡光琴已是哈哈大笑，说有些夸张了。黄卫民又说道："他长期吃龟胶，皮肤有弹性，看起来是蛮年轻，他又长寿，活了九十多岁才，那个，走了。"本来是说"才死"的，一想到大过年的，要图吉利，就转了个弯。

"那也不一定是吃了龟胶就长寿的，他能在那么压抑的环境中生存下来，说明人家心态好，坚信有平反的一天，坚信有出头的一天。事实证明确实是平反了，要学习人家这种坚守的精神！"

2017年年底，又有人送来一条娃娃鱼。这次是一个远方的朋友送来的。胡光琴看清楚了，这是一条人工喂养的娃娃鱼。在十多年的花卉苗木种植与经营中，黄卫民、胡光琴夫妇结识了全国各地的朋友，有园林、环保专家学者，有建筑工程师等不同领域的成功人士。他们夫妻俩为人厚道，淳朴实在，冲着他们的人品，有些朋友想表达对他们的感谢，送点土特产，也是人之常情。像去年的娃娃鱼一样，胡光琴也是准备去放生的。但两岁的小外孙女特别喜欢这条娃娃鱼，便暂时喂养在家里。考虑到枝江的许多小朋友都还不认识娃娃鱼，胡光琴就想，留着它，等民盛家庭农场建好后，会有一个孩子们的体验区，把这条娃娃鱼带到那里去，免费供孩子们观赏，让它成为更多孩子们的好朋友。遗憾的是，这条人工养殖的娃娃鱼没养到一年，可能水土不服，夭折了。胡光琴自责了好长时间，说是太忙于工作了，没时间精心照顾好这条娃娃鱼。两岁的小外孙女回来，习惯性地拉她去看娃娃鱼时，胡光琴眼里竟涌出泪水。

6

柚子树下的合影

2004年金秋时节。胡光琴家里迎来了一批特殊的客人。他们不同肤色、不同语言，却来到一个共同的地方：湖北枝江一个普通的农家。经过十多年打拼的胡光琴，深知这一群客人来到枝江考察的意义，而她的家庭是被考察组抽中的被考察对象。这一群来自不同国家的考察组专家将要考察什么？他们为研究人类共同面临的"人口与发展"课题而来。

这里有必要交代一下背景。

联合国于1974年在布加勒斯特召开了第一次国际人口会议。之后1984年、1994年分别在墨西哥、开罗召开了第二次和第三次国际人口大会。1994年9月成立了人口与发展南南合作伙伴组织，这个组织由10个发展中国家在开罗国际人发大会上发起。它是有包括中国在内的20个成员国，覆盖全球54％人口，代表南南国家声音的政府间国际组织。伙伴组织于2002年11月获得联合国大会永久观察员地位。中国于1997年11月加入伙伴组织，并在2002年6月第七届年会上当选为伙伴组织执委会主席，任期三年（2002—2005年）。中国加入伙伴组织以来，积极推动与发展中国家在计划生育和生殖健康领域的交流与合作，受到了伙伴组织成员国的高度赞扬。2004年，这个组织在中国举办"人口与发展"论坛。国家将会议地点定在湖北，主要是考虑湖北省位于我国中西接合部，人口和计划生育工作有很好的基础，在卫生保健、计划生育、妇女地位提高、普及初等教育等方面都有成功的经验，可以全面反映中国的社会发展和进步。

经过一个多月的筹备，于这一年9月中旬，伙伴组织20个成员国以及其他国家负责人口事务的部长及高级官员，有关国际组织、非政府组织、捐款机构的代表、专家和国际知名人士共500多名中外来宾相聚湖北武汉，召开国际人口与发展论坛，回顾并总结过去十年来国际人发大会行动纲领的执行情况，探讨未来十年的发展战略。国家对举办此次论坛非常重视，专门成立了国际人口与发展论坛中国组委会。此次论坛，共有十项主要活动，其中有一项外宾现场考察活动，分别安排在宜昌市、潜江市进行，还有一项是在游览三峡的游船上举行南南合作纪念日庆祝活动。

论坛考察地点中，就有宜昌市管辖下的当阳市、枝江市、宜都市、夷陵区、西陵区、猇亭区等。考察的内容是：消除贫困、妇女赋权、女童教育、艾滋病预防、妇女发展项目、降低孕产妇死亡率和新生儿死亡率、计划生育和生殖健康优质服务、青少年生殖健康、非政府组织的作用、国际合作项目。按照组委会的安排，考察期间，外宾将同农民座谈并在农家就餐。

胡光琴接到通知时，正在绿化工地上忙碌。她急急忙忙赶回家，把房前屋后打扫一番。其实，一直爱干净的她，平时就收拾得有条不紊，但这次是国际友人来，她代表的是中国农民家庭形象，在一些细节上要更加完美。

9月10日上午11点多，来自美国、英国、巴基斯坦、印度、肯尼亚、马来西亚、津巴布韦、孟加拉国的14名外宾来到了胡光琴家。黄卫民平时喜欢收藏好看的石头，外宾们参观了他的奇石馆，沿着石板铺设的小道，参观他们的花卉苗木园，以及造型各异的根雕。来自肯尼亚的查理奥姆卡博士来到胡光琴家门前的一棵高大的柚子树前，他仔细观察已经色泽饱满的成熟的柚子，黄卫民为他递上一个从日本带回来的专用剪刀，要他剪一个下来尝尝。博士高兴地剪了一个下来，邀大家一起品尝。博士说："我们国家也有柚子，但没有这么大。这主要得益于嫁接技术！通过和黄卫民先生交流，我很佩服黄卫民先生栽种和嫁接植物的本事，他简直就是中国当代的米丘林！而他所从事的工作就是人类生活的美容师！"博士除了和黄卫民交流技术上的事，当然不忘他此行考察的目的，他继续问关于人口的话题。

"你们现在的生活与上一辈肯定不一样，好还是不好？"

"当然比上辈好！"

"你的生活好了，是否仍希望下一辈也像你一样？"

"不！他们应该比我们更好！"

博士用自己的眼睛看到了之前与西方媒体报道中不一样的中国农村，用自己的耳朵听到了来自枝江农民发自内心的声音。这时博士发自内心地对黄卫民说了一句："今天走访了你们家，对中国有了一个全新的认识。中国的农民之所以能过上今天的幸福生活，主要是中国政府致力于帮助农民提高生产技术。"

参观结束后，一部分外宾到另外一个考察点进餐，来自美国、肯尼亚、马来西亚、孟加拉国4个国家的外宾留在黄卫民家里吃饭。胡光琴端出一桌地道的枝江农家饭。这桌饭，端出了她骨子里的纯朴与善良，也端出了她人到中年的成熟与智慧。烧土豆、煮玉米、蒸南瓜、生黄瓜、老面馒头……，色香味俱全。每上一道菜，黄卫民给外宾报上菜名，来自马来西亚妇女家庭及社会发展部的官员周美芬能说一口流利的汉语，她充当临时的"编外翻译"。胡光琴的女儿在外地求学，没有赶回来，儿子黄雷请了一天假，参与接待。这个长得清秀的小男孩，用一双干净的公筷不时地给客人夹菜，外宾们受到这个可爱小男孩真诚举动的感染，纷纷放下西餐餐具，拿起了胡光琴为他们准备的筷子汤勺，细细品味这一桌丰盛的农家饭。

按照时间流程，安排在另两处进餐的外宾在吃完中饭之后要回到黄卫民这里，会合之后一起离开。在黄卫民家吃饭的外宾们吃完饭后，坐在柚子树下与主人聊起了天。他们看到黄卫民家的院墙上插着很多尖头玻璃，就问黄卫民是不是这里的治安不好？黄卫民答："我们这里治安没有问题，而是生态太好了，做这个院墙，是为了防猫防狗防老鼠不跑到屋里来"。黄雷的手被来自美国的外宾牵着，这位美国奶奶要跟着黄雷学说中文，黄雷教她读，1，2，3，4，5，6，7，而她也教黄雷：one, two, three, four,……两人一边说，一边比画，还拿出纸笔，那情景，不像是中国人和美国人，而像是出自一家的祖孙。临别，这位美国奶奶对黄雷说："孩子，你很聪明可爱，我会想念你的！希望你长大以后，到我们国家去读书，去发展！我也非常乐意为你的留学提供帮助！"查理奥姆卡博士也拉着黄雷的手，希望黄雷长大后到他们国家。他们纷纷拿出自己的联系方式，并送给黄雷一个新书包，送给胡光琴一条丝巾，送给黄卫民一件衬衣。高大丰硕的柚子树见证了胡光琴一家与外宾们结下的深厚友谊，他们在柚子树下合影留念，将这一份珍贵的友谊定格成永恒。要上车了，那位美国奶奶和查理奥姆卡博士又一次和黄雷拥抱告别。"记得长大了，欢迎你到我们国家去！"

如今，这个小男孩长大了，如愿考上北京外国语大学，后留学英国，三年之后回国发展，在他的家乡枝江，拥有属于自己的事业，并已成家，正用他的才智效力家乡建设。

7

家庭农场启示录

2004年,黄卫民和胡光琴为宜昌一所学校做绿化工程。工程做完了,结账却成了问题。学校领导找到他们说,目前资金有点困难,想与他们商量将地处枝江问安四岗的一片基地让他们来承包,算作抵扣给他们的工程款。黄卫民还在考虑,胡光琴坚决不同意。为在约定时间内完成学校的绿化工程,夫妻俩带领一批员工起早贪黑,风吹日晒雨淋,流过的汗水,吃过的苦头,为的是能换回响当当的现钞,现在却要他们去接一片几近荒废的农田。不仅结不到现金,去承包那片农田,还要上交租金,不干!

校领导一边做他们的思想工作,一边也放话给他们,说学校里确实没有钱给他们结账。过了一段时间,胡光琴他们见结账无消息,就又去找学校领导。学校领导还是那句话,要他们去承包那片地。胡光琴并非不讲理的人,你要钱,人家没有,你还能把人杀了不成?她看到学校领导很为难的样子,也非常理解人家的难处,决定去那个叫四岗的地方去看一看。四岗是枝江问安辖区内的一个村。这里有宜昌农科院枝江粮油试验基地、宜昌农业特产试验站,那家学校的基地便与农科院相邻。看到农科院,夫妻俩不由得感到亲切,特别是胡光琴,她曾经在指南村的科研所工作过，对从事农业技术的人一直深怀钦佩。而与之相邻的那所学校的基地就逊色得多，几间破旧的平房孤立在那里，有几扇门窗已被人拆卸，墙上的石灰正在脱落，野草长到屋门口，一幅百废待兴图。再看那一片田地，长了庄稼的，是周边的农户种上的，空着的荒田里，杂草丛生。即便长了庄稼的田地，一看就知道没施肥，麦子长得一副未老先衰的样子。黄卫民去周边农户打听了一下，原来他们是看到这里一直荒着，觉得可惜，就种上庄稼，但不是自己的地，又怕人家说要就要，就不敢施肥，任凭其长什么样儿就收什么样儿，靠天收。在农科院工作的人告诉胡光琴，职院的人来过，看到周边的农户把田占了很生气，就去跟农户"理论"。这一"理论"竟像捅了马蜂窝，几家农户拿了杠子、锄头等要打来"理论"的人。来人自认倒霉，说遇上了一群"刁民"。很长一段时间，这一片荒废的田就这样处于"无政府"状态。胡光琴和黄卫民来实地看了基地之后，对学校领导的想法有了一种理解：现在的这块地，成了学校的包袱，他们想甩掉这个包袱，让黄卫民去接。黄卫民问胡光琴："你说接还是不接？"胡光琴说："接可以，得和学校谈条件，做农业项目，前期投入大，时间不能只是三五年。至少是15年。"他们把这个条件跟学校领导提出来，学校领导非常满意，不仅学校领导自己满意，还给了他们一个满意的承包时间：20年。签订的合同上，明明白白地写着，从2006年12月8日起至2026年12月8日止。合同中也明确表示，这期间，承包人在满足甲方即学校教学实习任务以外，可以将土地进行综合开发利用，增加经济效益。

既然是承包，就得交租金。合同上也写得明明白白，20年，交租金44.08万元，每五年交一次，分四次交清。还规定了交付时间是每年的1月1日以前。

这一年枝江问安的冬天,风似乎成了主角。面对这一片荒废多年的农田,胡光琴他们开始了整治工程。就像当初白手兴家时的干劲一样,胡光琴扛了把铁锹,带上几个员工,在四岗"安营扎寨"。挖渠开沟、扯草推土,这些重体力活,胡光琴一样都不缺席。带去的一个员工对她说:"您只指导我们做就可以了,没有必要亲自干,事业做得这么大了,这么大的老总了,还亲自做,没见过。"胡光琴说:"我就是个农民,天生就是吃的一碗辛苦饭!"时近春节,黄卫民从另一个绿化工地上回到枝江,来不及喝一口热茶就匆匆赶往四岗。寒风中,他看见已近天命之年的妻子胡光琴一个人在那里开沟,偌大的一片田地,只有她孤单的身影,黄卫民一时哽咽得说不出话来。"那几个做事的人呢?"胡光琴回答黄卫民:"今天冷,我放了他们的假了!"这样的天气,这里的农家几乎是关门闭户,在家里围着火盆。胡光琴好像不知道冷似的,见丈夫从工地上回来了,高兴地与家人分享她心中对这片荒地的规划。

栽树是必须的。栽什么树,按什么比例栽,两人统一了观点。可是,临到来栽树的时候,他们也碰到了学校领导在这里碰到的同样的麻烦:这里周边的农民不希望他们来承包,他们希望长期这样荒着,而他们就可以长期种这块不上交的"黑田"。挖土机开进了基地,在这里种了"黑田"的农民就来闹事,有的站在了挖土机上,威吓黄卫民他们,说:"你们谁敢挖,就把我先从这里埋下去!"一副蛮横拼命的势头。黄卫民沉着脸,对开挖机的师傅说:"给我挖,死了人我去抵命!"见黄卫民他们动真格的,站在挖机上的人自己跳了下来,黄卫民说:"凡事要讲道理,讲规矩，不是你的田，在这里种什么？以后我这里若需要人做事，可以优先考虑周边的人！"十几个在这里种了"黑田"的农民自知理亏，他们从此打消了在这里占小便宜的念头。不过他们也生出"看戏不怕台高"的小心思，这300多亩荒田，你们两口子种得了吗？

黄卫民他们规划，利用这300多亩基地，办一个家庭农场。在他们的计划里，争取利用5年时间，让家庭农场初具规模。接手基地的第二年，他们投入200余万元对土地进行改造，定植香樟、桂花、大叶女贞、木芙蓉、红叶石楠等30多个林木品种，60000余株。同时新建了农场办公及农工住（用）房屋650余平方米。到2013年4月正式注册枝江民盛家庭农场时，已有农工285人，各种农机具20余台套，农场自有资金1800万元。

2016年夏天，枝江发布微信公众平台发出了一则令枝江人耳目一新的消息：6月18日，由枝江卫民园林主办，枝江广播电视台致信广告传媒有限公司承办的"三峡·枝江问安杨梅采摘欢乐游（第一季）"将在问安镇四岗村民盛家庭农场杨梅园盛大开幕！

民盛农场？杨梅园？四岗村？一连串的惊喜掠过枝江人的心头。特别是喜爱乡村旅游的人群。此前，枝江一直都没有人种植杨梅，这下好了，想吃杨梅，本地有了采摘园。在枝江问安，体验了泥仓子、象棋公开赛、农民趣味运动、踏春赏花、文化探寻等活动之后，现在又来一个采杨梅、品杨梅的体验，枝江乡村，好戏连台了。杨梅园不大，也就三十多亩地，品种有两种，即东魁杨梅和太梅。到了采摘的时候，还有人现场带来了老窖原酒，人家要炮制杨梅酒呢！物以稀为贵，这小小的杨梅，牵动起枝江许多人的情怀。也难怪啊，起源于浙江余姚的杨梅，自古就受到人们的赞美。明朝徐阶有佳句"折来鹤顶红犹湿,剜破龙睛血未干。若使太真知此味,荔枝焉得到长安"。这徐阶老先生是在和苏东坡的"日啖荔枝三百颗,不辞长作岭南人"中的荔枝暗自较量吗？有趣的是这个东坡老先生也说,"闽广荔枝,西凉葡萄,未若吴越杨梅"。可见,水果家族中,也是山外有山,人外有人。在古代诗人眼里,杨梅的滋味神秘无穷。宋代诗人平可正写道:"五月杨梅已满林,初疑一颗值千金。味胜河朔葡萄重,色比泸南荔枝深"。杨梅不仅味美,还富含纤维素、矿质元素、维生素和一定量的蛋白质、脂肪、果胶及8种对人体有益的氨基酸,其果实中钙、磷、铁含量要高出其他水果10多倍,其药用价值非同一般。或许正是它的药用价值的缘故吧,人们在品尝新鲜的杨梅之后,发明了延续杨梅芳华的诸多产品,如杨梅酒、杨梅露、杨梅酱、杨梅干、杨梅蜜饯、杨梅罐头、杨梅冰棒、杨梅果冻、杨梅汤圆等,有人用杨梅制成冷饮,起了个美美的名字,叫"爱德华之吻"。这些产品当然是时尚的且具有时代特色的,可古人在杨梅系列产品开发上并不比现代人逊色,你看人家东坡老先生就有"时于粽里见杨梅",把杨梅放于粽子里一起吃,那色,有红有白有绿,那味,且糯且甜且香,入口的便是诗词,流传的便是经典。

对于爱好写作的人来说,采摘杨梅的过程,也是一次体验和蓄积灵感的过程。枝江一个作家在日志中写道:"如果说把杨梅做成不同类型的食品,是在延长杨梅的芳华,那么用杨梅染成布,做成衣服或者布包,那就是留住了杨梅的本色。杨梅于之人,很像我们每个人的青春岁月,它美好而短暂,经不起等待。正是因为它经不起等待,能与它相遇的才是有缘人,于是在这个短暂的等待里，蕴藏了极其丰富的密码。李白曾经'玉盘杨梅为君设'，今天的四岗，又见杨梅红，满园醉清风，愿君多采撷，此物亦情浓"。湖北省作协会员、枝江问安小学校长盛德刚的一篇《又见问安杨梅红》一时间甜遍了朋友圈。

这一季采摘体验，火了问安的四岗村。短短几天时间，宜昌的、荆州的、当阳的、荆门的，以及武汉的旅客都来了，如今的微信朋友圈，其几何式的转发率简直到了无法想象的程度。大家期待来年，再来摘杨梅。还有人建议要黄卫民他们扩大杨梅园的规模。不承想，杨梅园采摘结束一个月之后，一个不速之客来到了他们的民盛农场。

来客是从宜昌过来的，代表学校也就是签订合同的甲方，一来看看他们的家庭农场，二来商谈承包费要涨价的问题。

"低也好，高也好，学校里盖了大红公章的，不能说改就改！朝令夕改！"胡光琴一听说承包费要涨价，火气就来了。罗兰说，不结果的树是没有人来摇的。民盛农场刚有一点兴旺之气象，就有人关注了。来人解释道："现在物价上涨这么快，哪能还是以前的价呢？那时50元一亩地，十年之后，连过个早都过不到。"黄卫民也火了："你吃的什么洋气早餐啊？我们过早只要5毛钱，50块钱在宜昌就只过个早？"话不投机半句多。不久，一张起诉状递交到枝江市人民法院，黄卫民成了被告。黄卫民坚信一条，那就是合同的真实性、有效性和严肃性。这官司后来打到湖北省高院，高院驳回到宜昌中院，维持原判。原判的结果是按合同签订的条款执行。这官司一打就是三年，黄卫民和胡光琴本来计划着把农场建设成湖北省一流的家庭农场，经这么一折腾，他们也没有心思去改造和投入了。

2018年初夏,宜昌市中院一名副院长和那所学校的一名副院长来到枝江问安的民盛家庭农场,他们是就官司问题来协商的。黄卫民和胡光琴都在场。学校代表说:"作为校方,我们仍然希望和黄总继续合作下去。在这里,我仍然有必要把事情的起因给黄总和胡总讲一下。"胡光琴不慌不忙地说:"想改合同可以,想涨价也可以,有一个前提是,我前期的投入全部补偿到位,我们再谈!否则,免谈。"

谈判陷入僵局。现在的农场林木价值就超过5000万元,这对于学校来说,不是一个小数目。胡光琴继续说道:"这些年,我们不单单是经济上的投入,在精力投入上也是心身俱疲。栽种这么多树木,每一棵树根里都洒下了我们的汗水。做农业项目,本来就是投资大、见效慢的项目。从时间上来说,当时学校领导不找我们接这个包袱,我们也不会接。现在国家对农村政策好了,打造乡村游,农场也才刚刚初露头角,你不能用十年前的物价来比现在的物价。从地理上来说,北京的土地和宜昌的土地价码不一样,宜昌的和枝江的不一样,城市土地和农村土地又不一样,有些东西是没有可比性的,只能说合不合法的问题。远处的比喻,咱不打了,就说近在咫尺的宜昌农科院的基地,人家承包这里的田,不仅价格低,还有不少附加福利。"

法院的副院长一听说农科院的承包情况,就去农科院调查情况去了,留下校方代表继续与他们夫妻说事。其实,话已说得再明白不过。法院的副院长调查后回来说:他们农科院的承包,旱地每亩50元,水田每亩60元,柑橘地每亩120元。柑橘地之所以价高一点,是因为农科院把树已嫁接好了,在开始挂果受益时承包给他们的。有了这个比较做参照,校方代表说:"我回去以后来给院长汇报!"

记得官媒有云,不要和农民争利益。

胡光琴和黄卫民,他们至今仍是农民,但他们已不是传统意义上的农民。从改革开放之后的走南闯北到学术领域里的摸爬滚打,他们的经历与见识、智慧与修养、法律意识和思想境界,已经上升到一个高度。他们懂得用法律来保护自己,甚至是维护自己应得的利益。我们对这样的农民不仅仅是高看一眼,厚爱三分,更应该为他们不畏权贵、尊重事实的言行而点赞。虽然他们骨子里仍脱不了农民的胎记,那就是勤劳。现在的黄卫民和胡光琴都到了花甲之年,可这一对勤劳的夫妻,每天五点多就起床,安排一天的工作,哪里的树要浇水了,哪里的苗圃要施肥了,哪里的树木要剪枝了,哪里的绿化工程要维护了……在他们的日程里,几乎都是栽树栽树,永远有栽不完的花草树木,事业永远都在路上。而且,经历了大风大浪的他们,处事更洒脱,目光更高远。

就在双方为官司谈判的同时,问安镇人民政府把民盛家庭农场纳入未来五年乡村旅游的重头戏,正在规划路线图和时间表。胡光琴在四岗这片基地附近流转了一百多亩土地,即便基地承包时间到期,他们创办的民盛家庭农场也会在这里扎下根来。在新一轮乡村振兴的事业中,她还想大干一场!她要搭借问安镇万亩花卉苗木基地建设项目的东风,做足枝江生态文化,开辟乡村振兴试验田,打造绿水青山精华版。虽然经历了这个官司,令她从某种程度上增长了见识,但她始终坚信:千错万错,栽树没有错。目前,在她的家庭农场,办公地方的门前,有两棵修剪好的樱桃树,一片观赏石榴园,一片高度大小一致的紫薇园,以及各种好看的植物，随便一数竟有上百种。这里无疑是孩子们学植物、认识植物的好地方。在她的心目中：农场里除了采摘园，还要有一个传艺堂，她要把多年的栽种树木和花草的经验教给孩子们。这里还要建花卉群、名人村、童话木屋、林家铺子等。当年，她从百里洲走出来的时候，她就没有想过在城市里拥有一套住房，过城里人的生活。而今，她的乡村情结和乡村梦想还在心中酝酿。已经实现了的，她会欣慰一笑，没有实现的，她咬紧牙关也要去实现。

把握时代脉搏的先知先觉们，总是受到人们的欢迎。问安镇的农场建设有了明确的发展规划，董市镇人民政府也向他们发出邀请，千亩优质柑橘采摘园等着他们去投资经营。这样的邀请，并非商业意义上的，而是从生态种植和绿色发展方面发出的邀请。在枝江，他们夫妻俩成了绿色环保和种植专家的代名词。

8

一个老农的"晚来福"

2017年夏天的一个周末，我和几个同事应朋友之邀，到枝江卫民生态园林酒店去吃饭。第一次进入园林式的就餐场所，大家都感到很新鲜。这里古树成群，草坪如画，既有江南园林之格局，又有城市森林之气象。如此美不胜收之地，对我们来说，观景比吃饭重要。同事们沿道漫步，随意拍照。走至北门，一老人指着门对我们说：请回吧，这门六点半就关了，若要出去，走南门。我说我们是来这儿吃饭的，见这儿景好，随便转转。老人从屋里搬了把小椅子，我无意中瞥见那个堆放了很多杂物的屋子里同时堆着不少书，便与老人有了一些交流。后来又有几次去那里吃饭，而顺便去看望这个老人，似乎成了一种必须。因为他是一个让人钦佩的诗人。他的名字叫胡元林。

胡元林的老家在长阳鸭子口乡。他1948年出生，小名曙光。因五行缺木，取学名元林。父亲那一辈，有教私塾的，有从事财务的，也算是正儿八经的书香之家。胡元林是独子，自然也是父母亲的掌上明珠。尤其让父母心生喜爱的是胡元林聪慧过人，对翻阅过的书刊过目不忘，是块读书的好材料。中考时，胡元林数学和物理都得了满分，语文中的作文也得了满分。说到作文，胡元林说中考前,他和老师们在一起押题,还真押中了,那一年他们那个班有7人考上了宜昌二高。

中考过后,胡元林憧憬着能进入宜昌二高读书的美好。可新学期开学后,宜昌二高的新生都报名去了,胡元林仍没有接到学校录取通知书。不对呀,考完后认真地对了正确答案,估计的分数考宜昌二高绰绰有余。问题究竟出在哪里呢?一个星期过去了,又过去一天,两天,三天……,那种度日如年的滋味在一个少年心里成了无望和煎熬。半个月过去了,眼看实在没有什么指望了,胡元林的心也死了,他不吃不喝,整天睡在床上,不出门,也不见人。少年的自尊心深深地被伤害了。父亲发话了:"老子要你报考宜昌卫校或者财校,还有宜都师范也不错,你偏不听,现在好了,搞得连高中都读不成了!"父亲满腹的怨气都撒在了儿子的身上。父亲的话像一把盐,撒在胡元林那颗受伤的心上。胡元林也铁了心,不上宜昌二高,就跳崖死了算了。母亲看着日渐消瘦的儿子,心疼地宽慰道:"我来跑一趟,去李莉家问问,要李莉帮忙在宜昌二高看看,新生的名单中有没有你。"说完就打着火把,往十里开外的李莉家走去。已是晚上九点多钟,母亲一双小脚迈出门去,胡元林知道,母亲这也是没有办法的办法。明知道去了也是白去,李莉只是先一年考上宜昌二高的学生,她又怎么能知道新生名单。有时候,惊喜也就发生在像胡元林的母亲这样心善而执着的人身上。母亲到了李莉的家,开口问道:"李莉回来了没?"李莉的父母说:"在学校呢!""如果李莉回来了,叫她帮忙问问,我家元林考没考上宜昌二高?好歹要心里有个底。"李莉的父亲高兴地告诉她,说考上了,老师都来了,住在我们这里呢!准备明天去你们家接胡元林的!还真是巧了。这时，在李莉家住下来的老师从床上一跃而起，老师甚至来不及穿上长裤，就跑到堂屋，对胡元林的母亲说："我是来接胡元林上学的。学校统一发了录取通知书，可能胡元林没收到。"母亲喜极而泣，她来不及喝一口李莉父母沏的凉茶，急忙打转身回家，她要把这个迟到的喜讯早一点告诉儿子，哪怕是早一分钟。等她回到家时，已是夜半三更。虽是夜半三更，母亲还没有睡意，她半夜去敲亲戚家的门，要为儿子上学筹钱，借了五户人家，才凑齐23元，那时候，这23元能管半年的学费。

或许命运不济，胡元林没能上大学。这是他一生的遗憾。但对读书的喜爱一直伴随着他。无论在长阳老家还是后来举家搬迁到枝江问安，如今在卫民园林，他都"穷不丢书"。看到他的住处，很容易让人想起这样一副对联：田有嘉禾时望春风时望雨，宅无别物半藏农器半藏书。2016年寒假临近，他和卫民园林的员工在枝江一中做绿化时，看到还在上课的高三学生，想起了自己的高中时代。他心中顿时涌起一种诗情：

年近归期远

远别尽思念

念及父母情

情系过大年

胡元林不大的一间住房，堆满了书。身处这样一个简陋的居室，你知道他订阅的是哪些书吗？说出来让人惊讶。有时政类的《纵横》、文学类的有《散文诗》《词刊》《扬子江诗刊》《东坡赤壁诗词》以及综合类的《民间对联故事》。在浩如烟海的读物中，人们"萝卜白菜，各有所爱"。从胡元林爱好的刊物选择，我们可以看到他心中高远的意境和修养。一个人读过的书，会植入到他为人世事的态度和格局中。尽管已经70岁，朋友们常开他的玩笑，说老胡啊，你好像越活越年轻呢。胡元林说："两个三十五，心宽不觉古，读写画中忙，忘却一半数！"就像自己才三十五岁。2017年，他的外孙考上了湖南工业大学，他怜爱地抚摸着外孙的头，送给外孙一副对联："挣钱艰难，父母披星戴月挣钱；求学苦深，儿女跋山涉水求学"。他想起了自己的求学时代，母亲披星戴月找亲戚家借钱筹学费的事。一个是披星戴月，一个是跋山涉水，一幅人间辛勤耕耘图。

胡元林在问安九口堰村当会计28年，没有买保险。他的高中同学知道后，给他买了一份商业保险，现在一个月可以拿420元。他在卫民园林打工，一个月有1500多元。他感念同学们对他的好，在宜昌工作的几个同学知道他的牙根发炎，集资给他在医院里把钱交了，医生通知他去治疗。而让他更感念的是黄卫民和胡光琴夫妇俩，"他们是我晚年遇到的贵人！老板没把我当外人，管吃管住发工资，还给我买面料好的西装！"胡元林说。他说很喜欢现在的工作和生活环境。他这样描写他的居住和工作之地：

百犬唤天醒

群鸟闹黎明

猫咪玩晨曦

蜜蜂穿花行

胡光琴对待胡元林，像自家兄长一样。她钦佩胡元林的才气，也非常同情他曾经的遭遇。"你不知道啊，胡元林有一个女儿在武汉，是他的前妻生的。他与前妻非常恩爱，也不知怎么就阴差阳错地分开了，前妻带着女儿离开后，二十年音讯全无。二十年后，女儿找到了他，当着那么多人的面，女儿说，我今天不走进家门，我要我爸爸抱我进家门。当时在场的好多人都哭了！我听到这个细节时，也忍不住哭了，可怜这对父女，二十多年的骨肉思念……"胡光琴在向我介绍胡元林时，眼睛里又盈满了泪水。"他在我这里工作，我们都把他当自家人。"

出于对卫民园林栽种树木的喜爱，胡元林创作了《植物联名诗》，在2017年卫民园林全体员工共同参与的春节联欢活动上，员工们集体诵读：

我们爱园林
耿耿绿化情
诵朗五言诗
花草苗木名

合欢八角莲
含笑唱杜鹃
银杏南天竹
映山红木锦

广玉兰香樟
垂柳伴枫杨
燕尾龙舌兰

一个老农的"晚来福" // 057

罗汉松丁香

红果冬青树
苦楝凤尾竹
月季刺冬青
苏铁像枸骨

朴树五针松
三角枫杜仲
紫荆蜡梅花
雪松迎红枫

紫薇红继木
茶花爬山虎
竹柏紫荆藤
南洋松蚊母

沃柑四季红
红美人伦晚
脐橙纽荷尔
国庆九月红

柳树与枇杷
海藻木兰花
椿树棕榈树

对节是白蜡

金森女贞球
红叶李石榴
白玉紫玉兰
茶荆花乌桕

柞树黄槐木
枣子核桃树
栾树配木槿
红豆杉方竹

石楠美人蕉
四季桂福桃
海棠金弹子
火棘迎春早

名木偎古树
卫民楚天殊
园林聚英才
新春启宏图

除了这首有趣的《植物联名诗》,"大政播春,城绿村新山河如画;小康圆梦,国强民富岁月若诗",这是胡元林创作的对联。胡元林还创作了通俗易懂的《三句半:不用钱》,内容健康向上,催人奋进：

> 我最爱争光
> 我喜欢超前
> 我后来居上
> 　都到场
>
> 到场都干啥
> 这还要问他
> 我说的不算
> 　三句半
>
> 我罩衣没换
> 我秋裤没穿
> 都手忙脚乱
> 　大联欢
>
> 公司效益佳
> 员工乐开花
> 才开十九大
> 　震天下
>
> 巨人习近平主席
> 东方举大旗
> 带领亿万人

奔富裕

历史新纪元
时代换新天
思想写党章
管万年

思想要学透
永远跟党走
上下一条心
团结紧

践行中国梦
继承好传统
爱国爱家庭
多包容

创金山银山
护绿水青山
建设美丽中国
要实干

决胜双百年
撸袖作贡献
初心永不忘

敢担当

紧跟总书记
脱贫自奋蹄
使命永牢记
干到底

到底有多远
沟通都在线
打开支付宝
不用钱

现和泥巴现打灶
结结巴巴没说好
大家同志们听了
不要笑

9

古树迎嘉宾

2018年清明节过后，胡光琴才带孩子们回百里洲老家给已故的亲人们插青。都说清明前插青，那是真正的插青，清明后插青，那是了却一个心愿。而这个心愿，她是一定要来了却的，不然就欠了。清明节期间，她正带领一班人在宜昌栽树，分分秒秒地赶工期。这天天气晴朗，回到久别的指南村，她感到亲切，也似乎有了某种陌生感。那时村里多热闹，鸡叫狗吠孩子哭。现在的指南村，年轻人少之又少。前几年，指南村修路差钱，胡光琴二话没说拿出一万元给村里，她希望自己的老家越来越好。走在老家的土地上，她的脑子里像放电影一样。村里的那棵大白果树，如今有六十多年了。那是1954年百里洲分洪蓄水过后，指南村老6组的李和吉，在重建家园时拾到的一株白果树苗。这株苗子从哪里飘来的，谁也说不清楚，在洪水中浸泡了多日，也不知能否栽活。李和吉抱着一丝希望，栽下了这棵白果树。这个李和吉想，如果栽活了，也是对百里洲人民为保卫大武汉而分洪蓄水的一个纪念。这棵树正如李和吉希望的那样，一天天茁壮成长起来。到了80年代，李和吉的后代相继搬出了指南村，外出发展去了，本村的李兆喜在白果树旁买了宅基地，接替李和吉护佑这棵白果树。2008年，这棵白果树有了自己的身份证，编号为CEN1400016，被枝江林业局指定为保护目录，实行原地挂牌，永久保护。胡光琴记得，村里以前还有一棵更大的白果树，她小时候和小伙伴们一起在那棵白果树下玩耍，十几个小朋友手拉手地围着白果树，还抱不拢。常听老人讲，那棵白果树分叉的地方，有人看见有一个非常好看的女妖精在那里梳头，那人就走近了，用镰刀掷过去，没承想女妖精把刀给接住了。那人就拼命地往家里跑，不久病倒了，再也没有起来。老人们说，那妖精便是树神，不能轻易侵犯她。后来这棵白果树被村里一个人锯倒了，锯树的人说，树枝叶遮住了他屋上的瓦。锯树的人不久也死了。村里的老人说上了年纪的树犹如上了年纪的老人，有灵气，有祥光，不能轻易砍伐。后来这个传说流传开来，是要大家当栽树人，不当砍树人。

当栽树人，不当砍树人。对的，她的走运就是从栽树栽花开始的。从江南栽到江北，从本土栽到外地，夫妻俩在这几十年里，栽了多少树了？他们已无法统计了。先后承接了大型绿化工程200多项。跑了全国许多山山岭岭，对树有了一种特殊的感情，一种深入到骨子里的爱。"百里洲如果是一个大型林场该多好！就会成为长江中游的一个真正的绿岛！"跟随胡光琴回老家插青的孩子们展开了想象的翅膀。胡光琴说，只要不被污染，种什么都好！这时她的手机响了，是枝江妇联的工作人员打来的，说近日省妇联主席要来调研，要她做好汇报准备。

事业做大了，受到省市乃至中央领导的关注，会时有迎来送往的接待。学习的、考察的、参观的、调研的，等等，胡光琴以她一贯朴实的风格，给前来学习考察和参观调研的客人留下了深刻的印象。市妇联工作人员告诉她，要从哪些方面做汇报。她基本按照市里说的去做，也有一些不同的细节，她要坚持自己的观念。遥想十多年前，她家里接待过那么多国际友人，不仅没有出过一点儿差错，还大长了中国农民的脸，夸她的丈夫黄卫民是中国的米丘林。4月17日这天，是一个晴空万里的日子。上午11点，市妇联工作人员已等候在胡光琴这里，他们在卫民生态园的一棵大朴树下荫凉处，和胡光琴聊天。

"光琴姐，这是一棵什么树啊？"

"朴树！"

"这么粗大的树，有多少年了呀？"

"100多年了！"

"从哪里买来的？"

"北方！"

"前面那两棵呢？"小姑娘指着上坡处两棵树叶儿刚发青的大树问。

"那是两棵榔榆。这是两棵子母树，前一棵是后一棵的儿子！"

"哇，光琴姐，您这里的古树都有故事啊！"

"这两棵树的背后，是8万元的现金！"

十年前，胡光琴他们从滕家河搬到这里来的时候，住在这里的人家要砍掉这两棵树。胡光琴就去和这户人家谈，说树已经这么大了，砍了可惜了，不如卖给他们。按市场价，这两棵树2万元已经很高了，要是砍了当木材卖，不过千来元。对方见是大名鼎鼎的"苗木女王"来找他谈，他就开了个金口，硬要翻几倍。胡光琴是真心喜欢这一对母子树，用8万元买了下来。在她的精心养护下，这两棵榔榆枝繁叶茂，一大一小，小的在前，大的在后，像怀抱子，与园林众木竞相生长。

胡光琴讲的母子树，让我想起一次在仙女镇采访时的见闻。那是在新开发的位于枝江北站对面的北辰之光小区。陪同我们采风的仙女镇委宣传委员黄金梦指着北辰之光小区的两棵树告诉我，一棵是皂荚树，一棵是朴树，树龄已有85年。这两棵树是金湖村一户贺姓人家留下的，这对贺姓老夫妻爱树护树几十年，视如自己的生命一样，因征地拆迁，老人说："常言道，人挪活，树挪死。这两棵树我们不要补偿，留下来陪伴入住新居的人们，只求它们能平安生长。"那两个老人今天在哪里，我们不得而知，但乔迁至北辰之光的人，在这两棵大树下乘凉时，一定会记起两个慈祥的老人，为他们留下的一片浓荫。

11点20分，一辆考斯特停在卫民生态园林的大朴树下。湖北省妇联主席彭丽敏在宜昌市妇联主席周赟鸿、枝江市委副书记黄方帅的陪同下到枝江市卫民生态园调研。不需要专门的讲解员，胡光琴多次在省妇联开会，对彭丽敏的亲和力印象深刻。两人见面，像老朋友那样亲切。但因为彭丽敏第一次来枝江，第一次来到胡光琴这里，胡光琴还是要给她做详细的汇报。只见她带着来调研的领导们，从卫民生态园林宽阔的走道向北走，不时地指着一些高大的树木给客人介绍。阳光从树林间穿过来，微风里送来一阵阵花香。在环境优美的卫民生态园，彭丽敏称赞这里像人间仙境，鸟语花香四月天，绿树成荫韵满园，每一处都彰显人与自然的和谐。周赟鸿向彭丽敏介绍胡光琴现在的社会职务，湖北省女企业家协会会员、宜昌市妇联执委、宜昌市女企业家协会副会长、枝江市妇联执委常委、枝江市女企业家协会会长。"乡村振兴，我们枝江的巾帼先行！"枝江市委副书记黄方帅向彭丽敏汇报说，枝江有一群勇闯市场的女企业家。在卫民生态园酒店观看了枝江市妇联拍摄的枝江女企业家的专题片后，彭丽敏亲切地对胡光琴说："枝江的女企业家很活跃，是因为有一个好的带头人，我看到了榜样的力量，也感受到了榜样的魅力！"

彭丽敏所肯定的也是实在话。这些年，全国"三八红旗手"、全国"双学双比"先进女能手、湖北省十大农村女科技致富标兵等荣誉称号都摆在那儿，胡光琴的苗木专业合作社先后被评为全国农民专业合作社示范社、全国巾帼现代农业科技示范基地。这天送走客人，胡光琴开车前往枝江金湖，她要去查看一个星期以前由卫民园林负责栽下的梧桐树。枝江的金湖，被誉为枝江的第二张名片，是国家湿地公园。这里还是2017年全国自行车联赛的一个赛点。胡光琴把车停在金湖景区入口前的停车场，沿着刷黑的公路步行至湖边。她完全可以把车开到景区内的，以工程员检查树的身份，以她现在荣获许多荣誉的身份，还有以她在枝江的"面子"，入口处会为她的车开绿灯，可是她没有。农民的本分告诉她，要做一个受人尊重的人，首先是尊重别人，包括尊重社会秩序和规则。新栽的梧桐在金湖景区内的主道两旁，碗口粗的胸径以及那树型和高度用"伟岸"来形容并不为过。明年，或者后年，这条主道上的梧桐将上演绿树成荫的"大片儿"。她坐在金湖的草坪上，欣赏着一湖清水，更让她着迷的还是金湖的树：黄连木、刺冬青、香樟、桂花……还有她和丈夫黄卫民精心培育的心爱的枝江枫杨！这个季节的金湖，蒲草葱郁，芦苇疯长，荷叶出水，野鸭嬉戏，天鹅翩飞，这嫩绿的金湖，胡光琴真想把它绣出来！

芒种过后的一个下午，胡光琴收到枝江博物馆原副馆长黄道华先生发来的消息，告知江口古镇上的杜海英奶奶在枝江人民医院住院。杜海英，她可是胡光琴当年学刺绣的师傅！胡光琴二话没说，就直奔医院。胡光琴这些年一直在寻找师傅杜海英，她到江口古镇上寻找过，打电话打不通，问别人，说杜海英去了武汉女儿那里。一听说师傅还活着，就在枝江市人民医院，胡光琴几乎是"飞"到医院的。83岁的杜海英老人一眼就认出了胡光琴，老人关切地问道："光琴，你还好吧？卫民还好吧？孩子们还好吧？"胡光琴眼眶湿润了，她朝师傅点点头，说："都还好！"

"看到你这双手，就知道你吃过的苦啊！"老人的眼睛停留在胡光琴的一双手上，眼里泛起泪光。胡光琴当年是她最赏识的爱徒，那双绣花的巧手，纤细白皙，简直就是一双玉手。胡光琴笑了笑，说："还好，我们农村人，哪有那么娇气。"这双手其实一直在绣花，只是没有绣在桌布上，没有绣在鞋垫上，而是绣在广袤的田野上，绣在城市绿化的工程上，绣成了青山绿水，绣成了生态园林。握别老人，胡光琴盼望她早日康复，等师傅出院了，她要接师傅到她的园林去做客。

10

规划采摘园

近几年,随着乡村旅游的蓬勃兴起,枝江以花为媒,从开始打造的安福寺万亩桃花、百里洲万亩梨花、问安万亩油菜花,到"同心花海""东方花谷""枫林月季花园",在"鲜花"旅游上做足了功夫。与之相对应的,是水果的采摘。当人们还徜徉在花海的浪漫中时,董市的草莓已开始以红坛绿盖的喜庆迎接游客,随之而来的,是张家湾的桃、百里洲的梨、问安的杨梅、石岭的翠枣、曹店的白瓜。入秋之后,沉甸甸的柑橘挂满枝头,可以采摘到又一年立春。春赏鲜花秋品鲜果的枝江,已经初步形成全年乡村特色游的格局。趁着这大好的环境,黄卫民和胡光琴请人做了一个家庭农场采摘园的效果图。单看那效果图,已是人间仙境,现代田园。可是这个规划效果图,儿子黄雷不认可,两代人之间出现了观点上的分歧。

黄雷从英国留学回到家乡后,先后在政府部门和学校工作过,后来园林新居落成,黄卫民夫妇准备开一个高档农庄,儿子黄雷是最理想的人选。身为父母,为儿子创下一片基业,是在尽父母之责。黄雷接手卫民生态园酒店之后,充分利用现有的环境,把酒店经营得风生水起。他在枝江首推草坪婚礼,糅进新颖的婚庆式样,给前来举办婚庆的客人一种新奇。对在问安四岗的民盛家庭农场,黄雷虽然没有精力去顾及,但他看了专家提供的效果图,他不太认同。其理由是:投资大,没有特色,且仍以人力投入为主,不可取!

作为儿子,他在心里是孝敬爸妈的,可是两个老人凭借多年的成功经验又很主观,对他的观点和建议,他们又不认同。他知道爸妈的辛苦,每天天不亮就起床,晚上十一二点了还在说事,说事,仿佛他们有说不完的事。都已年满六十了,还像年轻人一样在奔波与忙碌。黄雷认为,采摘园的规划,要按照现代农业的特点来搞,要用农业机械化代替人工操作,即便一次不可能全部到位,那么分步实施也要向机械化进军。在他看来,那才是农业发展的出路,小打小闹仍旧走不出现有的模式。"不要看人家现在搞乡村旅游,好多地方都是政府拿钱在支持,而政府拿钱支持也是有限的,不可能永久性补贴,一旦政府取消补贴,你看那些项目还能撑多久。我们需要的是一种长远的可持续的发展!"没等黄雷说完,胡光琴一句话反回来:"你光在嘴上说,你就是不付诸行动。大道理谁都会讲,可空谈误国,实干才能兴邦!"胡光琴说话声音大,黄雷干脆来了个三十六计走为上,避免和母亲发生争吵。胡光琴说,你看,说到关键处,他就溜了。

第二天,胡光琴要出发到北京参加全国妇代会。黄卫民送她去枝江北站,临走,黄卫民接了个电话,枝江分管城市建设的副市长找他有事。黄卫民吩咐黄雷送妈妈。胡光琴赌气说:"不要他送我,我坐公汽去!"黄卫民唠叨开了:"不是我说你,跟自己的儿子生什么气,都是全国妇女代表了,应放眼大局。你莫说,黄雷这小子,到底是多喝了墨水的,比我们俩都强。他那么任性恰恰像你的性格。算了，还是我送吧，反正耽误不了几分钟，等副市长问我怎么迟到了，我就说是送出席全国妇代会的代表了，他准会谅解的！"

此刻的黄雷，其实不在园林酒店里，他开车去了问安镇的民盛家庭农场。他在航拍农场，准备自己来做一个采摘园规划图。他从枝江农业部门了解到一个重要信息，那就是枝江在农旅融合上，要立足柑橘产业做文章，规划了以安福寺、仙女、董市、顾家店4个镇为基点的精品柑橘园旅游线路。枝江种柑橘的历史悠久，早在北魏时期，枝江就有"桔、柚蔽野，桑麻暗日""枝江有名柑"的记载。20世纪60年代，枝江从浙江温州引进蜜柑，后经不断改良品种，到2018年，枝江柑橘种植总面积已达33万多亩，是全省的水果大市。为了从"传统种养"模式向"特色现代"转型，以农机、农艺、农旅融合为发展方向，采取严控种源、培育无病害苗木、绿色防控、调整延长销售等一系列综合措施，由市农业局牵头，每年筹集资金800万元，强力推进柑橘供给侧结构性改革工作。为了将柑橘大市打造成柑橘强市，2018年4月枝江市与中国农科院柑橘研究所合作，创建了全国首个北缘地区现代柑橘技术试验站，共同推进枝江柑橘产业发展和试验站项目建设。目前，枝江已完成柑橘品改，新建柑橘标准园6900亩，一个省级现代农业产业园已在枝江建成。从赏"个个和枝叶捧鲜，彩凝犹带洞庭烟"的柑橘花到"一年好景君须记，最是橙黄橘绿时"的采摘，游客尽可以了解柑橘的一生和价值，丰富自己的认知和体验。在这个新方阵中，既可以感受到柑橘文化的源远流长，还可以结合已有的东方年华、牛郎山特色小镇、千年古镇董市、青龙山森林公园等旅游，感受新型田园综合体的返璞归真与时尚，领略农旅融合的新方阵带来的独特魅力。这个信息，胡光琴显然还不知道。黄雷规划的采摘园，除了现有的杨梅园之外，会以柑橘为主，因为在枝江种植的特早熟蜜柑和纽荷尔脐橙、新品爱媛38、春见、不知火、金秋砂糖橘等品种，不仅通过"枝滋有味"平台实现了线上线下的走俏走量，还远销"一带一路"国际市场，自信地走出国门，受到俄罗斯、哈萨克斯坦、吉尔吉斯斯坦、马来西亚、新加坡、泰国、加拿大、印尼等十多个国家消费者的青睐。黄雷知道这一信息后，专门到市农业局咨询了相关情况，问了局长可否把问安民盛家庭农场的采摘园纳入农旅融合的观光线路。局长高兴地点头，说只要规划拿出来，完全不成问题。

一个月以后，胡光琴在武汉出席湖北省十二次妇女代表大会。在即将返程的时候，她的微信里收到一条长长的信息，是儿子黄雷发来的："妈妈，我把采摘园的规划做了相应调整，可能操作起来更方便。我们不和人家比档次，那种所谓的档次、投入的现在看来很时尚，不到两年就过时落后了，我们来一个民间的朴实无华的包装，把爸爸收藏的坛坛罐罐和农耕元素的东西搬到农场去，做一个简易的江汉平原农耕博物馆。您和爸爸都是造景师，在那里可以充分发挥，打造有特色的农场。我们可以在那里建立研学基地，您和爸爸可以在那里传授科技知识。还有华农的包满珠教授，也可以到研学基地去讲学。我们与包教授签订了三年的院士工作站的合作协议，不能让这些资源浪费了，要让更多的人从技术中受益。我把农场分成这样几块：一是杨梅园和柑橘园，二是农耕博物馆和绿荫教室，三是现代化农田区域。所谓的现代化即我跟您讲过的农业机械化。其实农业实现机械化之后更有观赏性。我们居住的园林这边，我也想做微调，再建一个立体草坪，即人们到这里来参加活动，可以不摆座椅，直接坐到草坪上，一排排阶梯式布局。再建一个书院和茶室。因为书院建起来之后，会引来一些文人墨客，我知道您一直喜欢和文人墨客交朋友，同时，也是研学旅行基地建设的需要。等您回来，再看图纸。"

看完微信，胡光琴眼睛里瞬间盈满了泪水，且不说这些想法正确与否，她在心里已经感动了，哦，儿子，你们的时代到来了！

11

方言乡音唱劳模

卫民园林旗下的民盛家庭农场位于问安镇四岗村。这个村里，有一个远近闻名的乡贤，名叫杨和春。在枝江大地上，说起杨和春的名字，无人不知，无人不晓。就是那个说笑话拍楠管的老爷爷。"以前是个日股俩（枝江方言，不成器），现在成了民间艺术家！"杨和春的创作搭档、枝江问安镇原文化站站长黎修池这样戏说他。2009年秋天，我所工作的枝江酒业要创作一个关于酿酒的楠管段子，经请示公司负责人，我和办公室的一个同事前去问安镇"寻找"杨和春，按照我们和杨和春老师在电话里的约定，车至问安袁码头时，我们下车问路。那时尚无导航，只有嘴巴可以问到具体位置和要找的人。那天，问了几个人，都知道杨和春老师的住处，而且人家告诉你时，脸上都带着自豪的表情，可见他在当地极受欢迎和尊敬。杨和春老师在村头的路口上等我们，这个在舞台上见过多次，在电视上看过他节目多次的老人，长得颇像小品演员严顺开，天赋喜剧味，根植于其中，让人不得不承认，某些禀赋原来就长在脸上。我们说明来意，是想请杨和春老师帮忙把枝江酒的酿造工艺用楠管的形式表现出来，在广大消费者中推广酿酒科技。杨和春老人高兴地答应了，他说，太好了，一直想研究一下关于酒方面的创作段子，苦于没有素材。我们把随身带的《把酒问枝江》《日月生香》等关于枝江酒历史的书籍送给他，并邀请他不忙的时候到枝江酒业体验生活。

时值金秋，农村喜事多起来，老人祝寿，儿子结婚等喜事一件接一件，杨和春老师又是人们离不得的快乐主角。杨和春老师是个大忙人，随着时代的进步，人们对精神生活有了更多的追求，枝江的许多人是听着杨和春老师的楠管长大的，老少皆宜的楠管受到众多人的喜爱。人们离不开杨和春老师带来的快乐，致使杨和春老师的日程排得满满的。有时候，他一天赶好几个场，往往是上午在宜昌，下午在枝江，晚上在江陵。人家大腕们坐飞机赶场，他打的赶场，有时候，东道主为了他能到场，不惜派专车等候接送。了解他日程安排的朋友们说，杨老头虽然不玩味儿，但也过足了"被人接送"的瘾。等他来枝江酒业的时候，已是深冬了。那天他是和搭档黎修池老师一起来的，说跑遍了枝江的村村组，第一次到枝江酒业来，倍长见识，备受鼓舞。两人一唱一和，像演小品，真正有情趣的人，不在灯光四射的舞台上，而在生活的舞台上啊。从制曲、酿造、勾兑到包装，两个老师一路看来，一边走一边琢磨，四言八句已了然于胸。在参观制曲的过程中，杨和春老师边看边说，"嗯，有意思，你看制曲的工人一边躁，一边踩，这曲子就变成了一块块！"穿过老厂区的大门，我们绕道来到正在建设过程中的新 2 万吨基酒基地，明清时期风格的宏伟建筑，让两位老师伸出拇指赞叹。这时，杨和春老师的手机响了，是约他去外地演出的。"喂，是我，老杨……我今天在枝江酒业……哦，明天上午 8 点在车站接我，好的，好的！再见！"放下电话，他自言自语地说，"以前没来过枝江酒业，哪晓得有这么大的地方啊,走了老半天,还有一大截!"他信手拈来,押韵而有趣。一天的参观,使两位老师对专业酿酒有了感官上的认识,挽留他们就在县城住一晚,杨老师说:"看了是不想回家,家里晒了一帘子棉花,还有个八十几的老妈,她也还要吃饭嘛!"我们在笑声中握别。枝江酒业的广场上有几个从事绿化的员工在花坛浇水。杨和春老师眼尖,他看到了刚用手机打完电话的卫民园林的黄卫民,笑着迎上去,"这不是卫民同志吗?好久不见!"两人像久别重逢,一双手紧紧地握在一起。那时候,枝江酒业的绿化和养护由卫民园林负责,因为他们无论从景观设计还是管养维护都受到好评,枝江酒业的绿化工程被评为省级优质工程。黄卫民经常要去看看树的长势情况和花草的干旱情况。

不久,杨和春老师他们创作的访酿酒的段子初稿便打印好了呈送在公司负责人的办公桌上。公司老总对杨和春老师表演的这种群众文化很在行,并对《访酿酒》的原创作了些许修改,比如描写枝江酒业成果的,原文较长,改成:"数不清的坛坛和罐罐,税收占了枝江的一大半。……省优奖、部优奖,全国白酒行业前十强,质量奖、效益奖,宜昌市纳税大户领头羊",简单明了。杨和春老师看了,禁不住点头称赞,说你们老总不仅懂经济,还会这样的四言八句,真了不起!就是这个《访酿酒》,不仅在2010年枝江的春节晚会上获得好评如潮,还于2010年4月在香港阳光卫视《乡土中国》栏目中播出。

杨和春老师于1943年9月出生于仙女镇肖家庙村,1953年举家搬迁于问安四岗村。考上初中后,父亲去世,杨和春是三个儿子中的老大。杨和春虽然年幼,但长兄当父,家庭变故让他过早地担当起家庭中男主角的责任。15岁那一年,枝江县文化馆组织了9人组成的说唱队去各大队巡回演唱。其中有4人是拍楠管的，杨和春特别喜欢这种特殊的说唱形式。这不就是自己平常与人开玩笑时说过的对口白吗？

原来，杨和春的母亲会唱五句子，栽秧歌。耳濡目染，因为喜欢，他把母亲的唱词用笔记下来，自己慢慢学唱。基因的培养和后天的钻研，使虽然只有高小文化的杨和春对民风民俗文化有了丰富的积累。有人建议，你自己虽然会唱，还要从名师。意思是借助名师扩大知名度。仙女和问安都在长江以北，叫江北，百里洲在长江以南，叫江南。江北民间艺人中有三个有名气的楠管先生，人称"江北三棵树"，即张万栋、文启道和严广森。张万栋带徒9人，名气最大。杨和春也从心里喜欢张万栋的风格。春节前去拜访张万栋师傅。张师傅问他从哪里来的？杨和春如实回答从屋里来的。张师傅说好的，等我和几个师兄商量一下再决定，叫杨和春等候通知。杨和春满心欢喜，还准备春节时给师傅去拜年，结果一等数日，春节过去好长时间了，还没有接到师傅的通知。后来，杨和春从张师傅的徒弟那儿得知是杨和春自己把话说错了，师傅问他从哪儿来的，他不该说从屋里来的，要说从半路里来的，那样的话，好带一些。现在来理解，半路来的一般是已具备了一些基础。原本想成为张万栋师傅的第10个徒弟，看来成为一种梦想了。后来杨和春就自我摸索，博采众长，把听到的、看到的、想到的收集整理，并不断提炼。"文化大革命"期间，各地大搞"办学习班，吃忆苦餐"的革命教育，各生产队就请杨和春去唱，对他来说，壮了胆子，练了嗓子，把群众逗得笑破肚子。"开会这几天，听我来发个言，我把过去的苦处唱一遍，起码要唱好几天。腊月三十里，娘儿母子去讨米，地主门口讨一碗吃，把两颗沙碎米，看那地主的一把冷脸，心里蛮怄气……"这样的说与唱，干部站起来呼口号，群众站起来拍巴掌。

70年代初，杨和春开始正式从事楠管段子的创作。尤其是70年代后期，枝江这个地方，人们的婚育观念还没转变过来，当时计生工作很难开展。杨和春创作了"李大妈杀鸡"的楠管段子。通过儿子儿媳做婆婆的思想工作，使一个生动有趣的故事跃然入耳。李大妈的儿媳头胎生的是个姑娘，婆婆盼望得个男孙儿，听说媳妇有了喜，心里喜欢得没得法，就来把鸡杀，儿子媳妇说，"不忙杀，等一下"……儿子和媳妇通过许多事例把婆婆的工作做通了，媳妇好去把胎刮，儿子带头去结扎。媳妇说，干脆我明天去一刮，刮了就一扎，何必两人都去挨一下！简单的故事，甚至是土得掉渣的语言，让老百姓明白了大道理。"李大妈杀鸡"这个节目先后演出200多场，获得枝江市文艺汇演二等奖。此后，杨和春的演出一路升级，从田边地头一直演到中央电视台。著名作家赵瑜在《革命百里洲》里描述现代有些歌星，在灯光四射的台上瞎折腾，他自己想红火，看戏的百姓不红火。杨和春的舞台在民间，在老百姓中间，在一张张淳朴的笑脸中间，因而，他有市场，他的表演也走进了央视这样的大雅之堂。

1982年，在宜昌地区（9县1市）文艺汇演中，杨和春创作的"说实话、黄昏话"获演出二等奖，其段子刊载在1983年的《布谷鸟》杂志上。随后他又创作了"打假""都因赌博惹的祸"等老百姓喜闻乐见的段子。90年代，由问安镇文化站推荐，杨和春参加了枝江市宣传队到全市各村组巡回演唱，走遍了枝江的每一个村组，结合党的政策法规进行宣传。特别是在计划生育政策的宣传上，杨和春的贡献最大，三次出席湖北省"婚育新风进万家"先进代表会，2010年被评为湖北省"计划生育委员会十大新闻人物"，成为2010年第二期《人口》杂志上的封面人物。杨和春的家里，他收藏着奖状若干、荣誉证书若干和两个奖杯。这些对于常年在外演出的杨和春来说，被视为"身外之物"。他脑子里不断在构思新的创作段子，他得不断看书学习，吸取新的精神营养。在报酬上，他不计较多与少，是个随和而善解人意的老艺人。2007年元月，杨和春参加宜昌市"乐在新农村"演唱比赛获得特等奖，主办单位奖给他一辆价值近4万元的农用小车，他风趣地说："这个奖是有些特别，他们晓得我屋里蛮遭业"。2004年，杨和春被评为枝江市德艺双馨文艺工作者，湖北省优秀民间文化艺人。2005年，中央电视台"夕阳红"栏目播出了时间长达15分钟的"楠管先生"，2009年，香港阳光卫视"乡土中国"栏目播出了杨和春的个人专辑，时间长达45分钟。比起有些企业花钱做一些低档的广告来，这15分钟和45分钟的专题节目，是对一个农民出身的民间艺术家褒奖和价值的肯定。

说起师徒之间的关系，杨和春在成名之后，许多媒体都来采访他，杨和春总是说张万栋是他的师傅。他不仅从心里认定张万栋是他的师傅，还特别敬重张万栋师傅。1939年，张万栋师傅说书，痛斥日本人的滔天罪行，被日本人用刀刺伤了腰部，张万栋师傅的爱国情怀，深受杨和春的敬佩。我们对于饮水思源的人，总是怀着一份崇敬。杨和春为了能将枝江楠管发扬光大，带了一批有名的弟子。其中最活跃的是现任三峡职业技术学院副教授的余远国、宜都市歌舞剧团的彭世荣、个体老板冯一平等，我知道的还有江南的罗加海大哥，只是罗加海大哥英年早逝，每每说起这个爱徒，杨和春老师心里不免悲痛与惋惜。枝江楠管已被批准为湖北省非物质文化遗产进行保护，这对于杨和春和所有爱好楠管的人都是一种文化上的尊重。一方水土滋润一方人，枝江人民在杨和春式的快乐中迎来笑容满面的绿水青山。由杨和春让我想到了广西的刘三姐。刘三姐出生在那个物质匮乏的时代，没有好茶饭，只有山歌敬亲人！但她继续唱道："莫讲穷，山歌能把海填平，上天能赶乌云走，下地能催五谷生"。乐观向上的精神给以砍柴捕鱼为生的群众心灵注入了无穷无尽的力量。其实，穷也好，富也罢，活得不就是一个精、气、神吗？每一片天空下都会开出美丽的花朵，杨和春在为别人带来快乐的同时，他自己也感到了快乐，这种乐观以及把苦日子笑着过的乐观精神和姿态，应是他对养育他的这片土地的深情回报。我的耳旁仿佛响起小时候唱过的儿歌："门前大桥下，游过一群鸭，快来快来数一数，二四六七八……，赶鸭老爷爷，胡子白花花，唱呀唱着家乡戏，还会说笑话……"杨和春不就是那个唱着家乡戏的老爷爷吗？现代的孩子们还在唱着这首好听的儿歌。绵绵不绝的方言乡音，其实是温暖我们心灵的快乐之源。

2023年夏天，我和枝江老区促进会的秘书长薛传平、枝江电视台的姜开梅、卫民园林的胡光琴大姐一起去看望年满八十的杨和春老师。老人家还是那样硬朗，看不出他的实际年龄。一见到我们，老人家就喜上眉梢，说今儿来的尽是些狠角。同行的胡光琴大姐风趣地回应道："我们都是您的粉丝，老粉丝、小粉丝都来哒！"我拿出出版的新书《触摸信念——枝江革命遗址留下的精神密码》送给杨和春老师，表示对他的感谢。因为在写这本书的过程中，要了解青年英雄潘天炎的相关情况，而杨和春老师创作过关于潘天炎的段子，在枝江进行过多次演出，我采访过杨和春老师。他老人家接过新书，向我们表示祝贺，说这段时间又有事干了，可以安静地读这本书。我在杨和春老师的一大堆创作手稿中，竟然意外地翻到了关于演唱卫民园林的段子。杨和春老师回忆道："那年，是市政府给我交的一个任务，要我把卫民园林黄总和胡总的事迹编成楠管节目在宜昌演出，我说，黄总和胡总我不仅认识和了解，还钦佩他们的为人。在很短的时间内就写好了段子，那一次的演出也非常成功，把坐在前排的领导们硬是逗笑得合不拢嘴，演出结束后，一个领导来和我握手，表扬我说，你把黄卫民和胡光琴的创业故事展现得淋漓尽致，感谢你！"他学着领导的原话，那语气那腔调把我们逗笑了。

我的眼前，浮现出杨和春老师在台上演出的画面。那次他演出的节目是《卫民园林，真心为民》。

朗：我们宜昌市是全国的绿化名城
　　说起宜昌美，离不开园林人
　　今天是园林人共同迎来新春
　　要说园林人，的确蛮艰辛
　　下面我来唱几个活典型

唱：说的是，宜昌卫民园林
　　董事长叫黄卫民
　　总经理叫胡光琴
　　也就是夫妻一家人

白：一个是全国劳动模范

一个是全国三八红旗手

枝江市政协常委

而且他们夫妻二人都是园林高级工程师

唱：两口子，两把锄头把家起

经过三十年的奋斗和努力

把一个不足十亩地的花卉苗木小作坊

变成了现在拥有的六大基地

先说总经理胡光琴

一个普普通通的农村女人

八一年和黄卫民结了婚

就在百里洲的指南村

两口子用了三十年的打拼

不懈努力，不断创新

实现了他们的绿色，美梦成真

让花香飘荡，全国闻名

我亲自到他们家里走过访

两口子亲口对我讲

想起开始创业好凄凉

想搞事业没门路

出门闯世界又人生面不熟

光守几亩田成不了大气候

儿子姑娘要读书

越想心里越不舒服

两口子硬在屋里急哒哭

八四年两口子决定搞专业户

承包三十亩的梨子树

开始尝试种苗木

梨树两边有一点空处

就套种白菜和萝卜

从此就踏上艰苦的创业路

黄卫民胡光琴看得更远

要寻找更广阔的发展空间

九一年决定，渡江北上找地方，找山坡

第二天就收衣服、捆被窝

把苗木就用板车拖

迁移到枝江城郊有一村叫滕家河

新开基地五十亩

全靠自己的两双手，两把锄头

白：早上上工看不到走

晚上收工哒不见日头

冬天冻哒手炸口

热天里晒哒像黑泥鳅

回来坐到哒都还在吼

经过了三十年的艰苦奋斗

才有今天的好成就

唱：自己贴血本，到日本考察学习

花卉苗木的栽培技术

到华中农学院请教找师傅
　　努力提高专业水平和业务

白：后来她着手把成龄的树进行移植和修剪
　　让一株株普通树改头换面
　　特别是枝江枫杨枝江丹桂濒临灭绝的珍稀植物
　　被许多专家学者高度赞扬
　　获得国家专利和科技进步一等奖
　　黄卫民胡光琴坚信
　　在植物王国里也能点石成金
　　他们由20多个产品发展到现在的绿化苗木
　　根雕、奇石、花卉盆景

唱：远销到北京、上海、广东省
　　湖南、浙江和重庆
　　特别是每年的三月份
　　来拖树木的一群群
　　大车出、小车进
　　有的一棵大树几千斤
　　哪怕现有职工八十多人
　　天天挖树都挖不赢

白：有湖北三峡职业技术学院
　　有湖北楚天高速股份有限公司
　　都是他们园林绿化的大手笔

工程达到100%的合格率
胡光琴说我从来没有忘记生活困难户
跟他们送钱送苗子送技术
让他们走上了富裕路
还赞助修公路，对贫困学生也资助
老黄几句话，说得蛮实在
我们的这些成绩和荣誉
与党的富民政策分不开
感谢各级领导的关心和厚爱
胡光琴说
我的儿子读的是北京外国语大学
现在深造在英国
到时候，我把儿子召唤回国
不在外地找工作
加入我们新征程的航船
扬帆起航，乘风破浪
实现伟大的中国梦
把宜昌卫民园艺场发展得更加辉煌。

那次演出已过去十多年，如果杨和春老师再到卫民园林，许多的新变化一定会激起他新的创作灵感。

12

小酌365

"张主任，近日好！久雨初霁，忽见蚂蚁搬家，联想得句：巢蚁迁新城，万众一股绳。来回必碰头，告诫路走正。"每每收到胡元林老人的微信，如遇见知己。时间长了，也以能读到他的原创古诗为乐。他说每每得到我的肯定或收到我的祝福，心里就有一种温暖，为此，他还写有一首小诗："文苑遇知己，小草逢春雨。弄斧好试胆，抛砖确引玉。"他谦称自己是小草，我是春雨。这种谦逊之学风，着实令人感动。2021年，卫民园林组织员工们去远安的鸣凤山和三峡人家去旅游，胡元林也在其中，这位本该游历山水创作诗词的读书人，因为生存的困惑，不得不选择卫民园林这个最适合他的一隅，过着半耕半读的生活。此去鸣凤山，胡元林写道："一园绿友游心萌，旭日拂面载飞红。拾级攀雾还香客，笑靥吐翠化黛容。若闻鸿钟敲响午，欲步远荒安鸣凤。惟临高处众山小，畅享登顶我为峰。"人在卫民园林，心里却一直牵挂着家事。初夏时节，他回了一趟问安的家，望着家乡的田野，他有感而发："柳翠滴蝉声，麦黄泛金村。秧把抛春远，蛙鼓敲夏门。"2022年初夏时节，我从武汉回到卫民园林，见到胡元林老人，像见到久别的亲人。我们在一起闲聊了半天。晚上,收到胡元林老人的微信:"张主任,你好!见你从武汉回来很高兴。写几句以示心意:朝辞黄鹤楼,暮酌丹阳酒。一路情难收,千里心依旧。"懂我者,胡元林老人也!

"前日有事回家一晚,细雨绵绵,蛙声阵阵,稻禾拔节,大美乡村。十里听蛙声,园林到家门。绿禾催旧雨,青梦抱新村。"

"张主任,小暑一过,接着入伏。高温高湿,多多保重。小暑薪燃炉;初伏火添油。卡住高温拧;滴汗汇老秋。"

总是在不经意间,收到一首首胡元林老人的小诗,这对于他来说,是日常记录,对于我来说,也成了一次次文学享受。他在卫民园林,自然也写了多首关于卫民园林的古诗,比如《春园——写在卫民生态园暮春》:江汉傍西上,高铁站北望。柳丝剩风翠,花泥随步长。飞鸟嘈暗林,游客凫绿浪。凉阴成大趣,生态春酿香。这是怀着对卫民园林深厚的感情写下的佳句。

我问过胡元林老人回乡之后的生活,他用诗作答:"安贫求放松,读字自钻笼。调理几分地,养性一老农。囊空烦可贮,院小客少容。居近两五三,纳凉车流风。"他听说百里洲在建通往枝江县城的大桥,欣然写下《桥》:"大江千载锁孤洲,十万百姓活如囚。等渡苦熬三更月,往返纠结半日休,高速跨越画红(蓝)线,一桥飞架之乡愁。天堑梦圆变坦途,百里环岛更风流。"

有些诗句,胡元林信手拈来,贮存的诗词,遇到相宜的心与境,就像长了双脚的神来之笔,自如地行走于纸上。几年时间,胡元林写了千余首古诗,汇成厚厚的一本集子。这些古诗是写给家乡山水的信件,写给花草树木的问候,是留给亲人的叮咛,更是他自己一辈子不忘文学初心的答卷。

古人说,文官不爱钱,武官不惜死,则天下太平。能做到其中一点的，可称其为纯粹的人。在我们眼中，胡元林是个纯粹的文人。无论生活曾经多么不堪，他以诗词当粮食，活出自己的风骨和洒脱，他因此也成为我们学习的榜样。写诗，不为名和利，就当是自己酿的酒，每天小酌小饮，日积月累，竟成"诗翁"！胡元林说，来到卫民园林十多年，见证了黄卫民、胡光琴夫妇的勤劳，与花草树木为友，人心也变得干净。原来自己的名字在冥冥之中已和卫民园林结下了不解之缘！他问我，这本无名诗集就叫《小酌365》，如何？我笑着说："小心一炮走红！"

2018年金秋，卫民园林来了一批从北京来的客人。他们为报告文学《绿色钥匙》而来。其中有一个叫陈剑萍的作家，清晨起床后，她在园里散步，这里的一草一木都在《绿色钥匙》中见到过。"晨曦的光影里，我在作品的发生地园林般的枝江卫民酒店庭院中，巧遇了一位精神矍铄的老者，我大胆地猜测他就应当是胡老先生。寒暄之后，我更急切地向他讲述着我读《绿色钥匙》的感受，尤其是描写的农民企业家湖北枝江卫民园林公司的全国劳动模范黄卫民和他的妻子全国'三八红旗手'、巾帼英雄胡光琴的动人事迹的细节，顿时拉近了我们之间的距离，胡先生娓娓道来与故事中的两位主人公相处十余年的既是员工与老总，又是亲如家人的那些鲜为人知的故事……"我的好友陈剑萍这次湖北枝江行，催生了两篇优美的散文，一篇是《淡淡桂花香》，另一篇是《暑尾刷天爽，墨绿漫山听》。分别刊发于大报大刊。

"您好！您是胡先生，胡元林先生吗？"陈剑萍遇见了《绿色钥匙》中的胡元林老人。

听客人说明来意，胡元林老人向陈剑萍打开了话匣子。他告诉陈剑萍，每年过年、过节，黄卫民和胡光琴总是亲自送来加班费，还道一句："今天把你辛苦了！"他们从来不拖欠工钱，胡元林来卫民园林十年了，没有为工资扯过一回皮。"每天我们早上六点半上班，有人没有吃早餐，老板就让到那边酒店餐厅去吃。有时老板早上外出，问到没有吃早餐的，他就会拿出带的早餐分给我们工人，那推让的场面很温馨、很感动人的。前几年，我们自己开伙，现在我们有了职工食堂。夏天下雨，有时工人没有带雨具，老板马上去给大家去买一次性的雨衣，从来不让工人打湿。夏天中午很热，我们中午都休息三个小时。他们关心工人做到了点点滴滴。"胡元林不紧不慢地叙述，如温一壶香茶，话里已弥漫着淡淡的茶香。

"胡总后天学习得多，讲话很有条理，她接受新知识很快。即使是今天事业做大了，她仍然很平淡。人们看不出她有什么身家的。胡总满60岁生日的那天，既没祝生，也没做寿，而是二老一起去了湖南韶山毛主席故居，回来时给我们每个人带回了一枚毛主席像章，说，你们都戴上，搞事要安全，心中有毛主席，搞事安全得多，毛主席保佑你们，给你们家庭带来福气。这是咱们农民多么朴素的对毛主席的敬爱之情啊。"胡元林向陈剑萍继续说道。

胡光琴和黄卫民对员工的好，大家都记在心里。每年春节前杀年猪的时候，大家互相道喜，相互请吃猪血晃。"2017年工友老刘邀请黄总、胡总，接他们二老到家里吃席，他们亲自搬一箱酒到屋里去。就像他们自己说的，工人接我去，我一定要去，而且是两老一起去。其实，他们每年都是这样做的。上一次，我们一个工友病了，两老一起去医院探视，买了慰问品还给了500元现金。那个工友感动得流泪啊。2009年那年很忙，冬天很冷。临近农历新年，胡总说，'你能不能晚点儿走啊？腊月二十九了，把你搞迟了，我们开车送你回家。'我知道年关他们非常忙，但是我走的时候，他们亲自给我搞了80斤白酒，说是春节了，给亲戚朋友分一点儿，一家人团圆、喜庆。一直把我送到客车站，还执意要送我。80斤白酒啊！一再说道，你辛苦了！感动得我流泪，送我上车时还一再说，'平时我们没有好多时间经常很关心你，这次一次性关心，关心你一次嘛'。2012年的冬天，北风吹得像刀割一样，但我不怕冷，也没穿棉袄子，也不盖棉被。胡总亲自给我送来了新棉被。'你看你，袄子也不穿。你不是不怕冷，是不是家里有困难，舍不得。我们知道你家里盖了房子，债还没有还完。'2009年就只给我一个人买了一件羽绒服，124块钱呢。每年过年，我是正月初二就来，家里没得事，平时也不回家，也不计较每周的两天休息。我没有多大的付出，黄总和胡总却经常说，你是正月初二就来的人呢！一年里五月初五的端午节你回家一次，上午回家下午就回来，我们记得。去年冬天很冷，腊月的时候，黄总为我们工人每人都买了一件羽绒服，每件380多元呢，我至今都没有舍得穿。今年到黄石的高速公路绿化带搞完了，大家流了不少的汗水，也赚了不少的钱。大家伙可高兴了。"在胡元林深情的讲述里，太阳露出了笑脸。这天又是一个晴好的日子。

"我在这里工作坚持了十多年，他们二老对工人、对大家、对工程，正像他们自己说的'总有做不完的事，不愁没有事，总怕事情做不完。'比如我们这里栽树，一种是包栽包活，另一种是只栽即可。而我们是必须保证包栽包活。很多工程都是因为他们的信誉度高，人家自己主动找上门来的。广水那边通到黄石的高速公路中间的绿化带，施工方要求必须黄总来搞，这个工程一干就是一年多，施工过程中他一直带着两辆大的洒水车，这投资也不小，又不是必需的，考虑卫生和环境保护他坚持这样做。他们诚实、诚信，做事周全，也感动了合作方。"听到这里时，陈剑萍似乎找到了《绿色钥匙》中隐藏的答案。她在文章中写道："通过胡元林先生平中道来的一件件、一桩桩的小事，可谓是点滴涓流润我心田，更激发了我进一步了解黄卫民、胡光琴这对农民企业家创业、守业和再创辉煌的好奇心，加速了讴歌他们的驱动力。"

胡元林的名字有来历。因为他喜爱墨色，字墨山，他当年教过五年初中三年级的语文，爱好舞文弄墨。临别，陈剑萍请胡元林在她的笔记本上题记，"园林听雨枫叶红，卫民诚信硕果丰。光琴巧手绘新图，墨山有缘锦绣中"。字字句句，都是心声的表达。陈剑萍在回京后给胡元林寄来两册有关园林知识的小书，胡元林微信表达谢意：

"秋风咏良辰，万里传善文。墨山常听雨，润物四时春。有幸遇知音，古稀再学文。天远地也近，铭记燕京人。墨山远念，黄叶咏秋安。"

园林深处遇知音。陈剑萍在文章的结尾处写道："一次中秋远行，在与胡元林先生的偶遇中，我听见、看见了枝江这一对靠种田起家、用勤劳智慧创造幸福的夫妻，他们用点点滴滴的爱温暖着人心，实现着'绿水青山就是金山银山'的理念，也成就了墨山与听雨的文友情。应和胡先生在秋末写下的暑尾刷天爽，凑句：暑尾刷天爽，墨绿漫山听。"

陈剑萍的这篇文章刊发于《生态文化》，被诸多网站转载。

在"银河悦读"网站，一个叫"时光无心"的网友评论："几天前看到了这样一段话，感觉用来评价黄卫民、胡光琴这对农民最恰当不过了。诚实者胜，勤劳者胜，谦虚者胜，仁义者胜，大公者胜，笃实者胜，忠诚者胜，信用者胜，圆融者胜。文章里的故事讲得好，闪星点赞。"还有一个叫梁争的网友评价："如此有亲和力的老板，工作不再是枯燥乏味的了，这如同一家人的公司，实在难得。胡先生的诗写得也好，得此文友也是幸事。"

2022年秋，卫民园林迎来了秋季研学的一批又一批学生。胡元林老人住房的门口，是学生们上扦插课的试验田。每当看到来研学的孩子们，老人总是免不了有些小激动。他这个当老师的梦想就在血液里翻腾。梦想真是个神奇的东西，几十年过去，他以为梦想随岁月老了，只要看到背书包的孩子，他的梦想就像藏在衣服里的灵魂一样，随时就蹦跶出来了。一天上午，他给大树浇完水，随手拾起孩子们丢在树林里的纸质食品袋，坐在树底下，从衣袋里摸出一支笔，记录一点新的灵感。有个六年级的孩子看到了，好奇地跑过来，看胡元林老人写的是什么。"人生一叶舟，载喜亦载忧。春风吹冷暖，柳妍苦低首。"原来写的是一首古诗！学生没读懂。"爷爷，这是什么意思呢？特别是最后一句，不懂其中的意思。"胡元林说，看到你们，就想到我小时候的样子，现在我已过古稀之年，感叹人生是一叶小舟，载喜悦也载忧愁，春天吹来的不光是暖，也还有似剪刀的冷，柳叶一直低着头，有谁见过柳叶向上长的啊，它总是低着头的，谦虚的姿态又深受人们喜爱。古往今来，赞美柳叶的诗太多了。能把人的一生比作垂柳的恐怕只有胡元林老人了。这种深入骨髓的人生体验，被眼前晃动的孩子们的身影唤醒了，凝结成一首小诗。那个六年级的孩子听了胡元林这样一番解释，恍然大悟，佩服地要胡元林签名。签了名的学生呼朋引伴，一下子把胡元林围在中央，都要他签名。胡元林尽量满足孩子们的要求。此刻，树上的鸟儿发出欢乐的鸣叫，阳光穿过树叶间的缝隙，照在孩子们脸上，也照在胡元林那流着汗水的背心上。

13

有趣的弟妹

戊戌年杨梅成熟的季节,我和胡光琴一起到问安四岗的杨梅园接待宜昌来的一批客人。途中,胡光琴接了一个电话,只听她在电话里说:"好,你来,就到农场来吃饭!"接完电话,胡光琴告诉我,是她的弟妹胡玉萍,熟悉的人都叫她"胡医生"。这位胡医生,我见过几次,因为不熟悉,也没有打过交道,感觉她有些特别。国字脸,齐耳的短发,一副"大社员"的样子。听说她退休后自驾到新疆和西藏去过,所以每次见到她,总是要多看几眼,看这位"女汉子"与常人有什么不一样。后来我才知道,胡玉萍医生出于对黄卫民和胡光琴带领乡邻发家致富的钦佩,义务担任了他们夫妇的"保健医生"这一角色。

那天,胡玉萍在杨梅园晃了一圈之后,她对胡光琴说了一声"我走了",就真的走了。胡光琴挽留她就在民盛家庭农场吃饭,她说:"算哒,这里人太多了"。她开着一辆白色的运动版的福特,风一样地离开了杨梅园。整个夏天,我一直盼望再见到胡医生,她却没有到卫民园林来。也许我和她之间的缘分还没到吧。在这个夏天,我们一直忙于准备报告文学《绿色钥匙》研讨会的事,感觉日子也过得特别快。再见到胡医生时,已是秋天。原来，这个夏天，她被人请去当游泳教练去了。我这才知道她退休之后当了枝江市冬泳协会医院方队的队长。我们是什么时候感到"相见恨晚"的，已记不得了。她除了游历山水，收藏奇石，还绣一手好花。针线活儿做得又快又好。她还自制香皂，这样的香皂是纯天然的，没有一丝对皮肤有害的东西，她将乌木制成宝塔糖的模型，点燃之后既可净化室内空气，闻之又可治鼻炎。她织的毛衣、围巾，其花样都是高难度的，让人望尘莫及。她钩的南瓜形状的抱枕模样逼真，手感舒服。这些工艺品都在卫民园林奇石馆有展出。

我在卫民园林工作的日子，非常希望胡玉萍能常来。她来了便坐在沙发上绣花，一边和我讲起她童年时的趣事。她讲60年代末70年代初期，村里有个女造反派，架子大得不得了，说话时手势丰富，常用十指枪人。"那女的和我妈说话时，用食指指着我妈的脸，我气得不行，跑过去就把她指头咬破了。"我听胡玉萍讲这样的事，一点也不奇怪，她的骨子里有打抱不平的性格，何况受欺负的是她的母亲，她咬破那人的手指那还算轻的。"后来呢？""后来，那女的在驻队干部面前告状，说我咬了她，她的手洗不成衣服了。要我妈给她洗衣服。洗了一个星期之后，她还把衣服用盆装了往我家里端，我实在气不过，瞪了她一眼，对她说，你再把衣服往这里送，你信不信我一把火给你点了？那女的就再没把衣服往我家拿了。我小时候也不知哪里来得那么横气！"我笑她"现在也不差呀！"，她哈哈大笑。

她爱捡石头，可以捡一天不吃饭。"捡到好看的石头，眼前就像灵光一现，跟你们搞创作一样。"她积累了丰富的识别石头的知识。在她收藏的石头中，清江石、长江石、玛瑙石等有上百种。我问她对石头为何如此痴迷，她也说不上来为什么。反而问我："你为什么喜欢写作？"我确实也答不上来。有时候喜欢一件东西或者喜爱一个人，喜欢就是喜欢，没有理由，说不出个道理。一切从心出发。我前年和一个朋友去浙江温岭，在一个道院里，那道长送我一个枣木的可以挂在脖子上的饰物，饰物用黑绿相间的珠子串着，天冷时穿高领毛衣便戴在毛衣领子外。那天，见胡玉萍正在编织一个挂带，我就把毛衣领外的饰物取下来问她，可否把这个珠子换成棉线编织的。胡医生看了看，问我，为什么要换成棉线的呢？我说，如果贴着皮肤就凉飕飕的，而且这珠子容易夹着汗毛，怪疼的。胡医生告诉我，这绿色的不是珠子，是绿松石，这枣木先别说刻的什么字，就凭这材质就很珍贵。她说黑色枣木当数避邪第一神木，是雷击后的产物。我呆呆地望着她，如听天书。如果说爱宝是人的一种本性，那么懂宝则是人的学识的积累。胡玉萍在鉴赏石头的同时，把石头与人的健康联系在一起，戴什么石饰物对人体好或者不好，她会给予有科学依据的建议，成了许多朋友敬以依赖的顾问，但她又从来不好为人师，你问她，她才解答。她的性格里长着知识分子的风骨。

2006年3月，胡玉萍陪同嫂子胡光琴到省城武汉出席一个表彰大会。之所以有这样一次同行，倒不是胡光琴出门需要胡玉萍这样一个"保镖"，而是那段时间胡光琴颈椎疼痛，接到会议通知时正在医院输液，胡玉萍就临时当起了保健医生。妯娌俩一路上分享创业与守业的诸多故事。司机小何到了省城，凭印象开车，不小心闯了红灯。那时候没有手机导航，也没有大数据录入，闯了红灯，现场罚款。交警一个叫停的手势，让坐在车上的人都有些心虚，在省城闯了红灯，这还了得？两妯娌一合计，拿出会议通知向交警解释，说是初到省城，不知道会议地址上说的知音大厦在哪条路上。交警一看是省政府发的红头文件，就准予放行。

晚上彩排时，会务组才发现受表彰的10人当中，只到了9人。缺席的那一位据说是恩施的。那时候，宜万铁路、沪蓉高速尚在筹建之中，从恩施到武汉，交通确实不便。会务组的秘书长就问正在观看彩排的胡玉萍是干什么的，胡玉萍还没想好怎么回答，胡光琴就说："是我妹妹"。秘书长以商量的口气说，要请胡玉萍上台代替领奖。胡玉萍就当了一个临时的替补队员。第二天正式领奖的时候，胡玉萍非常盼望真正的领奖人能赶到现场，可是没有。还得有劳她替补到底。颁奖的省领导并不知道胡玉萍是个打替补的，颁奖到了胡玉萍面前，问她是干什么的。这真是哪壶水不开提哪壶。在台上领奖的胡光琴也为她捏一把汗。胡玉萍说："我是养猪的。"她这不慌不忙地回答还歪打正着，缺席的那个领奖人是从事种猪繁育的。事后，两妯娌讲起来哈哈大笑。

虽然是替人领奖，胡玉萍还是深受启发。改革开放让各行各业焕发出生机，也让一大批能人有了施展才华的舞台。她听到人们讲起嫂嫂胡光琴他们的创业故事时，总是在后面附加一句："他们不成功，天理不容！几十年如一日的勤劳，正是人勤天酬的诠释！"她像个特约评论员，一言中的。

我问胡玉萍，那一次替人领奖已过去十多年，还这么印象深刻？胡玉萍笑道："终生难忘！是从那个时候，我开始重新认识农业、农村、农民。我一个学医的，只了解自己的本行业，平时关注的也只是与自己利益有关的事。但是那一次与光琴姐同行，触发了我对'三农'的关注。三百六十行，行行出状元，种田的、植树的、养猪的都可以在专业领域里做到极致,都能受到社会的尊重。而且,那是一次有趣的经历,我还记得那位省领导讲过一句话,把我们肚子都笑疼了。"我等着她讲下文呢,她的手机铃声响了,这广告插播得真不是时候。待她接了电话,回到刚才的话题上,她笑嘻嘻地学着那位省领导的口音说:"祝我们福(湖)北的护(妇)女们个个都像发(花)儿一样漂亮"。夹带方言的普通话有时候听起来确实挺有趣。我听过一位文学老师的课,他说:"在这个伟大时代,我们迎来了文学的趁(春)天!"在一次文艺演出中,我听见漂亮的女主持人说:"下面有请我们五分(峰)的小盆(朋)友表演大合唱!"不一而足。每每讲起方言笑话,胡玉萍的记忆贮存里,仿佛不止一篓子,而像有一火车。

那一次替人领奖的经历,虽是胡玉萍个人过往生活中的一段插曲,却也是一个时代的印迹。如今,宜万铁路、沪蓉高速,让恩施和武汉的距离不再成为许多人的畏途。

人常说,物以类聚,人以群分。胡光琴和胡玉萍妯娌俩,有着不同的职业,生活在两个平行的轨道里,但是她们在很多地方有相同的价值认同,比如对自己所从事的职业的敬重,比如对弱势群体的帮扶。她们因此也成为相互激励的知心朋友。

2018年农历腊月二十八,胡玉萍一个朋友的母亲吃过晚饭,突然感到身体不舒服,儿女们都以为老人家感冒了,要老人躺下休息,只见老人咳嗽喘气,呼吸似乎很困难,几个儿女慌忙把母亲送到枝江市人民医院急诊科,并给已退休的胡玉萍医生打了电话。胡玉萍接到电话时在宜昌,她二话不说,开着车从宜昌赶到枝江市人民医院。没退休之前，朋友们信任她，依赖她，有她在身边，心里就有底，退休之后，朋友们还是习惯性地找她咨询或直接请她帮忙。胡玉萍赶到医院后，见老人呼吸越来越困难，家属们都很紧张，胡玉萍便安慰朋友，不要慌。到了急诊科，医生迅速给老人吸上氧，挂上吊瓶，做改善老人呼吸的基础治疗，并联系住院部病房，指导病人家属进行入院前准备。

尽管挂上了吊瓶，老人仍然感到呼吸困难。急诊科医生帮家属联系入住18楼的呼吸内科，值班医生收到急诊科的通知已做好迎接病人的准备。询问病情，急查血气分析，及时用上治疗药物。老人呼吸困难越来越严重，根本没有办法平躺下来，需要呼吸机来辅助呼吸。医生迅速请求多科室联合会诊抢救，杨爱兰主任、张兵主任到病房会诊后说老人已经发生了左心衰竭，已接近昏迷。看着呼吸越来越微弱的老人，儿女们心急如焚，只能眼巴巴地看着胡玉萍医生。胡玉萍安慰朋友，请他们相信枝江市人民医院！医院一定会想出办法。总值班李海娥主任立即协调ICU，因为医院各个科室病人都是爆满状态，仅有的呼吸机无法满足需要。聂克院长接到汇报后马上赶到医院，启动应急预案指示：到手术室组织抢救！

老人转运到手术室，董传斌主任给老人做加压给氧，气管插管，床边彩超。看到医生护士们进进出出，有条不紊地忙碌，家属们心里的感激油然而生，但更多的是敬佩。在医生们的抢救中，老人的呼吸困难得到了缓解。在抢救的时候，有一个年轻的医生为了老人更好地呼吸，一直在协助老人，他用小小的身躯支撑了接近两个钟头。胡玉萍向年轻人伸出大拇指，因为他的专业素养和这种博爱胸怀，不仅是胡玉萍他们这一代已退休医生精神的接力，也让病人家属看到了枝江市人民医院的良好形象。

在这么多医生的努力下，老人的病情终于稳定了些，脱离了危险期，但还是要继续接受进一步治疗，医生给宜昌中心医院联系转诊。不到一个钟头，120救护车就到了医院楼下。随行的还有宜昌医院呼吸内科专家高博士，他听说了老人的病情危急，发展凶险，说有些不放心，要确保老人转运途中的安全。

胡玉萍告诉朋友，宜昌市中心人民医院是枝江市医院的医联体单位，有对口帮扶，也是枝江市人民医院的技术支撑。几个专家在一起研究老人的病情，直到从枝江医院离开的时候，已是腊月二十九的凌晨5点，他们一夜未合眼。老人清醒了以后，眼角挂满泪水，说的第一句话就是：要过年了啊，把医生们辛苦了啊！看到一个医生说一句，感谢医生把她从死神手中拉了回来，反反复复用简单的话语表达心里的感激之情。老人家是内心愧疚，因为马上要过春节了，人家医生也有家，给人家医生添麻烦，老人心里过意不去。胡玉萍的这位朋友拉着她的手说："作为病人家属，我们和母亲的心里想得一样。可是，如果没有医生，如果没有枝江市人民医院的医生，我母亲的病还不知道会是一种什么样的状况，想想都后怕。守候在母亲的病床前，我心里有一种说不出的感怀。这次从母亲生病到抢救再到转院，牵动了这么多医生的心，他们把病人当作自己的亲人，在救助生命的通道上，他们严谨、从容而有序地接力。救治的过程中，如果中间任何一个环节出现问题，就有可能无法挽回我母亲的生命。无论是医院的管理层干部还是临床科室医生，遇到问题马上解决问题，说明医院平日里的管理工作做得非常到位，随时随地保障全市人民生命健康安全。特别是你，都已退休了，还这么麻烦你。

真的，胡医生，在你们的世界里，没有高低贵贱，只有鲜活的生命。我为有你这样的朋友感到很幸运。还有这些参加救治的医生，我们之前从未谋过面，但他们的一言一行、一举一动无不呈现出当代医生的职责操守和医道本色，让我们看到一个高尚的、令人敬重的职业团队在这个时代的美好和给人们带来的感动。"胡玉萍一直陪护在老人身边，疲惫不堪的她本来站着就想睡觉，有朋友这样几句发自内心的感激之言，她又觉得所有的付出都值！用她的话说，像打了鸡血一样亢奋。

其实对从医的人来说，一年365天，天天如此，从无过节过年的概念。待胡玉萍回到家里，家里人看到她熬夜之后的疲倦样子，心疼地告诫她，都退休了呢。胡医生嗓门抬高了几分说："退休怎么了，咱也是新时代的奋斗者！人家卫民哥光琴姐他们都六十大几了，每天还像年轻人一样忙碌，和他们相比，我们这算什么。"

看这话说的，一下子就有些高大上了！其实在胡玉萍骨子里，真正的高大上，是她对弱势群体的帮扶与关照。2019年冬天，我在卫民园林苗圃基地给百里洲的几个亲戚买了部分脐橙树苗，那天家里人把车开出去了，我一时难以找到运输的车辆。胡玉萍知道后，说我们俩一起送过去。我有些不好意思，她说，反正闲着，你不也是在做善事吗，我愿意加入。于是，两人把树苗装上她的运动版福特，风风火火过轮渡，把树苗送到了几个亲戚家。这一趟跑下来，竟花了半天时间。回枝江县城的时候，已是万家灯火。留她一起吃了晚饭再回去，她说约了赵玉灵（化名），到她那里学钩编手工。把我放在小区门口，还说了一句，以后再回百里洲办这样的事，再叫上她。

她说的赵玉灵，我认识。那是一个美若天仙、心灵手巧的女子。如此一个聪慧贤良的女子，却是个哑巴。赵玉灵很能干，带着个六岁的女儿，种了几亩柑橘，房前屋后，种花种草，把个庭院装扮得如诗如画。前两年，卫民园林承接了"楚凤起航"手工培训项目，赵玉灵就是来参加手工培训的学员。她学东西很快，是那种悟性极好的人。胡玉萍是教钩编的老师。培训结束后，胡玉萍亲自上门，一对一辅导，还给赵玉灵接了部分订单。让赵玉灵多了一门手艺，还增加了收入。我问胡玉萍，助人的感觉很好吧？胡玉萍说："你懂的！如果不是说话有障碍，你说，像赵玉灵这样的女子，怎么会留在乡村啊？凭她的心灵手巧，早就到外面赚大钱去了。正是因为她还留在乡村，像她这样的年轻人就是乡村的风景。有人气才有生气，振兴才有希望。我一个退休人士，说话没有分量，你这个大作家，要多写文章，把出门打工的年轻人呼唤回乡村。我们都怀念在百里洲度过的热闹时光。我们百里洲人口高峰时超过13万人，现在不足5万人，年轻人差不多都出去了。"我说，写文章再好，不比你用实际行动帮扶赵玉灵的作用更大。

2020年春，枝江城区因疫情封城。一天晚上，收到了胡玉萍发来的微信。

"还好吧？孩子们也还好吧？我想没消息就是最好的消息。"

"还好，谢谢挂念！"

"有个事想请你帮忙呢。"

"您吩咐！"

"我们冬泳协会的想给枝江市人民医院募集一点资金，帮我写个动员稿，我发在群里，号召一下。"

"这份爱心值得点赞！我马上来写。"

动员稿写好传给了胡玉萍，她告诉我，医院方队已经有人开始捐款了。她还附了一句："为了感谢你的辛勤劳动，我们在今年夏天畅游长江的时候，带你下水，很多队员都可以教你！"这是一件多么令人向往的美事。我给她回复："我盼望明天就是夏天！"枝江市冬泳协会是个大集体了，据说已有300多人，仅医院方队的就有40多个。多一项本领总是好事，在关键时刻还能起到作用。

胡玉萍发起的捐款倡议，收到了很好的效果，不仅是医院方队的，整个冬泳协会的都参与进来了。不仅捐款，还给医院写了一封要求请战的信。

我给胡玉萍发信息说，如果不是因为孩子们回来，我也出门做义工去了，小区里就有不少志愿者，我很想去做一点力所能及的事，不想窝在家里。胡玉萍对我说："你把从武汉回来的三位客人照顾好，就是最大的贡献！还有什么比把他们照顾好更重要？"

好吧，只能这样了。我纠正道："不是客人，是自家的孩子。"

"他们长期不在你身边，回来了也是客！"胡玉萍的话让我琢磨了半天。

"和卫民哥、光琴姐他们联系了没有？"胡玉萍问我。

我告诉胡玉萍，联系过了。"大年初一，卫民哥他们就接到通知，为突击完成枝江市人民医院隔离板房扩建，卫民哥带领刘刚、何峰、刘红林、冯新国等人，承接了医院扩建板房场地的树木移植工作，连战三天三夜，按时完成任务。为表达对抗疫工作更大的支持，卫民园林向红十字会捐款5万元。"胡玉萍听了，说了三个字："好样的！"

有趣的弟妹 // 103

解封之后，我去了一趟卫民园林，才知道黄卫民、胡光琴他们在疫情期间，根本没有休息，和部分农民兄弟义务承担了宜昌市三医院及周边的消毒工作，一直到解封为止。

不知道胡玉萍知道这件事后会用什么样的赞美之词。

14

金贵的雨水

2022年春天,卫民园林在宜昌市猇亭区中了一个养护的标段。许多年的绿化管养,成绩有目共睹,口碑一直都在。关键是有一批以何峰、刘刚、罗祖伦、贺友华等为代表的骨干队伍。他们做事风风火火,跟随黄卫民、胡光琴多年,有扎实的技术,又有特别能吃苦特别能战斗的精神。承接了猇亭的这个养护标之后,园林中心的一个朋友向胡光琴提了一个要求,这个标段的管养要用本地的养护队,有11人。胡光琴是个明白人,爽快地答应了。可是接手之后才发现,这11个人当中,除了一个贾姓大妹子年轻一些,才50多岁,做事比较利索,余下的均是些老弱病残,其中有一个的脑壳前额骨只有一半,还有另一半不见了,显然是出过事故的人,且年纪不轻了。一看这样一批队伍,胡光琴心情很沉重,面临着要还是不要的艰难抉择。如果要,万一出了安全事故怎么办,特别是这个前额骨只有一半的人,在做树枝修剪、枯枝清理中肯定不行,如不小心被树枝割破了皮,就极有可能造成生命危险。可如果不要他们,他们的生存来源就有问题。胡光琴思前想后,还是要了这支队伍!并给他们一次又一次地强调施工中的安全。这无疑是个令人头疼的问题。俗话说,八十岁的佬，砍黄蒿，一天不死要柴烧。这十多个在生活底层的人，虽然都已过了"退休"年龄，本可以享清福了，他们因为这样或者那样的不幸，不得不在年迈之时还要自食其力，从某种程度上讲，他们还有这样的勤劳之举，又值得肯定。比起那些好逸恶劳、坐享其成之辈，更值得令人点赞。我们这个社会，发展上不平衡、不充分的矛盾在基层尤为突出。和泥土打交道的人，不相互帮一把，还能怎样！胡光琴想，且当这个养护项目无利润，也要把这一批人兼顾上。于是，每一次在猇亭召开项目会议，除了讲安全，安全，还是安全。

这个项目接手之初，胡光琴安排自己的养护队，运输了十辆崭新的三轮小货车给猇亭6标段养护队。另配备一台洒水车以及管养工具若干，像搬家一样。事实上，为了这个项目，卫民园林在猇亭成立了分公司，正儿八经地挂了牌子的，办公地点就在开发区。这里是一栋小高层，第一层的二十多间房子全部是富诚公司破产时抵扣给卫民园林的绿化款。胡光琴的母亲是猇亭人，她对这片土地的感情并不亚于枝江。母亲去世之后，有血缘之亲的族亲大有人在。前些年，卫民园林在猇亭的绿化、管养业务也不少，猇亭的许多企业老板都认识卫民园林的黄卫民、胡光琴夫妇。此次在6标段中标，把停留在时光深处的某些情感又连接了起来。胡光琴也很想去走访一下，只是，时间、时间、时间，几乎没有时间！还有一点，时隔六年，猇亭已不是六年前的猇亭，当年的朋友有的已经调走，物是人非，也没有再走访的必要。可是，你不去访，"访"找上来了。

首先找上来的是供水服务部门。

负责洒水的小袁给胡光琴打电话："胡总，我们的洒水车被供水公司的人拦住了，说我们没交钱！"

"要交多少钱？"

"可能要交大几万元！"小袁也不知道要交多少，他只是听工作人员说，要交大几万元。究竟是几万，又没有一个标准。这个小袁也没有问。他把负责园林水务这一块的负责人电话发给了胡光琴。电话打过去，对方没接。半个小时之后，小袁又打来电话，说把洒水车放了，催促公司去交钱。

先交钱，后用水，各地有不同的搞法，胡光琴能理解。这个项目接手时，正是雨水充足时期。而这一年时值盛夏，却久旱不雨，养护队员们要给绿地抗旱洒水，用水成了一大难关。胡光琴先找标段所属归口管理的部门园林中心，中心的人告诉她，已经和供水部门沟通过了，人家不同意，就是要钱。所以这事儿还得各标段负责人自己去供水公司交涉。交多交少反正要交。胡光琴一听这话，知道这是一种不负责任的行为。一起中标的8个标段，都面临共同的问题。供水公司也早早摸清了这8个标段的底。制定出一个方案，请君入瓮！

啥方案呢？每个标段每月2000元的标准一次交清，16个月，共计32000元。胡光琴认为，这显然是个不科学不合理也不公平的要求。但眼下正是高温抗旱时期，各个标段都需要用水，如果不及时抗旱，花草树木会干枯致死，城市形象会大打折扣。养护单位的人员顶烈日冒酷暑，早出晚归为城市护绿，供水部门抓住这个时间关口拦车催交水费，说不交水费就做偷水处理。"作为养护单位，我们不是不交水费，而是希望园林中心出面做相关协调，拿出一个合理的收费标准，集体上交。如果任其要价，必会导致矛盾升级，抗旱的关键时期，希望不出问题。"胡光琴编了一条短信，准备发送给园林中心的一位副局长。她希望两个部门沟通之后，给各个标段一个答复。

一天过去了，没有信息反馈。两天过去了，三天……

原来她的信息发错了对象，没有发给那位副局长，而是在匆忙之中发给了微信里面的"文件传输手"。她太忙了。持续一个多月的高温与干旱，着实令人无奈。枝江这边，由卫民园林承接的养护工程区域，枝江白鸭寺公园、丹阳公园、滨江公园、友谊大道、南岗路、谦泰吉路、迎宾大道等，城区的"脸面"养护都是卫民园林的，为了确保在干旱这个"天灾"面前，一草一木都不枯死，除了用自己的三台洒水车，还另外请来四台洒水车，天不亮就出发，晚上加班到12点，有时甚至是凌晨2点。天天加班的司机们，个个晒得像包公。虽然每年都会有一段时间的干旱，他们每年都有加班的经历，但像2022年夏秋之交的高温，还是罕见。胡光琴心里的那个愁啊，无以言说。这个愁，不是多支付的加班费，不是怕上级领导来检查挨批评，而是员工们的身体健康，是那些在烈日下暴晒的花草树木。此间，不断传来"热射病"的消息。不少地方气温突破40℃，酷热已经在不断刷新纪录，湖北竹山已出现44.6℃的高温。四川、浙江、江苏等地多人确诊热射病，并出现因此死亡的案例。一浪高过一浪的高温热浪无疑成了高温杀手，据说这种"热射病"在全球造成的死亡人数远高于龙卷风、洪水等灾害。如果说报道上的病例是外地的，距枝江很遥远，前些天，胡光琴听松滋的一个亲戚说，松滋八宝几个卖西瓜的农民，有几个都热倒在地上了，再也没有醒来。胡光琴给负责养护的全体员工开会，这段时间抗旱，全靠一早一晚抢时间，大家一定要注意自己的身体，给大家午休时间延长两个小时,加班费照发!人群中投来感激的目光。胡光琴在心里感叹,园林职工,不,准确地说,这群农民工所做的事情,也算得上是世上最辛苦的职业之一。特别是一群年满60岁的大姐们,她们都到了养老的年龄,该去跳跳广场舞,该去带孙子,该享受生活的安逸,可是她们因为这样或者那样的原因,主要还是生存的原因。这个年龄,工厂早已把她们拒之门外,她们来到卫民园林,打一份工,获取自己所得的报酬,日子就可以延续下去。

处理完枝江这边的事情,胡光琴想起猇亭那边交水费的事。她正准备打电话问猇亭的情况,碰巧的是,猇亭养护段的项目经理打来电话,说除了在胡光琴亲戚的公司取水之外,已经找到一个取水的池塘。这样就可以不用供水公司的水了。这个标段养护的时间也只有十六个月。猇亭那边用水的事情解决了,胡光琴舒了一口气。只盼望老天爷什么时候能下一场雨就好了。

8月17日这天下午3点多钟,持续了近40天的高温天气,突然转阴了。随之而来的大风,吹断了不少枝丫。田间少有农人干活。这突然的变天,喜了不少庄稼人。因为干旱,本土的茄子、辣椒、西红柿差不多已经无货上街。黄卫民他们的养护团队天天在打抗旱疲劳战,盼望此刻能来一场猛烈的暴雨。或许是老天爷把黄卫民他们抗旱的辛苦看在眼里,同情他们,枝江城区的天空中,迎来了一场久违的暴雨。持续十多分钟后,雨便停了。这场及时雨,让花草树木吸了个舒心爽快,乐得个逍遥自在,也让卫民园林这一群劳动者可以放一个晚上的假。司机刘刚收拾东西回家吃晚饭,儿子问他:"爸爸,你今天不加班啊?""是啊,今天下了一场雨,我们今天可以不加班了!"儿子说:"你可以陪我去滨江公园玩一会儿吗?"刘刚说:"可以的,完全没问题!"一个多月了,刘刚每次回家,妻儿都睡了,早上天一亮,他又得出发,他觉得欠家人的实在太多了。

枝江城区的这一场雨下得似乎很神奇,东到民主路,西到白鸭寺公园,很像是人工降雨的效果,但查阅相关信息,无一显示是官方通过人工降的雨。六月天下雨隔牛背,信然!这一场雨之后,又恢复了高温,加班继续、抗旱继续、提醒安全事项天天挂在嘴边,每时每刻都要遵照执行的话题继续。这期间,胡光琴几个要好的姐妹相约去神农架避暑,要胡光琴放下手头的工作,和她们一起去避暑。有的去了恩施,有的去了新疆,胡光琴说,眼下正抓紧时间抗旱呢,等天气凉快了再约。姐妹们就笑她,天气凉快了还避啥暑啊。胡光琴也笑,是啊,天气凉快了就不必避暑了。而天气稍凉快一点,卫民园林的研学又要开营了,又得开始研学项目的忙碌了。

15

回归

"光琴姐,今天有没有重要的事情要处理?"我问道。胡光琴说,还是要继续抗旱。我知道,为了确保养护项目内不旱死一草一木,这段时间卫民园林分了几个班在抗旱。她可能猜测到我问话的意思,便问我是不是有事。我说,想到百里洲去看望一个种梨的朋友,正好宜昌也有几个作家朋友一起去百里洲,其中的几个作家朋友,胡光琴也熟悉。她说,可以一同前往,待她安排好园林工程上的事情后就可以出发。

七年前,我的同学王猛从利川回枝江,带回一个他事业上的合作伙伴,叫李建国,百里洲人。小伙子一米七五左右的个头,说话斯斯文文的,且很有思想。喜欢看小说,也写过小说。我问他:"为什么不专业去写小说,当了一个卖酒的人呢?"建国很实在地回答:"要生存啊。我那水平,仅停留在爱好的层面,专业去写小说,估计要喝西北风去,呵呵。"他倒是很现实,也敢于自嘲。他的微信昵称不是本名,而叫"西行断剑"。

不久,我从建国发的微信里知道,他回百里洲种田去了。肯下这样的决心,不是在外面无路可走,而是家乡田野的召唤,比外面的世界更有诱惑。或许是出于对他选择回到家乡的钦佩,关注他发在朋友圈里的消息，了解他回乡之后的生活，也成了自然而然的事情。鸡下蛋了，猪下仔了，梨花开了，河水涨了……一幅幅充满着家乡气息的生活画卷扑面而来，令人向往。最有趣的是他的家庭舞会视频，但见他身着浅粉色衬衣、深色裤子、黑色舞鞋，怀抱家人，轻盈而娴熟地跳着慢三、中四、吉特巴、恰恰，那专业程度完全可以当交谊舞老师了。还有在田间地头歇息的工夫，他和一群农民朋友跳起了广场舞。透过这些生活片段，看到了建国回百里洲当农民的快乐和充实。

壬寅年盛夏时节，再次在建国的朋友圈里看到他种的砂梨获得金奖的消息。正好，宜昌几个朋友要到百里洲看看，我与建国联系，找他买几件砂梨，顺便看一看他常常晒在朋友圈里的梨园。算算时间，我与建国七年没联系了，电话接通时，彼此都感到亲切。他发给我一个定位，竟然是邻近松滋老城的一个江心洲。"你不是在和爱村吗？怎么显示的是江心洲？"见我有疑问，他解释说："江心洲是百里洲和松滋交界之地，这江心洲上有百里洲人在这里种田，也有松滋人在这里种田，是一块'插花地'。"没想到宜昌来的朋友对"插花地"很有兴趣，大家欣然跟着导航前往。本来，从枝江到百里洲要乘船，到了百里洲张家尾小码头，还要过一条河。仅能载三辆小车的轮渡，需倒车上船，这可增加了新手上船的难度。

建国就在码头那边接，他也早早地给船老板打了招呼，不收过河费。他骑三轮车来接我们，带我们穿过一条乡村公路，公路两旁是齐展展的苞谷，客人说仿佛走进了北方的青纱帐，有种拍电影的感觉。几辆小车径直开到他的梨园。挂在树上的梨一律套上了袋子，树的根部，有几道细长的塑料管，平行于树与树之间。熟悉农业的人都知道,这是滴灌设施,抗旱用的。"这得多大的投入啊?"我问道。建国回答说:"农业的投入本来就大,回本也慢,这滴灌、这网罩以及相关的配套设施,要十年才能回本。"建国边走边向我们介绍:"这边是黄花梨,那边是新品种翠冠和翠玉。眼下,黄花梨还没完全成熟。我已安排人在给老师们装箱,难得来一趟,就算我送给大家的一点心意!"

我们一行十多人,都不肯接受这份盛情,大家都知道,以前百里洲的梨论斤卖,现在是按个儿卖了,今年受天气影响减产,价格更好。相持不下,建国按七五折给予优惠。又对我们说,在松滋老城为我们安排了午饭,要我们尝尝老城的美食。"去老城,还要过一道河,算了,我们回百里洲吃中饭,不麻烦你了!"可是,建国不让。他说去老城还有一条开车可以过去的路。他骑着三轮车在前面带路,我们跟着他,十来分钟就到了松滋老城的一家宾馆,桌上的佳肴已经摆好,可见建国安排的诚意与周到。

那天中午,建国还有一个接待,安排好我们一行,他就返回了。眼下正是梨子销售的旺季,他分分秒秒都在接订单。只是我们少了一次听他讲回乡种田故事的机会。此次到建国的梨园,我才知道,他回村之后,于2015年10月注册了枝江市江心舟艳华家庭农场,江心洲上,他流转了100亩地,养鸡养鸭养猪养牛,种蔬菜种水果,把生态环保的理念融入农场,把这片肥沃土地上的农产品成批量地销往全国各地。毕竟是在外长过见识的农民,建国在这片土地上植入他的梦想,今年的梨获得金奖,应该不是一个意外,而在情理之中。

我们要返程了,给建国打电话表示谢意。他赶过来送我们到码头。在等船的时候,同行的蒋杏作家送给李建国一本小说集

《清莲图》。建国好开心，说有一次看一篇小说，在洗手间不知不觉蹲了两个多小时，腿都蹲麻木了。大家和建国一一道别。同行的客人中，有湖北卫民园林的胡光琴，她要了李建国的联系方式，说可以帮他销售部分梨，李建国赶紧从衣服口袋里摸出手机。我告诉建国，这位光琴大姐是卫民园林的创办人，全国三八红旗手，出席过中国妇女第十二次代表大会，创业之初也是靠种梨起家。李建国好佩服，说早就听说过卫民园林，今天算是看见真人了。胡光琴谦虚地笑道："我只不过是年长你十几岁的大姐，看到你这么勤劳，就像看见我们年轻时的自己。乡村像你这样的年轻人多一些，该有多好啊！常联系，欢迎你到我们卫民园林做客！"建国站在码头上，直到船开了才离开。盛夏烈日，他居然没戴草帽。"你这个朋友很够朋友！"大家都对李建国留下了非常好的印象。我感到李建国七年前回到乡村种田的选择是对的。趁着自己年富力强的时候选择回归，不仅是自身价值的体现，更是时代的呼唤与需要。他让我们看到了乡村振兴中的农民力量。

  一个星期之后的上午，卫民园林的胡光琴在微信中通知李建国，送70件梨到卫民园林。李建国他们的艳华家庭农场在枝江城区设有销售点，鲜梨可以发往全国各地。天热，胡光琴要给自己的员工发福利，给每人发一件梨，让他们消消暑！她完全可以到枝江城区的四码头销售梨子的市场去买散装梨，这样可以节约一些包装费用。胡光琴说："看到李建国打拼得不容易，应该支持他。支持他就是在支持回归农村的年轻人，我相信大家对他这样的回乡行动都是肯定的，虽然我们个人的支持微不足道，但只要大家都来支持，他就可以走得更加轻松一些。"那天，李建国开着小三轮货车送梨来，他说："卫民园林这么美啊！我要向胡大姐学习，把家园建设好。"

受胡光琴支持行动的影响，我也为李建国的砂梨销售出了一点力。给散居在全国各地的《素袖红妆》演播剧组的同学们每人寄了一件百里洲梨。这个演播剧组，着实令人感动。其中有一个叫"誉音袅袅"，是四川成都某大报编辑。因为爱好播音，注册成为喜马拉雅的会员，曾独立完成我的拙作《永远的李文英》的演播，在喜马拉雅上线，深受好评。2021年，"誉音袅袅"说想把我的长篇小说《素袖红妆》改编成广播剧，我十分感激。此后我在武汉和枝江之间往返，一直在静候佳音。差不多一年时间，我们不曾联系，临近春节才知道，"誉音袅袅"因病住院很长时间。出院后她仍挂念没有录制完的广播剧，一个人每天坚持做后期制作。作为作者，我很感谢演播团队对小说的认可。演播是一次再创作，是他们用声音把小说中的人物演绎得如此到位、如此鲜活，比原作品更有韵味。我无法表达对这支演播团队的感激之情，只有依托于百里洲的砂梨，愿梨能传情。

名单、电话和收件地址都交给了李建国，转账于他，交由他办。我就没管了，没过几天，微信里陆续收到"梨已收到，非常感谢"的信息。

我告诉胡光琴，我也向她学习，支持一下李建国砂梨的销售。胡光琴听了事情的前因后果，说："谁说这世界上没有真情？读书的人，写书的人，虽然没有见面，竟是这么有情有义。这个种梨的李建国，也是个有情怀的人。这样的新农民，比我们那时条件好多了，网上下订单，省了好多事。如果时光可以倒流，我愿意再回到百里洲，当个种梨人。"

"可是您，已经成为种梨人学习的一面旗帜！"

"山外有山，人外有人。李建国他们赶上了一个好时代，他们这一代人的农田长征，比我们走得更加从容。"胡光琴说。

16

别样的生日

壬寅年农历七月二十四日,星期天。这一天对于胡光琴来说,是一个忙碌的日子。女儿女婿和两个外孙从宜昌回来了,他们回来给胡光琴过生日。平时要好的几个朋友这一天也和往年一样,到卫民园林来表示一下祝贺,纯属礼尚往来。因为平时胡光琴和黄卫民总是记着朋友们的生日,大多数时候,是他们做东,以朋友生日的名义在一起聚聚,说说各自的近况,让朋友们心里感到温暖。

这天下午,她不得不对家里的客人说:失陪了!

她带上换洗的衣服,提着一个小旅行箱,开着自己的小车和公司的三名员工出发了,她们要去三峡旅游职业学院参加2022年研学导师培训班。年满64周岁的胡光琴来到会议地点,填写个人资料,领培训资料,入住房间,当起了研学旅行导师队伍中的"小学生"。她这个年龄,或许可以是乡村广场舞方阵中的一员,也可以是麻将桌上的常客,但她不是。自从卫民园林申报成功为宜昌市研学旅行基地之后,她没有一天停止关于研学这个大课题的思考。由于公司的主营业务是园林绿化,研学旅行既是一个新兴的产业,对于卫民园林来说,像一个新增加的公益事业板块。

基地的管理就交给了儿媳妇王赛。王赛当过老师，对怎样教学生并不陌生。为了辅佐王赛快速进入研学旅行角色，胡光琴组建了一个做研学旅行的智囊团队。且分工明确，谁负责外围，谁负责课件，谁负责师资的打造，谁负责安全等。两年时间的实践，接待学生2万余人次，初步掌握了研学旅行的部分规律，摸索出一定的经验。为了更全面地掌握研学旅行空间和维度，不当"灯下黑"，胡光琴意识到走出去的重要性。作为卫民园林研学旅行基地项目的发起人、申报人和负责人，胡光琴听到的、看到的、在实际操作过程中遇到的问题已经不少，如何解决这些问题，在研学这个朝阳产业中不说永立潮头，至少要做到不掉队，胡光琴感到了知识贮存的局限、经验积累的困惑、杂事缠身的无奈。也深深地感受到了能力提升的必要性。该充电了！她很想一个人出一趟远门，理清一下思路，丢下一些俗事，让身和心都得到一次调理。这样的培训来了，是的，不用犹豫，去！她问儿媳王赛："你们上次去宜昌参加研学导师培训，觉得收获大不大，能不能学到东西？""能啊，肯定能学到新东西。只可惜，上次我们培训时，一个学员是从外地疫情高风险地区回来的，我们只集中上了一天课就被迫待在家里上网课了，上网课的效果终究不如现场上课。"王赛说道。"这次培训，我想去听听！"胡光琴想听听王赛的看法，王赛鼓励胡光琴："妈，您去吧，这是好事啊。您能有这样的想法就值得肯定，活到老，学到老，您这是为我们做表率！"

真是个好儿媳！胡光琴心里好高兴。也有人对这样的培训不屑一顾，特别是对于胡光琴这样实践专家型的人，又处于这个年龄更不赞同。对"研学导师"这样的培训，公司完全可以派一个小年轻去应付一下即可！但走出来吸收新信息、感受新气息的求知欲望支配着她，她放下一切，来到培训现场"不耻下问"，甘当一名小学生。

扫码测温戴口罩，进入教室，手机静音。一切准备就绪。胡光琴看了看坐在教室里的年轻面孔，她自嘲地笑笑，自己无疑是这次培训班中年龄最长的学员。79名学员中，有2000年之后出生的，有90年代、80年代、70年代、60年代、50年代出生的，年龄跨度近半个世纪，十分有趣。胡光琴认真地做笔记，不时地拿出手机拍照。每天四个老师讲课，每个老师讲一个半小时，晚上还有分组讨论。这样高强度的培训，一般人很难适应，有几个年轻人开始抱怨，说时间安排太紧了，管理太严了。胡光琴却听得很认真。报到时发的两个做笔记的本子基本写完了。她好享受这样的"读书"时光。这次来参加培训，她才知道，宜昌的研学旅行走在全国行列，在湖北省有着举足轻重的地位。以教育部实践教育（研学旅行）研究所特聘研究员、湖北省中小学生研学旅行省级专家、宜昌市教育局党组副书记翟秀刚为代表的一个研学研究团队经过几年的探索和总结，确立了"1+4"管理模式，即协调小组＋学校、家委会、基地营地、旅行社。协调小组负责统筹全面工作，定期研究解决工作中的重难点问题，开发维护"三峡宜昌研学旅行网"；学校则将研学旅行纳入学（年）期教学计划，确定研学主题，制定工作方案。家委会联合学校确定研学线路，承办旅行社和收费标准；基地营地负责加强设施建设，研发研学课程，组织课程实施，做好课程评价；旅行社具体承办研学旅行策划、交通、住宿和基地营地协调。各方要共同制定安全应急预案，实现无缝对接。

有了这样周密的方案，再来一个"临门一脚"——出台了

《宜昌市中小学生研学旅行评价管理办法》，实施"一课程一评价、一研学一报告、一学生一档案"，并将研学旅行评价结果作为学生综合素质评价的重要依据，共计20分纳入中考总分。翟秀刚讲道："尽管宜昌在研学旅行上走在全国前列，但因为近年受疫情影响，研学旅行在宜昌并没有做到全覆盖，且有部分学校老师思想守旧，怕担风险，一次也没有开展研学的中小学不在少数。我们不能让孩子读死书，要用研学旅行这种途径培养德、智、体、美、劳全面发展的优秀人才。俗话说有德有才，是精品；有德无才；是次品；无德无才，是废品；无德有才，是危险品。"胡光琴认真地记录着，一边记一边想，这话说到人心坎上去了。

在线路的设计上，老师们在课件分享中也讲出了参考意见：

一是构建行走家乡研学旅行线路。依托本地历史文化、红色文化及自然文化资源设计乡情、区情课程，通过"走乡路、听乡音、阅乡景、品乡味、育乡情"，设计"行走家乡"研学旅行线路，引导学生从本性到本土，从道德到信念的健康发展，培育亲近家乡、热爱家乡的情怀。

二是构建"揽胜祖国"研学旅行线路。设计国情教育课程，通过"走胜地、读文化、知国情、立大志、养良习"，设计"揽胜祖国"研学旅行线路，引导学生爱党爱国，培养习惯、形成能力，实现从自我到祖国的情怀深化和道德发展。

三是构建"阅读世界"研学旅行线路。围绕"一带一路"等主题，设计"阅读世界"研学旅行线路，培养学生具有全球意识和开放的心态，学会尊重世界多元文化的多样性和差异性，增强积极参与跨文化交流能力，将学生培养成为具有家国情怀、国际视野的中国人。

愿望很美好，设计也很科学。一个叫阚如良的老师总结得更到位："一山一水，一草一木，一事一物，一情一景，皆教育，可产品。研学路上有课程，最好的课程在路上。"为什么说最好的课程在路上？你看，科技类的研学，能全方位提升孩子科学素养，激发创造潜能；自然类的研学，能探索神奇自然，感受生命的力量，领悟自然的奥义；能力类的研学，能锻造优良品格，锻炼生存能力，提升孩子综合素质；艺术类的如音乐、美术、舞蹈，能体验不同艺术形式，发现兴趣所在；人文类的研学，能行走于城市之中，感受人类社会的文化现象；历史类的研学，可访历史遗迹，知古晓今，坚定信念，展望未来；地理类的研学，能博物远征，了解一方水土，追寻一处根本……

晚上的分组交流也很火热。轮到胡光琴发言了，她从容地走上台去，先是简要介绍了卫民园林研学旅行基地的基本情况，她与大家分享了带共性的话题：人才的欠缺！一是营地的管理人才，二是市场开拓人才，三是课程研发人才，四是研学导师人才。这四个方面的人才都比较欠缺。其中，营地的管理、市场的开拓，虽然事关营地的长远发展，但社会上人才储备相对丰富；研学课程开发，是营地的短板和薄弱环节，人才相对不足，需要借助高等学校的研发力量以及社会上的专业团队加以解决；目前，制约营地发展最为紧缺的，邱望清老师讲是研学导师，尤其是高水平的研学导师人才，我认为确实如此。目前，我们的研学导师队伍中，有相当一部分是从导游转行过来的，而研学课程不同于传统意义上的旅游。研学旅行的参与者大部分为学生，特别是中小学生，他们好奇心较强、思维活跃，对研学过程中的知识要求高，这就要求研学导师掌握的知识要比导游更全面。传统的旅游活动，导游扮演着"服务者"角色，往往处于被动地位。而研学旅行，研学导师处于主导地位，学生在他们的组织"掌控"下，有步骤地完成研学任务。学生研学旅行，除传统的游览体验要求外，"价值体认""责任担当"即教育的要求往往占有更大比重；加上学生自制力差、自我保护能力差，这就要求研学导师不仅要满足学生的好奇心，还要保证研学教育功能的实现，同时还要保障学生的安全健康。这就要求研学导师不仅是一名"旅游通"，同时还应是一名"教育家"和"安全员"。这要求研学导师有丰富的知识储备，还要有良知和情怀。既要有语言表达能力、沟通协调能力、组织管理能力、动手实践能力。还需必备三个素养，即学识丰富、心中有爱、身体健康。而在研学旅行课程中，强调合作探究和手脑并用，真正做到用心感悟、动手操作、动脑思考。这种行走的课堂，要求研学导师要有较强的课堂驾驭能力和实践动手能力。

现实是，研学导师缺乏专门人才，主要是导游、素质拓展老师、中小学教师、旅游类大学毕业生、临时聘用的社会贤达包括非遗传人等，他们有的通过短期培训，有的直接转岗，严格来讲，这是无法胜任研学旅行工作的。

因为是新兴产业，专业从事研学的导师从总量上是不够的。胡光琴在这次培训上，还了解到一个新信息，就是2019年10月，教育部公布了新增补的9个专科专业，其中就包括"研学旅行管理与服务"，湖北三峡旅游职院于2020年在全国率先开设了这一专业（还有浙江旅游学院）；但第一届毕业生得等到2023年以后。胡光琴趁课间休息的机会，找三峡旅游职院相关领导预订了研学导师人才,她希望第一批毕业的专业人才能到卫民园林去发展。

心细的老师们也发现,听课的学员中有一个分外熟悉的面孔,虽然戴了口罩,他们也还是认出来了,并在心中打了一个大大的问号,她怎么也来了?!主讲《研学旅行线路设计与实践》的三峡旅游职业学院的鲁建平老师在讲完课后,到台下来和胡光琴握手:"大姐,您也来参加培训啊!这让我们太感动了!"胡光琴说:"是啊,来听您讲课,很有收获!"主讲《研学旅行课程设计》的三峡旅游职业学院的张丽利老师也在讲完课后,来到胡光琴面前,问候这位令她尊敬的阿姨:"胡总,您来听课,是对我们最大的鼓励!"这两位老师都到过卫民园林,也深知黄卫民和胡光琴夫妇的为人。获得过"全国三八红旗手"称号、出席过中国妇女十二次代表大会而今年过花甲的胡光琴出现在这样的培训班上,让他们的敬意油然而生。

课间休息时,学员当中有几家旅行社的美女来到胡光琴面前,主动要求加胡光琴的微信,希望能和卫民园林研学基地建立长期的合作。也有带学生到过卫民园林的研学旅行导师过来和胡光琴交流,问卫民园林今年开设了哪些新课,胡光琴如数家珍一样,告诉对方,新增了插花艺术、植物扦插、秋叶童画、家风家训……共有9门课件。

五天的研学导师培训就这样愉快地结束了。同行的一个员工说:"胡总,您今年过了一个爱学习的生日呢!"胡光琴哈哈大笑,补充道:"也是一个收获满满的生日,一个充实而快乐的生日,一个比蛋糕更香甜的生日!"

17

等你回家吃饭

2022年初夏的某天上午。我正在卫民园林办公室改材料。忽听门外有关车门的声音，一会儿，胡光琴笑着走进来，说，早啊！我看她眼睛有些红肿，问她怎么了。她说没有怎么啊，好好的。"您的眼睛？"胡光琴揉揉眼睛，说："哦，昨天晚上看了一会儿电视剧，看哭了。我们一起去猇亭吧，要去那里注册一个分公司，开个户，准备在猇亭投一个养护的标。"这几年，和胡光琴在一起，形成了许多默契，她约我去哪里，往往说走就走。常去的远安、长阳、点军、猇亭等地，只要车一发动，感觉就跟上街买菜一样，抬腿就走。

开车出发，出卫民园林的大门，上江汉大道，过收费站，一路向西。我向胡光琴说出心中的疑问：是什么电视剧把她看哭了？她说，想一想，忘记片名了。"算了，不想了，安心开车。"我感到自己不该问她这样的话题，这样会分散开车的注意力。哪知，她说："我想起来了，是《妈妈在等你》，拍摄得太好了，我每天晚上看一集，有时候看两集，追了一个多月，昨天终于看到结局了。"我听她一边说，一边迅速在百度上搜索。电视剧《妈妈在等你》讲述了一个平凡母亲与自己五个子女之间的感人故事。全景式展现了中国改革开放后的社会风貌和时代变革，堪称一部充满生活气、烟火气的时代画卷。"建议俩也看一看，确实不错！"胡光琴说。百里洲的人，习惯把"您"说成"俩"，是一种尊称。我也跟胡光琴说过多次，跟我说话时，把"俩"改成"你"，这样才让我感到自在一些。胡光琴说改不过来了，习惯了。

我说，能让她上心的电视剧，我一定也去看一看。"这部剧好看的地方有三点。"胡光琴说道。我并不追问是哪点，因为她在开车，而且在高速上。哪知这天她兴致特别好，胡光琴继续说道："首先是石竹和周青的爱情。石竹和周青组成的这对革命家庭，共有五个子女，老大周晓杨、老二周晓柳、老三周晓岸、老四周晓晓和老五周晓风。孩子们的名字里最后一个字合起来就是'杨柳岸晓风'。周青是军队干部，石竹是军属。这样一大家子，用石竹的话讲，老周管生不管养。周青误会她对孔大爷好是对周青感情上的背叛，就冲动地和医生刘盼松结了婚。结婚之后的周青才从女儿嘴里知道，石竹之所以对孔大爷好，是为了感恩，儿子晓风少不更事私藏枪支被公安局发现，就要被抓走的时候，是孔大爷替晓风顶了罪。周青知道后悔恨交加，知道自己一时冲动辜负了石竹，也辜负了这个家。面对丈夫的背叛，石竹没有倒下去，而是活得更坚强，更有尊严。看到这里的时候，我想起古书里讲的陈世美，我就替石竹不值。"

我感到惊讶，胡光琴这哪里是看戏，分明是入了戏！

她似乎意犹未尽。接着说道："其次是母爱的伟大。五个孩子，从嗷嗷待哺到长大成人，当妈的可谓操碎了心。周青呢，虽然是个优秀的军队干部，却不是一个好丈夫，主要是被下放到偏远农村之后对家庭的事无从知道，可怜石竹撑起这个家，实在过得艰难之至。先是糊纸盒,再是帮医院洗床单,她那双勤劳的手正如歌词中唱的那样让时间有了温度。孩子们就像小鸡一样围在母亲周围,再贫穷也感到是快乐的。"

我静静地听着,虽然还没看这部电视剧,但胡光琴描述或者说评论深深地吸引了我。她讲石竹在已故亲人坟头的承诺,仿佛是对天发誓的心语,也像是一种精神上的解脱,说出来了,就一定去做。这是那个时代女性,或者说是乡村女性疗治心伤的一种方式。

这时,她的电话响了,陌生电话号码,我说,有可能是推销的。她开车,并不理会,而是按了一下红色的键,挂断了。难得她今天谈兴如此浓厚,她接着说道:"对周青的理解与包容,石竹扮演了一个'佛'的形象。在刘盼松去世之后,周青回到石竹身边,两人看着旧照片,回忆甜蜜的往事,周青仍然是满满的愧疚,石竹则说,不管是当年威风凛凛的军人,还是眼前的糟老头,都在她心中不能碰。她感谢周青给了她一个家,并且和她一起在这个世界上留下了他们共同的血脉。这种宽容,是母爱的延伸,更是对圣洁的爱情一种解读。不能碰的是什么,是玉!周青是石竹心中的一块透明的玉,这也是对周青的最高评价了。所以周青说,石竹把自己活成了一座佛,很中肯也很贴切。他安详地在这座佛面前离开人世,走得那样知足。还有一点就是……"

说话间,车已经到猇亭收费站。要打开手机扫码——健康码和行程码。我的思绪仍停留在胡光琴精彩的评论中,打开微信扫码,一个灰色的圆圈转来转去,就是扫不出来,真是奇了怪了。人家工作人员一看,手中的小旗一挥,指着右前方的检测点说,去那里做核酸登记。我们的车开到检测点,又没有人理会我们。

问一个身穿防护服的美女:"请问到哪个窗口做检测?"美女看我们一眼,继续看她的手机屏,问我们是从哪里来的。我们说从枝江。然后没有了下文。这时,胡光琴的电话响了,是做园林绿化的一个同行打来的,说他已在行政大厅门口等候。胡光琴接完电话就喊我上车,把车开走了。我问,该不会有问题吧?胡光琴说,没有人理会,我们时间紧,要抓紧时间去行政服务大厅,还要去银行,等会儿几件事情挤在一起,上午就有可能办不完。几分钟就到了猇亭行政服务大厅。联系人正在等我们,这时,胡光琴的手机响了,同样是一个陌生的号码,却显示的是宜昌座机号码。接了电话,胡光琴对我说:"快,快上车,是宜昌公安局打来的,刚才在收费站,说我们逃跑了。没有做核酸检测。"回到收费站口的那个检测点,看我们两人的健康码和行程码,胡光琴的都是绿码,工作人员对胡光琴说:"你可以走了!"不需要她做核酸检测。我打开健康码,是绿色的,然后查看行程码,也是绿色的。工作人员对我说:"你也可以走了!"我还补问一句:"不需要做核酸吗?"工作人员肯定地说:"不需要!"那叫我们回来干什么?"你们刚才还没经我们检查就跑了!"哦,是我们不对。

我和胡光琴上车,两人不约而同地笑了。胡光琴说:"当了大半辈子的守法公民,今天因为着急,算是个教训。"我说,影评说得太好了,听的人还意犹未尽。胡光琴说道:"我那是个人浅见,俩看了,感受会比我更深!"她在办完了注册新公司的所有流程后,又去做了一块牌子:湖北卫民园林建设有限公司猇亭分公司。"今天去挂吗?"我问。"做了,就挂上去吧。"

没有人剪彩,一个分公司就挂牌了。挂牌之处,是一栋既可办公又可住宿的房子,第一层24个房间,全部是卫民园林的。十年前，卫民园林承接了猇亭一家大企业的绿化工程，工程做完了，这家企业因资金问题而宣告破产。300多万元的工程款成了水中月、镜中花。那可是他们的血汗钱。就这一项工程而言，人员工资、花草树木的成本、硬件投入的成本，还有填土的成本，等等，除开这些成本之外，几乎是个平手。当时低价中标，本身就没有什么利润，只能说做了可以多增加一些业绩而已。这次结不成账，里外里亏了一大坨。两年之后经法院判决，把这栋房子的第一层判给卫民园林抵工程款，价值170多万元，那么还有一半的工程款打了水漂。这抵款来的房子一直闲置在这里，但这里的升值空间还是比较大的。胡光琴说："世上的事，有时很难说，该是属于我们的，不会跑，不属于我们，要也要不来。关于这个抵款，我常常想，人家好多上千万元的应收款都收不回来了，我们这点钱，也只好认倒霉了。过去了的事情，就让它过去，急也没有用，一切只能向前看，朝前走，不要停留，因为前路上，还会有美丽的风景！"我暗暗佩服身边的这位大姐。这话好熟悉，是泰戈尔说过的，原话是："只管朝前走，不要停留，因为一路上，还会有花开！"

那个公司破产之后，卫民园林十年不曾到猇亭接业务。可能是受伤太深。这次中了个养护的标段，本想安排枝江的一支绿化人员住到这里来，反正房子多的是，空着也是空着。猇亭这边的一个朋友说："你们枝江来人了，我们这支队伍就没饭吃了。"胡光琴一看那支养护队伍，仿佛触及心里最柔软的地方。是的，他们也要吃饭！您要相信我们，我们肯定会把事情做好，不给您的标段丢脸。我们也有十多年的养护经验。"领头的一个女同志说。这支队伍是她组织起来的，无论谁中了标，都需要干活的人。扯草、栽花、剪枝、打药这些事情都是苦脏累的活儿。胡光琴答应了，把这个标段交给猇亭的这班人来做。她说："那就要辛苦大家了！"

这天回到卫民园林后，作旺书记和长赋老师都在。我向他们讲述一路的收获和在猇亭收费站遇到的尴尬之事。两位兄长特别提醒我，以后和胡光琴大姐出门，一定要提醒她，开车少接电话，更不能一边开车，一边在手机上办公，太危险了。我说好的。

农历八月十四那天下午，已是4点多钟，胡光琴问我有没有时间，我说等小侄女从天门回来，已下高速了，我要和她一起回百里洲去。我问她有何吩咐。她笑着说，想给猇亭的那支养护队伍送点月饼去。我说可以给项目经理小袁转点钱，要他代办一下，代表卫民园林发给大家。她想了想，还是一个人带了十二份月饼去了猇亭。千里送鹅毛，礼轻情义重。老总亲自送来的，和别人代办的，其情其义，有本质的区别。事后我听说，猇亭的那班人把养护的事情都当自己的家务一样做，还放出话来，说绝不能给卫民园林丢脸。已是万家灯火时，胡光琴才从猇亭出发。儿媳妇王赛打电话问胡光琴："妈，还要多久可以到家？我们等您回来吃晚饭！"女儿女婿和两个外孙也从宜昌回来过节。一大家子都在等候胡光琴安全到家了才开饭。

18

梧桐树下

2020年夏天,持续一个多月的干旱让许多大树干变成了光秃秃的树干,本该绿叶满枝遮起一片绿荫,这下可好,像谢了顶的光头,一如挺立的僵尸。胡光琴挂念着承接的工地上的树苗,同样也挂念着枝江金湖国家湿地公园的那一排已成林的梧桐。她一个人开车,去了一趟金湖,还好,沿金湖自行车跑道两旁栽种的法国梧桐不仅没有枯死,还长得劲鼓鼓的。一阵清风徐来,梧桐叶迎风轻舞,仿佛在向这位移植它们的主人致敬。

在来之前的几天,胡光琴给金湖管理处的一个好朋友打过电话,问梧桐树长势怎样。朋友告诉她,好着呢!这梧桐树本来就喜光,喜温暖湿润气候,喜肥沃、湿润、深厚而排水良好的土壤,恰恰是耐寒性不强,生长较快,寿命较长,能活百年以上。而金湖的土壤、气候和生长条件都像是为这法国梧桐而量身定做的。看着这些已成林的法国梧桐,胡光琴满意地返回。

然而,干旱还在持续,已过秋分了,天气依然高温不减。可见这一年,是个天气异常的年份。周六下午,我在家里电话约胡光琴,如果不忙,我们去金湖拍秋色。她说,好啊,正想去看看梧桐树。

栽过的树，如同她养育的孩子，关心着它们的成长。

车至金湖北门。我说，可不可以把车停在门口，我们步行或者骑自行车进去。胡光琴说，如果你想看金湖全貌，步行得一天时间，骑自行车也得半天。而这时候，已经是下午四点多。胡光琴说得没错。现在的金湖，和五年前相比，似乎已经脱胎换骨。我也很想看看胡光琴念叨过多次的梧桐。"你看，就是这里，从这头到那头，两旁的梧桐树都是我们栽的。"她指着那高高大大的梧桐树对我说。这里的自行车赛道是穿金湖而过的"湖中路"，偌大的金湖，这条道是正中心，那么这条路两旁的植物也是人们关注度很高的看点。我笑道："光琴姐，您光搞划得来的事，金湖心尖上的工程，就是卫民园林承接的呀！"胡光琴也笑了，只不过栽了几棵树而已，有些事情，不提也罢。"我们作为枝江的农民，能参与金湖的绿化工程，哪怕是只栽一棵树，种几根草，我们也感到很光荣，毕竟参与了，也算没有留下遗憾。我们从金湖的变化就能感受到枝江的变化。"她总是以乐观的良好心态来对待诸多事情。

在一棵梧桐树下，我拾起一片落下的梧桐树叶，想起落叶的静美，不过如此。陈继儒在《小窗幽记》中对庭院梧桐树配置有"凡静室，前栽碧梧，后栽翠竹，前檐放步，北用暗窗，春冬闭之，以避风雨，夏秋可开，以通凉爽。然碧梧之趣，春冬落叶，以舒负暄融和之乐；夏秋交荫，以蔽炎烁蒸烈之气"之载。写绝了梧桐树之妙。据相关资料记载，明代所建的苏州著名私家园林拙政园有"梧竹幽居亭"景点，旁植梧桐、翠竹，如今梧桐已成古木。金湖这两排平行的梧桐，无论航拍还是平拍，都是风景中的风景。作为文学爱好者，我可能更多的是关注关于梧桐的诗词,如"无言独上西楼,月如钩。寂寞梧桐深院锁清秋",李煜的《相见欢》,是借梧桐表达孤独忧愁的意象。在唐宋诗词中,梧桐作离情别恨的意象和寓意是最多的。如白居易在《长恨歌》中写道:"春风桃李花开日,秋雨梧桐叶落时",诗人以昔日的盛况和眼前的凄凉作对比,描写了唐明皇因安史之乱失去了杨贵妃后的凄凉境况。

就一棵梧桐树,胡光琴的关注点在于自然学科上,她告诉我,梧桐树的木材轻软,是制作乐器的良材。其种子炒熟可食或榨油,还可以风干,水煮,口服有良好的消肿作用。梧桐的树皮可用于造纸,特别是它的木材刨片可浸出黏液,称刨花,可以润发。其树叶做土农药,可杀灭蚜虫。听她娓娓道来的科普,比起那远去的愁词,深感一种生态之气扑面而来。怪不得她那么爱树,因为她懂树啊。透过梧桐树间的空白,我眺望宽阔的湖面,心旷神怡,今天的金湖,已然成为枝江的骄傲。

2013年夏天,中国作协会员、湖北日报记者易飞和他的同事一行来到枝江采访,约我一同前往,实地调研枝江的湖泊,我因手头的工作丢不开,无缘与他们同行。作为枝江人,我为家乡迎来省报"千湖新记"专栏的记者而感到高兴。易飞兄告诉我,素有"千湖之省"之称的湖北,开始了新一轮的"千湖"梳理与保护,这是一种注重生态发展的复兴之象,令人欣喜。我对易飞兄说:"你们来枝江,是来对了,宜昌境内的湖泊,就数枝江最多。在公布的湖北省第一批湖泊保护名录中,宜昌有6个湖泊,陶家湖、东湖、太平湖、刘家湖、杨家垱湖和五柳湖。全是我们枝江的。您可要把我们枝江的湖写好啊!"易飞兄笑而不语。

我虽然在口头上如数家珍,只不过看过报道,记住了这些湖泊的名字而已，至于陶家湖、东湖等长什么样儿，湖面有多大，湖水清不清一概不知。我曾去游览过山东与苏北交界的微山湖和我们湖北的洪湖，一个是因为《铁道游击队》而名传天下，一个是因为《洪湖赤卫队》而名冠全球。这两个因文学而美的湖在我心中亦如歌曲《太湖美》唱太湖那样，美就美在那一湖的水，水上有白帆，水下有红菱，水边芦苇青，水底鱼虾肥。枝江是鱼米之乡，我们枝江的湖泊，虽没有微山湖和洪湖的名气大，也应不会逊色多少，我期待着陶家湖、刘家湖、东湖等在易飞兄生花的妙笔中，有如美少女一样的新姿，出现在众读者的视野。

　　一个星期之后，我从《湖北日报》上看到的却是枝江哭泣的东湖。"千湖新记"专栏用一个整版报道了枝江的湖泊现状《天光何时映湖水——行走于枝江东湖》。透过报道，我看到的不是我想象中美丽的湖泊，而是被芡实全覆盖的湖泊，是对"湖水不见天日，谁在从中渔利"的忧思，有对"蚊蝇成群乱飞，家家关门防咬"的无奈，更有对"政府强力图治，重返人间有望"的期待。读着这"温柔一刀"，我不得不佩服易飞兄用心良苦，他在用另一种方式呼唤还原湖泊原貌的回归。与其说是湖泊在哭泣，不如说是作家的情怀在哭泣。所幸的是，"记者一行离开枝江的当日，欣闻枝江市委市政府召开专题办公会议，督办做好东湖、刘家湖（西湖）片区国家湿地公园的申报规划工作。其中有一条最为引人关注：收回东湖、刘家湖承包经营权。我们有理由相信，几年之后，枝江东湖一定会涅槃重生，以美丽的面貌'重返'人间，为湖北湖泊增添一朵迷人的奇葩！"看完报道，我想起了一首描写"春雨"的诗："像一位失恋的少女，在原野上哭泣，她不知道泪水洒过的地方，泛起了绿色的春意"。

一年之后，一篇关于枝江湖泊的报道再次引起我的关注，那可是令人振奋的好消息。报道中说枝江将充分利用东部的东湖、刘家湖8500多亩自然水域优势，结合弥陀寺建设和金山森林公园，按照丘岗、平畈、水域三个圈层规划设计，把该区域（暂定名金湖生态风景区）建成集休闲旅游、度假观光、展会展览、宗教文化、自然景观等于一体的5A级综合旅游休闲度假区。金湖，一个以刘家湖和东湖合并而重新命名的湖泊，瞬间便入脑入心。注重生态环保的发展，才是真正的发展福音啊。想去看看金湖的愿望便在心里悄然萌生。

丙申年暮春时节，家住宜昌的陈宏灿、吕志青、吴绪久三位作家朋友来到枝江，我们一同前往正在开发之中的金湖。同行的枝江文联主席王红琴、办公室主任王运智向客人介绍金湖景区的打造情况。车过枝江县城，一路向北，再向东，匆匆平视过枝江北站，在新建的弥陀寺前停下。三年前，我陪同原枝江县老县长李国普先生、三峡日报原副社长张宣南先生一行来看过正在修建之中的弥陀寺。那时基建刚刚动工，负责弥陀寺基建的是一位从归元寺而来的中年男子。他送给我们每人一个佛珠手链。见我没有想要佛珠手链的意思，那师傅便从抽屉里找出一个佛珠手串，材质是小叶紫檀，送给我说："戴上吧，缠在手腕上也可，挂在脖子上也可。"我感激地接过那散发着檀香的手串，双手合十，向那位师傅深鞠躬，倒不是为得到一个饰物而喜，而是感到手中拿到的是昌明大师留下的温暖。1949年，时年32岁的昌明法师出任弥陀寺方丈，后到归元寺住持，曾任中国佛教协会咨议委员会副主席、湖北省佛教协会会长。此后我一直将这个手串缠在手腕上，视它为护佑自己的吉祥物。而今的弥陀寺，已初具规模，于

2015年春节前对外开放。从前门向后，依次建有护法殿、大雄宝殿、观音殿和藏经阁。前来向我们一行介绍弥陀寺建设情况的是一个名叫彰初的法师，他也来自归元寺，山东人，出生于1969年，已出家八年，他自我介绍出家前是做陶瓷的。这位彰初法师，看得出是个研究佛学的人，说话的神态、举止像极了三年前送我们手串的那位法师。人世间的某些类似，无法用密码来破译，我想，他们正是因为秉承了昌明大师的遗风，才会给人留下这样相同的印象吧。

从弥陀寺到金湖，驱车也就是分分钟的路程。一路橘花香气扑鼻，乡村公路是窄了些，但并不影响欣赏两旁的风景。车至金湖边上，宽阔的湖面映入眼帘。"啊，这就是金湖啊！"吴绪久老师激动不已，原来他的老家就离这湖不远。他所知道并且熟悉的东湖现在改名为金湖了。几位老师要下车看湖，那天负责代驾的我，便刹车停靠，一起下车观湖。距我们站着的岸边两米处，湖中的小鱼儿扎堆在水中欢腾。负责金湖景区项目开发的易小容介绍道：眼下正是鱼儿繁殖的季节，时有万只鱼苗涌在一起，十分壮观。这才几年工夫，这里的湖泊不仅还原了"水面宽阔、流速缓慢"的基本特性，还有了"湖水织出灌溉网，稻香果香绕湖飞"的兴旺景象。

王运智提议，要坐船到金湖上一游，亲历巡湖的感受。易小容便联系了"船长"。我在猜测，是不是也备了小巧玲珑的乌篷船，供游客来体验一下水乡的情调。不一会儿，一条没有船篷的快艇从远处开过来，开船的是个看上去很有血性的中年男人，戴着眼镜，灰色T恤，黑色牛仔裤，颇有现代江湖范儿。我们上了船，一边"巡湖"，一边听陈宏灿、吴绪久两位曾在枝江三中求学的学子讲述他们当年在学校里的趣事，回忆着当年美好的一切。是啊，迎着湖上的晚风，在湖中向东望去，看得见枝江三中美丽的背影。这所有邓颖超题词的中学，为国家培养了一代又一代英才。此刻，我想起了建新兄在他的报道中对几年前这个长满了芡实的东湖的描写："纵观全湖，也只有此处，看得见这一瓢湖水。此种景象，在全省的湖泊中实属罕见。湖水被严严实实裹住，湖上便无一丝风，干热难耐理所当然。"此刻，如果湖中长满了芡实，周边一片脏乱差，他们不会或者根本没有心情来忆青春往事。船速并不快，不时有身体肥硕的水鸟立在水里的木杆上，远远望去，宛若在水中央的一个标杆，静立在那里，待船儿靠近时，它便有些敬畏地转移，或者它发现猎物时，木杆的尖头便不再是它的落脚点，分秒必争地逐食去了。也不时有鱼儿追赶船儿，或跃出水面，似乎在与人友好地打着招呼。陈宏灿老师与坐在对面的吕志青老师打趣道："金湖的鱼儿很有灵性，它们知道今天在省城里工作的作家来了，以欢跳的方式迎接！"说笑间，易小容指着北边的几棵大树，告诉我们，那里就是"呼风庙"。传说在很久以前，当地有个姓马的财主，他有个独生子，十几岁时在一次湖边游览中，光顾着看景色，不小心一脚踏空，掉到了湖里。这个孩子根本不会游泳，可他却没有沉到湖底，而是长时间浮在湖面。在被人救上岸送回家后，财主说：这是神仙保佑了我儿子。于是，财主出钱在东湖边的山上修建了一座庙，以祭拜神仙。又因三国时关羽曾在此山乘凉呼风，所以这座庙得名"呼风庙"。传说带了神话的色彩，我们更愿意相信后来发生的事实。据说在枝江沦陷以前，除了人们常来呼风庙烧香拜神以外，还有本县和松滋等周边县的一些达官贵人每逢夏季到此避暑。枝江沦陷时期，此庙遭日军毁坏，现仅存庙基台子。但湖区民间至今仍流传着关于"呼风庙"的故事。围绕着这一个金湖，周边可拾的宝贝可多了，有闻名遐迩的弥陀寺、清真寺、三佛寺，施家坡大溪文化原始村落遗址，有青塚子、青隆包楚国贵族墓群以及呼风庙遗址，金家大山、"谦泰吉"老槽坊、刘家牌坊、烟墩包、仙女庙、晒经山等。每一处拾贝，都会获得探秘历史的厚重感。更有趣的是，湖区水域及周边地区常年栖息繁衍的野生鸟类有大白鹭、喜鹊、斑鸠等18种。只要不搞破坏性开发，一个生态的金湖正如建新兄所期待的那样涅槃重生了。

紧临金湖的是金湖村，听说这个村里有一棵400多年的老槐树，一直想去看看多见于北方的槐树在地处江汉平原西缘的枝江长什么模样。我们开着小车至金湖村二组，在一户农家门前的稻场停下。我以为到了，朋友们却指着远方的一栋楼房说，绕过那户人家，就可以看到大槐树了。我们绕过那户人家，来到传说中的大槐树下。树牌上标注了树的年龄和保护单位、保护人。原来这棵槐树已有457年。我怀着敬畏之心站在大槐树下，想起一年前在央视一台热播的《马向阳下乡记》中的那棵大槐树，对马向阳带领大槐树村人护树、爱树的生态环保观留下了深刻的印象。此刻，金湖村的大槐树在微风的吹拂中，微笑着与清风对舞。457年，对一棵树来说，是考验也是积淀，它阅尽这一方土地上的演变，也见证了一个又一个时代的发展。正在感慨之际，与大槐树相邻的这户人家的女主人走过来，十分友好地和我们打着招呼。她姓李，娘家在问安镇施岗村。她问我们要不要土鸡蛋和黑鱼（即财鱼）。我知道，这里盛产土鸡蛋，这儿也是沟渠湖泊水源丰盛之地，野生的泥鳅、鳝鱼、黑鱼均是宝贵之物。为了支持一下女主人，我买下20元的土鸡蛋，也算是照顾了一下人家的生意。于是，把鸡蛋用塑料袋装上，又摘了些新鲜的艾叶塞于塑料袋内垫底，白花花的鸡蛋放在绿油油的艾叶中，已然成了一幅有创意的画。临走时，女主人还在问要不要黑鱼。我们笑笑，友好地朝她挥挥手，也朝着老槐树挥挥手。愿这棵古槐能护佑与它相邻的这户人家平安吉祥，日子越来越好。

想看金湖边上的古树，仙女镇林科所金家大山是个好去处。这里有树龄247年的黄连木，有105年的樟树和朴树。据枝江博物馆的黄道华老师介绍，金家大山上的古树，见证过日本人当年屠杀枝江老百姓的罪行。当血腥的一页早已封存在岁月深处，我们仍要对着金家大山的古树，缅怀当年与日寇作顽强斗争而死于日寇屠刀下的枝江百姓。仿佛金家大山的每一棵树都是不屈与正义的化身。

距金家大山不远处，是美丽壮观的枝江北站和已初具规模的北辰之光小区。陪同我们采风的仙女镇委宣传委员黄金梦指着北辰之光小区的两棵树告诉我，这里也是金湖村所在地，这两棵树，一棵是皂荚树，另一棵是朴树，树龄已有85年。这两棵树是金湖村一户贺姓人家留下的，这对贺姓老夫妻爱树护树几十年，视如自己的生命一样，因征地拆迁，老人说："常言道，人挪活，树挪死。这两棵树我们不要补偿，留下来陪伴入住新居的人们，只求它们能平安地生长。"我想，乔迁至北辰之光的人，在这两棵大树下乘凉时，一定会记起两个慈祥的老人为他们留下的一片浓荫。

在返回县城的路上，吴绪久老师难以抑制内心的喜悦与激动。他说二十年前去过欧洲一些国家，感受最深的是那里的环保意识，那时候站在异国的土地上，遥想自己的家乡，不知要多少年才能与人家的环保观同步。现在看来，家乡真的变了，宽阔的公路，诗画的田园，宁静的湖水，还有人们的环保观。尽管遇见这样的美时已经发如雪，毕竟遇见了，为家乡人民感到欣慰啊！

我从后视镜里看到吴绪久老师欣慰的面容，想起前几年关于鄱阳湖成草原、黄河断流的报道。在水资源越来越欠缺的今天，枝江人民对金湖的保护实乃智慧选择。一湖清水，能洗涤不言对错的过去，能照见自觉担当的现在，也能激发后来人对保护子孙生存环境的责任。因为湖亦如人，湖有感应，人们爱惜它、保护它或许有限，它回报给人们的却是丰厚的无限。

"浮云一别后，流水十年间。"

枝江金湖从昔日的臭气熏天到"一湖清水流长江"的变迁过程让我想起了韦应物的诗句。又是六年过去，北纬30°，枝江金湖，正以国家湿地公园的身份与相距1.7公里的长江心手相牵，默默守望。

是的，时代的发展总在向那些只图眼前效益而不讲长远利益的行为告别。在不到十年的时间里，枝江金湖已成为"三峡水乡、田园枝江"的一张亮丽名片。作为通江的湖泊，枝江金湖的水质的优劣会影响长江水的质量。为确保一湖清水流长江，金湖的建设者们、保护者们联手，以科学的生态治理方案为蓝本，开始了一场八年实施生态金湖修复的新长征。

金湖湿地公园由东湖、刘家湖两个子湖区和金山林场三部分组成。从航拍的图片来看，金湖湿地公园正好是一滴水的形状。这是一滴承载着厚重的历史文化和生态文化的水。金湖湿地公园的工作人员邹时前告诉我，每年春秋季，会有鸳鸯、灰鹤、红隼、红角鸮等许多水鸟迁徙经过此地并在此停歇，目前统计在册的湿地公园内的鸟类如苍鹭、池鹭、白鹭、黑水鸡、普通秧鸡等有160种。而金湖湿地的植被也有着丰富的图谱，粗略地统计了一下，水生植物、沼生植物和湿生植物按类别就可划分为4个植被型组，9个植被型，24个群系。在如此繁茂的植被面前，我看到了金湖湿地这"一滴水"的容量。"目前，我们以'恢复金湖湿地水质，营造鸟类栖息乐园、促进湿地生态旅游、推动生态文明建设'为主题，努力成为展现长江流域文明与湿地生态旅游的窗口，成为城郊湖泊湿地生态保护、恢复和利用的典范，成为枝江市城市建设的绿色名片和生态文化中心。"邹时前的讲解对于从事文字工作的人来说无疑是一种生态科普。

邹时前拿着一张规划图告诉我们，湿地园区内现有3个排水闸和3个泵站，包括东湖闸、循环闸、东湖节制闸、红星泵站、冲口泵站和江口泵站。在5—10月汛期，金湖水位设有汛限水位，高于汛限水位必须开闸排水，长江水位低于湖水位时可直接通过东湖闸排入长江。长江水位高于湖水位时通过江口泵站排入长江。比如，2017年，为了解决金湖生态问题，通过江口电排站从长江提水，采取临时措施引水入湖，补水300万方；2018年补水500万方。目前正在建设的"引江济湖"工程于2018年11月正式启动，将在2019年10月前完成所有工程施工。项目完工后，可实现对金湖补水30万方/天。在丰水季节，利用金湖的东湖自排闸、红星泵站、冲口泵站和江口泵站向长江积极排水。这张图纸让我们知道了金湖与长江守望相助的关系。

有了适宜的水源、良好的水系和水质保障，野生动植物生存才会放心地到金湖来安营扎寨。在枝江金湖的规划中，我还看到一个关于建立科研监测中心的计划,并将在金湖湿地公园恢复重建区、合理利用区、宣教展示区等地设立长期监测点,完善湿地监测体系。介绍到这里,邹时前指着规划图中的植物问我:"认识这植物吗?"我说:"水葫芦!""对!它还有一个好听的名字叫凤眼莲,蔓延性极强。几天之间,它似乎呼朋引伴,满湖都是,简直就是一种魔性繁殖。湖里有了凤眼莲,其他植物就难有立足之地。还有香蒲这种植物也是,比起黄菖蒲来,我们更愿意选择黄菖蒲来调节水质。去年我们专门聘请了6名外来物种打捞员,各人负责一个片区,实现除早、除小、除了,取得了非常明显的效果。2016年金湖上游鲁家大港凤眼莲大面积爆发,少量流入金湖,金湖湿地公园管理处和上游仙女镇人民政府及时投入大量的人力、物力和财力,分片落实责任打捞,在鲁家大港很快控制住了凤眼莲的蔓延,同时在金湖完全消除了凤眼莲。我们防止这些有害物种的过分蔓延,就是为了保证整个湿地公园的生物多样性。"邹时前的介绍让人想起著名生态作家李青松写的《薇甘菊》,就是和凤眼莲、香蒲一样有趣的植物:"薇甘菊的种子在充足的阳光下,很快就拱出芽芽,接着长出茎茎,接着又很快伸枝爬蔓。有道是:无心栽花花自开,无心种草草自茂。薇甘菊这个外来物种在中国大地上有着超强的生命力:明晃晃的公路断面上,也出现了薇甘菊。它们是从桥梁下、地沟里或涵洞里冒出来的,气势汹汹地缠住了公路两边的电线杆、灯柱、垃圾箱、绿篱和灌木。尽管路面上的薇甘菊被呼啸而过的车辆碾成了绿泥,绿糊糊在过往的车轮下喷溅乱飞,但它们还是前赴后继地蹿上公路,就像成群的章鱼一样。缠绕并撕扯着猎物,它们疯狂的藤蔓甚至还从窗户、门缝爬进道班房或路边居民家中作乱……能匍匐、能卧行，行迹无常；能蹲坐、能跳跃，变化多端；能站立、能攀缘，深谋远虑。是一条一条的绿毯子吗？草地覆盖了，灌层覆盖了，乔木覆盖了，二十余米高的大树顶端，它也能自如攀上，自下而上全面覆盖。"植物王国里的故事，虽然丰富了我们的见闻，却也给今天从事生态建设的人敲响了警钟。邹时前讲的建立科研监测中心的计划便有了必要性。他们将组建高素质的科研监测队伍，查清金湖湿地的本底资源，监测湿地植物群落动态变化及湿地鸟类过境数量、栖息、繁殖等活动规律。通过湿地监测体系的调查评估，不但获得湿地各种生态环境因子的信息，亦可预测湿地生态系统的变化趋势，从而有利于发展完善湿地保护事业。

2018年冬天的一个上午，几个英国朋友背着相机来到了枝江金湖。这一下子惊动了省内不少摄影爱好者。这几位不速之客据说也是慕名而来，他们是英国湿地和水禽基金会物种项目主任、物种委员会青头潜鸭专家组组长和英国湿地与水禽基金会咨询专家。他们听说湖北枝江的金湖有青头潜鸭，便千里迢迢来考察。青头潜鸭是一种雁形目鸭科潜鸭属的鸟类。雄鸭头部和颈部为黑色，并闪现墨绿色金属光泽。繁殖期时雄鸭头部呈现亮绿色，上体黑褐色，暗栗色的胸部与白色的腹部截然分开。但由于栖息地的破坏和人为狩猎，其种群数量急剧下降，世界上不足1000只，更有保守估计，其数量可能不到500只，被《世界自然保护联盟》濒危物种红色名录列为"极危"等级。这种稀少的青头潜鸭对栖息环境的要求自然非常高，2018年11月，观鸟专家雷刚教授在湖北枝江金湖发现了3只全球极度濒危鸟类"青头潜鸭"。事实上，他们虽然为青头潜鸭而来，刚一下车，他们就看到了大群的罗纹鸭,大约2000只。这又是一个新的发现,这种罗纹鸭非常特殊且鲜为人知,主要分布在亚洲。世界濒危物种在枝江金湖栖息,这不是给枝江金湖生态环境最好的肯定吗?

青头潜鸭的选择不是偶然,而是必然。因为在水文恢复上,枝江做足了功课。金湖管理处主任余红告诉我们,从2017年11月开始,枝江在全市范围内打响了整治黑河、臭河、垃圾河的"清三河"行动攻坚战,用实际行动贯彻落实王晓东省长关于开展碧水保卫战"迎春行动"的1号河湖长令,对金湖流域范围内的鲁家大港等5条主要河港以及支流沟渠,全面实施对黑河、臭河、垃圾河的"清三河"行动。到2018年4月15日前,河流(渠道)管护长效保洁机制实现全覆盖及常态化,完成垃圾河的整治,基本达到"水下无淤积、水中无障碍、水上无漂浮、水岸无垃圾、岸上有绿化",全面消灭了垃圾河。到2018年年底,又在全市重点推进河流(渠道)整治,突出镇、村及水环境问题重点区域,着力改善河道水体黑臭现象,消灭全市境内50%黑河、臭河。到2019年年底,通过统筹规划、科学治理,进一步推进河流(渠道)整治,逐步恢复水体自净能力,保持过水通道整洁顺畅,水环境、水生态系统整体明显改善,消灭全市境内80%黑河、臭河。正在向"水清、河畅、岸绿、景美"的总体要求靠近。2019年4月,在"助推绿色发展 建设美丽长江"全国引领性劳动和技能竞赛2018年度竞赛考核评比中,枝江金湖获评"长江经济带美丽湖泊"称号。

金湖国家湿地公园管理处率先实行三级"湖长制"。2019年深秋,时任一级"湖长"的金湖国家湿地公园管理处主任余红在一次聚餐中给我们讲了金湖那些失而复得的鳡鲅鱼的故事。

2019年9月中旬的一天，喜爱钓鱼的钟爱彬到金湖边上的西排渠钓鱼，钓鱼竿一下水，便有鱼儿上钩，拉上来，却见一条久违的鳑鲏鱼。面对这条小巧的鳑鲏，钟爱彬既感到欣喜，也心生感慨。说它"久违"，是因为20世纪，我们枝江的沟里塘里湖里河里，随处可见鳑鲏鱼。鳑鲏鱼也成为我们许多人童年的记忆。随着水产养殖业的异军突起，在养殖水产品过程中，许多河湖渠塘疏于治理，水质遭到破坏，河蚌逐渐减少，鳑鲏鱼几近消失。不到半天时间，钟爱彬钓了十多斤。这消息不胫而走，一时间，西排渠边的钓鱼竿便成几何数增长。钓友们在收获钓鱼乐趣的同时，也在为枝江金湖的水质点赞。好像这失而复得的鳑鲏鱼，就是一份水质治理的成绩单。原来，西排渠是金湖的排水口，鳑鲏鱼是在排水过程中从金湖"跑"过去的。2019年6月，枝江金湖国家湿地公园管理处在金湖投放了7万余斤河蚌，为鳑鲏鱼的自然繁殖提供了先决条件。河蚌和鳑鲏鱼是一对共生体。鳑鲏鱼在繁殖期，雄鳑鲏会寻找水底的河蚌，瓜分和占据这些河蚌。雌鱼用下垂的产卵管插进河蚌腮腔内产卵，雄性使之受精。卵就在这里发育。刚刚出壳小鱼苗钩在河蚌的腮瓣上发育。河蚌为它们提供保护。等到某一天鱼苗可以自由游动了，就会从河蚌保姆的身体里一涌而出，开始独立生存。过去有人在家里的大水缸里放入几个河蚌保持水质，过两天突然水缸里出现很多小鱼的就是这个原因。鳑鲏鱼还有几个别名：四方皮、镜鱼、彩圆儿，还有人把它叫作"水中蝴蝶"。它有极高的观赏价值和药用价值，受到许多鱼类饲养爱好者和医药学家的青睐。近几年，金湖在水质恢复上打了一套高效的组合拳。从外源污染控制入手，配合引水活水等工程措施，确保了金湖湿地的水质。要问金湖现有多少鳑鲏鱼，恐怕没人能统计出来，它们与7万余斤河蚌共游一湖清水，并享受丰茂的水底世界。

听了鳑鲏鱼的故事，我们不放过余红，还要他继续讲关于金湖的故事，哪怕是一个片段。因为我觉得金湖的管辖与治理，就是一个生态进步的见证。很有幸，从这位湖长口里，我们又听到一个新鲜的故事：33口鱼塘。

在金湖的东侧，曾有大大小小的鱼塘33口。这些鱼塘兴建于滩涂之上，是20多户人家发家致富的希望所在。他们围湖养鱼，围湖造田，以水为媒，寻求发展之道。由于这些开发的鱼塘，其水源都来自金湖，金湖的水质直接决定了他们鱼塘的效益。

2014年9月，枝江市政府收回了湖泊经营权。同年12月，枝江金湖国家湿地公园获国家林业局批准试点建设，市政府批准成立湖北枝江金湖国家湿地公园管理处，专职负责金湖湿地公园建设、湿地保护和恢复等行政管理工作。几年之后，承包33口鱼塘的养殖户也随之拆迁，如今这里已初步建成了一个小微湿地，成为与金湖配套的亮丽景观。

拆迁户杨兆刚出生于1966年，已经53岁的他在毛湖淌还有一个养鱼池。他说：在政府没有收回湖泊经营权之前，我们的效益并不好。金湖上游的水系为鲁家大港，流域内有鲁家大港、太平桥港（仙女主排渠）、新四季港、曹家港和万店港共5条水系分别注入金湖。金湖主要排水水系有东湖排水港、刘家湖排水闸、江口站西排渠和毛湖淌排水渠4条。我们的鱼塘补水，全靠从东湖、刘家湖（即今天的金湖）抽取。过去在取水过程中，我们这些养殖户和东湖、刘家湖承包人之间常发生矛盾。他们的湖水有问题，三天死了一万多斤鱼，这样的水质如果抽到我们的鱼池，会给我们带来巨大损失。但是不抽水又不行,就常常为了水质的事发生纠纷。现在好了,这里建成了生态清洁型小流域,金湖的水质通过治理,不仅成了田园枝江的风景,也成了毛湖淌200多户养鱼池补水的依靠。这说明,政府在推进湖泊生态修复和保护,增加湿地等水源涵养空间上是卓有成效的。33口鱼塘退还成湿地之后,减少了渔业养殖对湿地造成的污染,而且在退养水面上栽植了芦苇、莲、芡实等植物,进一步净化了湿地的水体。每当看到许多游客来金湖旅游时,我们也实实在在地感受到了退田还湖还湿、退渔还湖给枝江带来的变化,生态好了,风景美了,人们生活质量和幸福指数都提高了!

如果说33口鱼塘的兴起是围湖养鱼的时代之痛,那么,33口鱼塘的"消失"便是退渔还湖的长远之计。在短期利益与长远利益上,需要的是担当与责任。因为生态之于人类,是一个必须从长计议的恒久课题。

我们对这位余红湖长充满了敬佩。说起来,这位湖长和我是同乡,都是百里洲人。他于2016年当了湖长以来,成了一个真正的管湖佬。他的母亲曾是中学教师,已过古稀之年,患有肺病,做过大手术。年近80岁的父亲也是个重病号,生活不能自理,需定期到医院做康复训练。作为儿子,他心生愧疚,抽不开身去陪伴、护理,只有请亲戚或护工照顾。有一次他与母亲通电话时,母亲说:"你做的事我们都知道,保护长江,确保一湖清水流长江,一江清水出枝江,你这个湖长啊,责任大着呢,也光荣着呢!不过,儿啊,你也要保重身体,这几年,你的头发白了一半了……"母亲在电话里的哽咽,如一枚针扎在他心上。他想对母亲说点什么,却双眼潮湿,热泪模糊。

2021年，这位优秀的湖长调到宜都任组织部长去了。

我和胡光琴大姐在开车返回城区的途中，说起余红，说起邹时全，说起金湖的变迁，无不感慨万千。是的，金湖，一个国家级湿地公园的背后，是一部集小成于大成的没有剧终的连续剧，小到一草一木，大到宏观规划，构成了丰厚的生态发展史。而在这一路走来的步履中，金湖自行车赛道两旁的梧桐树是最好的见证者。

在某一天的下午，我和卫民园林的黄卫民、胡光琴夫妇再次说到金湖的树，问他们，偌大的金湖绿化工程，怎么只承接了公路两边梧桐树的栽种。黄卫民说："谁说只有梧桐树！还有桂花树、香樟树，花草若干。"这就对了。对于他们来说，栽过的树，种过的花和草，太多了，记不过来，也甚至懒得说了。我说："如果那时，金湖自行车赛道两旁不栽梧桐树，而栽上枝江枫杨，然后建议政府部门把那条路就命名'枝江枫杨大道'，岂不是更有看点。枝江枫杨只有枝江才有，世界上其他地方都没有，作为新的物种，金湖湿地公园不能没有。"

"金湖绿化的方案和规划里，就没有考虑到枝江枫杨这种新生的树种。我们也非常想把金湖赛道两旁栽成枝江枫杨，但没有这么多大树，卫民园林园区内成品树有14株，远远不够这两旁需要的数量，就放弃了这个想法。"黄卫民解释道。是的，一个地方的绿化规划，与这个农民没有任何关系，只是我个人弱弱地希望，如果在出规划时能征求一下像黄卫民他们这样的实践型专家的意见，是不是就可以少留遗憾，是不是就可以更圆满一些。

或许因为金湖自行车赛道两旁的梧桐树与卫民园林有关，每次带客人游金湖时，都不忘介绍一下卫民园林的这对农民夫妇。

客人闲坐于梧桐树下的大石头上,用手摸一摸梧桐树干,问我:"这两个农民,我们非常想见一面,你可以引荐一下吗?"

19

一次难忘的接待

2019年深秋的一个周六。胡光琴给我打电话,问我在哪里。我告知回百里洲了。"妈还好吧?"她很关切地问我。"还好,谢谢!"

"下午能不能回枝江?有重要的事情要商量!"

"电话里可以说吗?"

"妇联领导说一批外国朋友来访,要做一个PPT。"

外国朋友?还是一批!

可是,做PPT是我的软肋。

我辞别老母亲,返回卫民园林。枝江妇联的几个同志已经在卫民园林商量接待方案。

第二天,宜昌市妇联的几个领导和中华女子学院的几个老师来踩点,了解与枝江这边相关部门的对接情况。为了让中华女子学院的老师们比较全面地了解黄卫民、胡光琴夫妇的创业历程,我给他们朗诵了《他们看见凌晨的星光》这首诗。随着音乐的响起,随着我发自内心的朗读,一个女老师眼圈发红,然后她从包里拿出纸巾。这是听哭了吗?我在心里说,你这个傻妮子啊,和我一样傻。我在创作这首诗的时候,无端地涌出泪水,我竟然不知道是在写哪一句的时候触动了我最柔软的神经。她对我说:

"这是值得讲述的中国故事,宜昌市妇联的这个点选得好!"我想起林黛玉说过的那句话:这诗稿不求它玉堂金马登高梯,只望它高山流水遇知音。好的故事说给懂的人听。虽然我不知道这位女老师姓甚名谁。

有好的故事,为做PPT准备了好的"食材"。

胡光琴、黄卫民的故事,一直是他人在讲,现在需要胡光琴本人讲,以第一人称的角度来讲。胡光琴谦虚地问:"能不能不讲?因为做得还不够。"

那位老师说:"您不用紧张,像您平时和大家说话一样讲。"

说不紧张那是假话。如果换作我是胡光琴,我也会有点儿紧张。即将要来的是发展中国家的女官员。不是一个两个,而是一行44人。

宜昌市妇联和枝江市妇联的领导也鼓励胡光琴,卫民园林已经做得这么好了,把故事分享给大家,会给大家很多新的启示。胡光琴感谢妇联领导们的信任,她答应做好课程分享的准备。

11月15日这天,来自阿塞拜疆、埃塞俄比亚、安提瓜和巴布达、巴林、波黑等16个国家和组织的44位女官员在中华女子学院、湖北省妇联、宜昌市妇联等领导的陪同下来到"荆楚最美巾帼农庄"湖北卫民生态园林酒店参观学习和交流。卫民园林的胡光琴为这些来自发展中国家的女官员分享了一堂生动的生态发展课——《我的故事从一草一木开始》。

这次活动是由商务部主办,中华女子学院承办,省妇联协办的援外培训项目——2019年发展中国家女官员领导能力建设研修班现场教学部分。于14日在宜昌拉开帷幕,15日走进枝江,参观了枝江步步升手工布鞋制作工艺之后,来到荆楚最美巾帼农庄卫民生态园林酒店。

到达卫民园林时，已是中午，卫民园林酒店为客人准备了丰盛的西餐。在卫民园林享受愉快的午餐之后，外国朋友开始了现场学习。首先参观了位于湖北卫民生态园林酒店内的三峡奇石馆和民情文苑，这里集中展示了三峡奇石、枝江本土作家作品、枝江本土书画作品、枝江纸雕、枝江剪纸、枝江刺绣和黄卫民、胡光琴夫妇辛苦创业四十年取得的成绩。主持人赵丽莉向外国朋友介绍三峡奇石馆内的长江玉雕作品："万里长江，浩荡东流，峡江两岸，蔚为奇观。被中外地质学家誉为'天然地质博物馆'的长江三峡，原本就是一个多姿多彩的石头世界。这里有长江玉雕成的物件，在我们中国传统的习俗里，家里摆放这样的物件，有祥和生财之寓。"主持人给外国朋友介绍胡光琴的创业经历，在四十年的创业历程中，胡光琴先后被评为"全国三八红旗手""全国双学双比先进女能手"，她的先生黄卫民先后被评为"全国科普惠农兴村带头人""全国劳动模范"，他们的家庭也被评为"全国五好文明家庭"。2018年10月30日，胡光琴出席中国妇女第十二次全国代表大会。宜昌有三名代表，胡光琴是其中之一。并在湖北省妇女十二大中被推选为执委。

"枝江枫杨是世界上的稀有树种，有极高的生物科研与经济价值。由于是在枝江被发现的，被植物学家正式命名为'枝江枫杨'。在被命名之后20年中，湖北省市各级林业专家试图通过扦插、嫁接、直接采籽等方法，对枝江枫杨进行繁殖，但均告失败。时隔20年后，我们园林中的主人黄卫民和胡光琴夫妇用他们的技术把枝江枫杨繁育成功了。他们申报的"一种枝江枫杨繁育方法"获得国家发明专利授权，他们应用这种技术，成功繁育了

27棵枝江枫杨。这项技术也获得了枝江市科技进步一等奖。在枝江枫杨繁育成功之后,他们夫妇又把濒临绝种的枝江丹桂繁育下来,为植物学研究、实践和探索闯出了一条新路。"

随着翻译传递的信息,外国朋友伸出大拇指。走到另一个板块前,主持人继续介绍:"2018年,枝江市一位作家根据黄卫民、胡光琴夫妇的创业故事创作的报告文学《绿色钥匙》在《生态文化》刊发。作品中的黄卫民和胡光琴这对夫妻用40年的创业经历印证了习近平总书记的:'幸福是奋斗出来的'这句至理名言和'绿水青山就是金山银山'的光辉论断。"

外国朋友们在用黄杨木做出来的根雕作品"孔雀开屏"前留影,孔雀开屏在中国的传统文化中预示着幸福吉祥。之后,外国朋友进入到手工艺坊。这里常年有20多位民间手工艺人从事刺绣、编织、剪纸等手工制作。那天,胡光琴现场为大家展示剪纸技艺。短短几分钟,外国朋友学会了剪"喜"字。大红的喜字在中国预示着美好和喜庆。能在这么短的时间内学会剪"喜"字,她们好有成就感。

下一个环节是胡光琴为这些女官员们授课。普通话,PPT,激光笔,胡光琴向外国朋友分享她和家人一起创业的故事:我的故事从一草一木开始。她把从一草一木开始的故事,讲得既生动又亲切,向外国朋友描述了生态文明建设中的一个成功样本,展示了中国乡村女性的风采。在结束现场教学之后,卫民生态园林酒店为大家准备了精美的糕点和茶饮。

在这个见证了300多对新人婚礼的浪漫草坪上,外国朋友们享受下午茶时光。枝之绣坊的绣娘雷兆玉为外国朋友们表演民族舞蹈。

大家手拉手，伴随着《最炫民族风》《爱我中华》的音乐，跳起来、舞起来、嗨起来、乐开怀。来自桑给巴尔的玛丽亚姆·哈吉·姆里绍邀请胡光琴到他们国家去帮忙做景观设计。外国朋友和黄卫民、胡光琴夫妇合影。外国朋友和枝之绣传承人杜海英等一起合影。如此美好的瞬间，定格成永恒。

三年之后，在卫民园林酒店工作的陈梦露回忆这次接待外国朋友的经历时，依然很激动。她回忆道："当我们知道，有一个高规格的接待时，我们卫民生态园林酒店的团队分工明确，各负其责。按照活动组委会发来的会标，我们提前准备好了。主办方给我发来了'援外班学员生活禁忌提示'，有三条：一是尽量不上猪肉；二是尽量做到肉菜分开，不要带刺的鱼，尽量有炸薯条和面包片；三是如果肉和菜放一起，就做成咖喱口味的。根据这个提示，我们为外国朋友准备了中西结合的午餐。在干净整洁的多功能厅，外国朋友倾听了湖北卫民园林总经理胡光琴分享的创业故事《我的故事从一草一木开始》。现场有翻译，大家对胡光琴女士的故事充满了好奇，不时响起热烈的掌声。看到她们在枝之绣坊学剪纸学得那么认真，我们也想去现场体验一下。就在她们体验剪纸的时候，我们为客人摆上了茶饮和甜点，等大家完成现场学习课程后来享受茶歇时光。这些茶点的摆放都是'雷哥'精心设计的，'雷哥'从英国留学归来，他知道外国朋友喜欢什么样的点心和饮料。他安排我们摆成十六米长的桌子，代表十六个国家，铺上白色的蕾丝花边桌布，摆上了奶油面包和五颜六色的蛋糕、甜点，红心柚、白心柚，橘子、橙子、可乐、香槟、红酒、啤酒，鲜花，牙签，纸盘，亮晶晶的高脚酒杯，小勺小叉……这的确是一个浪漫而愉快的下午。在这次接待中，非常感谢枝江

一次难忘的接待 // 153

市委、市人民政府的领导,感谢枝江市妇联的指点,让我们更加注重细节,把对外接待做好。果树见证,我们的友谊天长地久!"

卫民生态园林内的员工胡元林有感于此次接待活动,赋诗一首,表达心中的祝愿:

> 四海巾帼展鸿翼,古道丝路腾云启。
> 荆楚无处不千红,丹阳难得此一际。
> 拥抱生态筑梦想,牵手绣苑话非遗。
> 人类愿景心所向,东方倡活共同体。

作为这次活动的亲历者,接待过程的参与者,有许多美好的瞬间也一直定格在我心中。几年过去了,每每翻看电脑中保存的这次接待活动的照片,不免回忆起当时的愉悦与美好。首先是外国朋友羡慕的眼光。当她们知道胡光琴家庭是一个农村家庭时,她们除了羡慕,还是羡慕。中国农村家庭就是胡光琴他们家庭这个样子!这令她感到惊讶,也非常向往。其次是黄雷在下午茶安排上的讲究令人刮目相看。在中国乡村,能有黄雷这样的海归派参与到各个接待流程中来,给人一种新奇的感觉,用现代孩子们的话说,那是必须的。再次是胡光琴的绣花师傅杜海英的参与,也是一道风景。老人家年近九旬,竟然皮肤白皙,脸色红润,要不是头发银灰,你很难看出她老人家的实际年龄。杜海英老人是被请来当师傅的,因为不久前,卫民园林承接了一个"楚凤起航"公益手工项目的培训,杜海英老人把积累一生的绣花技巧毫无保留地传授给来学艺的姑娘们。外国朋友们在结束了课程学习之后,纷纷来到杜海英老人的身边,要和她一起照相。老人身穿一件紫色青边的轻薄棉袄,黑色裤子,满脸慈祥。胡光琴在讲完课后,牵着杜海英师傅的手来到草坪上。老人见识过人间许多稀奇事，但近距离地看到这么多不同肤色的外国姑娘们，还是第一次。杜海英问胡光琴，她们都来自哪些国家，胡光琴说，她们国家的名字太长了，我也没记住，一共有16个国家的人。杜海英师傅笑呵呵地说："统称外国算了，呵呵！"随着音乐响起，杜海英的女儿雷兆玉跳起了优美的舞蹈。外国朋友随她而舞，一个，两个，三个，一下子都跳起来了，音响师随即更换音乐，播放《最炫民族风》，大家手牵手，跳起了集体舞，个个脸上洋溢着蜜一样的欢乐。最后是活动结束时，几个外国朋友来到胡光琴和黄卫民面前，要和他们夫妇单独合影，并且拉着胡光琴的手，嘴巴里说了一大串话，满脸的诚恳，只是黄卫民和胡光琴一句也没听懂。翻译在一旁说道：人家真诚地邀请你们去他们的国家帮助搞景观设计。黄卫民说："谢谢邀请，我们做得还不够，如果你们国家需要，我们可以帮你们找大学教授。"翻译转达黄卫民的意思，只见那个穿花裙子的外国官员直摇头，又说了一大串话，翻译说，他们看上的就是你们家园的景观，不仅想请你们做景观设计，还要你们帮他们打造。人世间有百媚千红，我独爱你那一种。这本是一句歌词，但看那外国女官员的神情，要表达的就是这层意思。

20

针线岁月里的暖

2018年初夏时节,我搬迁到一个新的小区。在整理旧物时,不经意间又见到二姐十年前为我做的新棉鞋。十年了,这双白底青帮、针线细密、做工精巧的棉鞋我一直舍不得穿。舍不得,是因为这十年的冬天,我脚上穿着的也是二姐做的棉鞋,虽有些旧了,依旧暖和。二姐说要我穿新的,穿旧了她再为我做新鞋。针线活儿对于二姐来说,是她的拿手好戏,只是我不忍,也不能让她为我付出,她手头那么多事儿要做,即便闲下来,我希望她好好享受清福。

二姐年轻时是裁缝,做一手好衣服。没出嫁之前,十里八村都知道她衣服做得好,尤其是老人的棉衣棉裤,只要是经过了她的手,都说穿着舒服。后来,她远嫁到外地,许多找她做过衣服的人都不习惯,说我母亲心狠,怎么能同意让女儿嫁这么远。村里一个八十多岁的老太太,抱着弹过的棉花和新买的棉布,挂着拐杖到我们家要我二姐为她做棉袄,她不知道我二姐已经出嫁,对我母亲说:"她嫁得再远,也还要回娘家啊,我把东西放在这里,等她回来了给我缝新棉袄!"老太太执着地一直等到春节,二姐回娘家时,连夜为老太太赶做棉袄,满足了老太太的愿望。

有道是天旱饿不死手艺人，二姐凭借自己的缝纫手艺自立自强，赢得一片好名声。十多年后，二姐一家从外地迁回枝江的董市镇，她已经是两个孩子的妈妈，依旧漂亮，说话轻言细语，做事认认真真，尤其是那一手缝纫功夫，让人钦佩不已。我也常占她的小便宜，买一些廉价的小花布把设想的式样给她一说，她就麻利地做出我想象中的衣服来。比起在市场上买的所谓的品牌服装，价格只占五分之一。最是那手工做出的碎花旗袍，迷了看衣人的眼，醉了穿衣人的心。见我占小便宜，远在宜昌的幺妹也不"示弱"，幺妹身段好，各种花色的、素色的布料，经过二姐的手，魔术式地成为时尚别致的时装。在我们五个姑娘中，唯二姐心细如丝，父母的衣和鞋，都由二姐操劳安排。二姐每年都有新衣新鞋供给我们，而她自己常年穿着旧衣旧鞋，至今住在董市老街。熟悉董市的人都知道，那样的老街已经成为亟须抢救的历史遗物。二姐家曾有三层楼的私房，也许是要不断变化生活感觉吧，两年前二姐卖掉那幢房子，搬到老街。寻常百姓家过日子，都有自己的活法，也各有自己的道理。二姐她是个懂生活也会生活的人。

　　我留着那双新棉鞋，还有一个原因，是想留住一段关于针线的记忆和与针线有关的一段岁月。出生于80年代之后的人，大多已不会做针线活儿了，或者不屑于做，或者不会做。时代的变迁改变了人们的生活。母亲心疼二姐，说今年夏天在二姐家小住时，看见二姐穿针引线得戴老花镜才能穿上，心里不由得升起一种莫名的酸楚。我说，老太太，您很伟大，生养了我二姐这样的极品女儿。母亲问我，极品是个什么意思？我想说，极品指一个事物达到同种事物本身所能达到的极限，并在交换价值上超越了它本身的价值，人们对极品的要求是这种事物必须是最完美且稀少的，并且没有任何同类事物超越它的可能。可是这样说，老太太肯定越听越糊涂。我对我妈说，极品就是像我二姐这样的住高楼大厦时不显摆、住在陋巷也不自卑的心肝宝贝。

当我退休之后到了卫民园林工作，知道胡光琴曾经是一位绣娘时，我对她又多了一分敬佩与亲切。她从事绿化几十年，少有时间做针线，但针线情怀一直都在。创办枝之绣坊，把她的师傅杜海英老人接到枝之绣坊当老师，让枝江的刺绣手艺不失传，为枝江做了一件大好事。

2019年10月27日，湖北省妇联楚凤起航公益项目手工培训宜昌枝江班在卫民园林举办。这是省、宜昌市妇联对枝江妇联工作的信任，也充分体现了省、宜昌市妇联对枝江妇女儿童的关心和支持。枝江近60名爱好刺绣、剪纸和编织的妇女朋友参加培训学习。楚凤起航公益项目是由湖北省女企业家协会发起的一项以帮助困境妇女儿童发展为使命的社会公益项目。项目的宗旨是："为了孩子不再留守，助妈妈回家，让爱驻家"。楚凤起航公益项目，以传统手工艺培训为载体，依托各级妇联、手工企业（基地）和社会资源，对农村留守妇女、贫困妇女、城镇困境妇女开展培训，帮助提升手工产品加工、研发、制作、营销等能力，帮助困境妇女在家门口就业、灵活就业，在提升自我、发展自我、增加收入的同时，让孩子的童年也有了母亲的陪伴，减少留守儿童现象。其目标是通过妇女手工培训，至少帮助1000名困境母亲掌握手工行业研发、生产、销售技能，参训妇女人均年收入增加5000元以上。通过"妇联+妇女手工企业或培训基地+妇女"的方式进行培训，培训期间企业回购妇女制作的手工产品。同时，积极帮助企业对接产品设计开发团队和销售渠道。

在为期四天的学习中,近60名枝江妇女通过学习刺绣、编织、裁剪、剪纸、做口金包等手工艺术,掌握了一定的手工技术,深感学有所获,帮她寻找到了在家就业的途径,增加了她们就业创业的信心。

开班那天,举办了一个别开生面的仪式。宜昌市妇联副主席贺必芹、妇女发展部部长梅雯明亲临现场作动员报告。枝江市妇联通过摸底,组织了一批在家留守的妇女和爱好刺绣、编织的女性。参加报名的人数超过60人。这批学员以社区和乡村的留守妇女为主,同时也充分考虑了她们渴望在家里或者就近就业的需要,因此这样的培训很受留守妇女的欢迎。在课程安排上,丰富而实用。有"刺绣的理论与实践""编织的技艺""口金包制作实践""时装裁剪技艺""剪纸实践",重在实践操作上。聘请了湖北省汉绣协会理事、武汉巾帼手工创意联盟理事、武汉市武昌区粮道街昙华林社区金辰互助服务中心负责人陈亚红为学员们讲课。陈亚红,字金辰,师从湖北省工艺美术大师肖兰。作品曾获十余个奖项,受到过央视网、凤凰网、中国妇女报、楚天都市报、长江日报、湖北经视等多家媒体的采访和报道。她的讲解深受学员喜爱。聘请了枝之绣的传承人杜海英老人。85岁的杜海英老人一生专注绣花,其作品曾出口创汇。同时还有胡玉萍、肖光耀、黄兆良、雷兆玉等一批民间非物质文化传承人为学员们培训。来自余家溪村的学员吴翠玲说:"做过十字绣。手工培训让我们多才多艺,这让我们多了一门生存技能。老公再有钱,也要自己会挣钱。小时候看太太绣过,穿过的鞋上也有绣花,传统的东西对我们的影响是深刻的。有一次出门旅游,看见别人的手工绣花，就非常想学，这次培训，很珍惜这样的机会。"来自宝伐寺村的黄丹丹说："我孩子才5岁，老公在外打工。在这次手工培训中，我最感兴趣的是口金包的制作。也非常想通过这样的手艺，在家就能就业，还能陪伴孩子。如果孩子在家，肯定不行，我做什么他就要做什么。等他上学了，我就可以做手工产品了。"来自赵家河村的赵灵珊是个聋哑人，她用笔写道："在这次培训班上，我学了刺绣。我有一定的手工针线基础，是因为在家里经常补补缝缝，这个对我来说得心应手，再就是感觉几位老师都很关照我，酒店环境非常舒适，国家对妇女政策好。我的小学是在正常小学读完的，我是八岁左右逐渐听不见的，后来家里安排我打工，第一份工作就是做手工艺，活比较粗，我的手就是那个时候变粗糙的，上了两年再去特殊学校读初中，再后来觉得教材实在太小儿科，家里也没什么钱，没读完就回来了。我哥哥在北京，他是军官，我和哥哥都是爷爷奶奶辛苦拉扯大的，爷爷供我们读的书，爷爷在上个月就走了，我到现在都还在悲伤中。爷爷走得很突然，没有留下只言片语。我爸妈都60多岁了，身体多多少少有点毛病，老视眼，腿子疼，去年胆结石还做了手术。现在家里都听哥哥的，哥哥做主。爸妈听不见不会盖房子，都是姑姑几个叔叔和爷爷一起出钱盖的。我在外打短工，是小时工，十块钱一个小时，找不到啥工作将就打的。我爸妈都不认识字，老了也不好相处，天天吵架。这次培训，让我找到了创业的方向，我一定把这些手工学好，自己挣钱养活自己和孩子。"

"光琴姐，培训结束之后，我们还可以到这里来绣花吗？"一个网名叫"蝴蝶"的女士问道。

"欢迎大家常来，天天来绣花。枝之绣坊是开放式绣坊，也是大家想来就来的地方。"胡光琴答道。

  枝之绣手工技艺被列入宜昌市非物质文化遗产保护名录。只是杜海英老人于2021年去世。她教给刺绣爱好者的手艺被传承了下来。传承下来的，还有针线岁月留下来的那些温暖。绣一朵花，可以娇艳欲滴；绣一只鸟，又像展翅欲飞；绣一个人，这个人从上到下都栩栩如生。因为有枝之绣坊的培训，枝江一批绣娘们练就了这一身"绣花功夫"，她们不仅可以增加收入，也因为刺绣，让她们生活更美好。

21

此时此刻

2022年秋分之际，枝江市在问安镇同心花海举办这一年的丰收节。活动内容较丰富，围绕品丰收、扬丰收、庆丰收、展丰收、晒丰收、赛丰收等群众喜闻乐见、丰富多彩的形式，开展丰收节庆活动。活动中表扬了50名枝江市级"优秀农民"。其中10名产业振兴带头人、10名人才振兴带头人、10名文化振兴带头人、10名生态振兴带头人、10名组织振兴带头人，为优秀农民颁发奖励证书，每人发放奖励1000元。卫民园林的黄卫民便是这次受表彰的优秀农民之一。他是作为文化振兴带头人入选的。理由是：黄卫民是枝江市马家店街道腾家河村2组村民，他参编了中国农业出版社出版的《壮龄树移植与管理》，攻克了在高温高热条件下移栽大树一次成功等多项技术难题，在合作社的苗圃基地人工繁育出濒临灭绝的珍稀植物"枝江枫杨"和"枝江丹桂"，获得国家发明专利，他先后被评为"全国科普惠农兴村带头人"等荣誉称号，2010年被评为"全国劳动模范"。根据活动主办方的安排，黄卫民代表受表彰的优秀农民做一个发言。他很激动地走上台去，面对台下的众多"观众"，如此盛大场面，他有一丝那么"近乡情怯"。但他不愧是见过大世面的农民，他调整了一下自己的内心，拿出准备好的发言稿，从容念道：

尊敬的各位领导，各位嘉宾，大家好！

在全国上下喜迎二十大的满怀激情中，我们迎来了第五个农民丰收节。在这个属于我们农民自己的节日里，被评为枝江市优秀农民，我感到十分荣幸。今天借这样一个舞台，表达我们农民对党的兴农惠农政策的感恩，也表达我们对枝江市委市政府、市农业农村局等市直机关的感谢！是各级领导的亲切关怀和指导，让我们有了获得感、荣誉感，深切地感受到了在枝江当一个农民的自豪感。

近年来，我们和100多个农民一起，栽花种草植树，既美化了枝江环境，也增加了农民收入，更重要的是教他们掌握了园林植物的整形修剪技术，让他们成了具有专业技术水平的园艺师。在前不久枝江市举办的首届园林植物整形修剪技能竞赛中，我们卫民园林的几个农民兄弟获得两项第一。正是因为有一支专业的绿化和管养队伍，由我们承接的绿化项目多项获得省优质工程，这些荣誉是对我们农民在绿化技术和管理上的最好鼓励。

在农旅融合上，我们也在做探索和尝试。在杨梅成熟时节，我们在问安镇四岗村为乡亲们摆台20多个，免费为他们提供农产品销售摊位。2021年和2022年，到杨梅园采摘的人数突破10万人次，四岗村有一位做豆瓣酱的大嫂在我们给她提供的摊位上卖了2万多元。她说希望我们每月都办杨梅节。这也说明了搭建平台的重要性。

2022年2月，湖北省教育厅为我们卫民园林颁发了"湖北省中小学生劳动教育实践基地"的匾牌，我们结合研学基地资源的优势，开设了《植树》《扦插》等劳动课程，培养学生的动手能力，在广大学生当中，普及农业种植相关知识，引导学生热爱劳动，给孩子们发放花籽，让他们回家体验种花、美化庭院的快乐，在学生当中，宣传当一个农民的充实和收获的喜悦。我们希望在这些小学生当中，培养他们对土地的感情，对种植的兴趣，对农业、农村、农民的新认识。乡村振兴，离不开农民这个主体。当乡村有了强劲的后续力量，我们的乡村就成了放飞梦想的地方。

一年好景君须记，最是橙黄橘绿时。眼下，正是收获的好时节，让我们共同祝愿，乡村明天更美好，枝江明天更美好！

此时此刻，他的妻子胡光琴在参加的一个由宜昌伍家区、宜都和枝江三个地方的女企业家联合举办的联谊会上发言。胡光琴自2014年3月开始，一直担任枝江女企业家协会会长。8年多时间，她带领枝江的一群娘子军，在各自的行业脱颖而出，成为枝江地方经济发展的一支重要的生力军。胡光琴代表枝江女企业家协会发言：

尊敬的各位领导，各位姐妹：

今天对于我们枝江、宜都和伍家区的女企业家来说，是一个盼望已久的日子。大家相聚在一起，共话新时代，共谋新发展，书写一段巾帼奋进征程中的佳话。下面，我代表枝江市女企业家协会给大家汇报一下近年来的工作。

枝江市女企业家协会成立于2014年3月，2017年3月实行换届，协会现有1名会长、2名副会长、1名秘书长，吸纳近百名会员企业，其中规模以上企业12家。年营业收入过千万的6家。

几年来，在各地各部门的亲切关怀下，在市妇联的正确指导下，在全体会员的大力支持和共同努力下，协会以搭建"关心会员的服务平台、女性风采的展示平台、帮困助学的爱心平台"三大平台为抓手，先后开展了一系列主题鲜明、内容丰富、形式多样的活动，为促进女企业家队伍建设和全市经济社会高质量发展发挥了重要作用。

一是党建引领巾帼红。8年来，我们坚持加强思想引领，经常性地开展学理论、读红书、诵经典、唱红歌等活动，引导女企业家坚定不移听党话，跟党走。市妇联先后在协会开展了党的十九届三中、四中、五中、六中、七中全会精神等一系列宣讲活动，曾连续三年举办市女企业家协会年会，女企业家们自编自导自演，将女企业家们的活力和魅力展现得淋漓尽致。协会先后组织女企业家在安福寺徐家花屋、董市杨大兰烈士墓、江口烈士陵园和问安潘天炎墓地等红色教育基地参观，走进卫民园林、牧华园、覃姐食品、仙女服饰、问安杨梅园等会员企业开展"庆祝中华人民共和国成立70周年主题作品朗诵会""阅读红色经典 激励奋进力量"读书分享活动，组织诵读《沁园春·雪》《不忘初心方得始终》《半条棉被》《我的祖国》《爱的教育》等经典书目，齐唱《没有共产党就没有新中国》等，用歌声表达对党的浓厚感情、对祖国的美好祝愿。

二是巾帼助力产业兴。协会常态化开展走访调研，加强横向联系。先后走访调研了十余家会员单位，了解企业的发展状况，促进会员之间的交流与沟通，实现资源共享、优势互补。协会常态化举办培训学习，定期召开工作交流会、女企业家座谈会，组织会员先后到上海、江苏、浙江、福建、武汉等经济发达地区学习和考察10余次，有效提高了女企业家的综合素质，为企业持续科学健康发展奠定坚实基础。协会以"巾帼建功"活动为载体，组织女企业家开展"我为最优营商环境代言"系列活动,承诺争当优化营商环境先进集体和个人,为优化营商环境营造良好氛围,受到市领导表扬和肯定。组织女企业家参加宜昌市巾帼脱贫产品直播带货女主播竞赛并获奖。

几年来,女企业家们踊跃投身企业生产经营,在各自的领域不断拼搏向上,企业蓬勃发展,为枝江产业发展蝶变升级建功立业。卫民园林、覃姐食品、仙女服饰、荣路通塑业、双圆禽蛋等会员企业逆势上扬,企业不断做大做强,先后投产扩规。枝江市信达农业专业合作社理事长李开梅获评"全国三八红旗手",唐丛春家庭获评"荆楚抗疫最美家庭",本人继获"全国三八红旗手"后,先后被评为湖北省百名优秀创业女性人才、全省文明家庭等,并作为全国妇女十二大代表在北京参会。渔丫头、覃姐食品、牧华园家庭农场、永隆粮油等获评宜昌市巾帼现代农业科技示范基地。正是这样一个个鲜活有力的创业群体,构成枝江女企业家一部波澜壮阔的奋斗史。

三是携手共创风尚新。几年来,协会积极引领女企业家积极参与扶贫济困、关爱老幼等社会公益活动,展现会员企业良好形象。"与爱同行,回馈社会"是枝江女企业家们的共同愿望。为了将女企业家的爱心播撒到枝江大地,协会积极打造"情满枝江、女企业家感恩行"公益品牌。先后组织女企业家们到问安镇、七星台镇和百里洲镇、马家店等走访慰问贫困儿童家庭,送去总价值近5万元的爱心物资;看望慰问了患白血病少年,累计为其募集善款20余万元;开展"呵护眼睛 关爱心灵"爱心助学活动,为贫困学子捐款1万元;到精准扶贫户家中送爱心、送温暖……该公益品牌获评"枝江市最佳志愿服务项目"。同时,我们中的一些女能人、女带头人，积极发挥致富、帮富、带富作用，发展各种形式的互助组、合作社，带动贫困妇女、精准扶贫户在乡村旅游中就业创业、增收脱贫，在乡村振兴巾帼行动中写下浓墨重彩的一笔。女企业家们以自己的实际行动奉献爱心、回报社会，展现了女企业家们的"高光"时刻，赢得了各界的广泛赞誉。

忆往昔峥嵘岁月，看今朝这边风景恰好。8年来，枝江女企业家协会队伍不断壮大，朋友圈越来越广，影响力越来越大。今天我们三地女企业家的联谊活动，为我们搭建了施展才华的良好平台，也为我们创造了新的发展机遇，让我们携手同心，姐妹共建，以不负芳华只争朝夕的精神，为宜昌经济社会高质量发展做出我们的新的更大贡献！

此时此刻，卫民园林的草坪上，迎来了300多名来研学的学生，孩子们以新奇的目光打量着这里别致的环境。胡光琴的儿媳妇王赛手拿话筒，正在主持这一天的研学开营仪式：

夏天再见，秋天你好！大地长天皆风景，沧海远山尽诗意。在这优雅静美的秋季，2022年下学期研学旅行开始了。研学旅行，投身自然，体验生活，增知树德，人生成长必由之路。今天，仙女小学的小朋友们来到我们卫民生态园林开展研学旅行，我谨代表卫民园林研学旅行基地对大家的到来表示热烈欢迎！向带队学校领导和老师们表示衷心感谢！

走进卫民生态园林，展现的是人与自然和谐共生的画卷，用勤劳和智慧书写着保护树木品种多样化的华章。园之所及尽是绿意，是昭示着蓬勃生命的绿，是见证金山银山理念的绿，是建设美丽乡村的绿，绿色研学少年梦，少年梦，中国梦。同学们踏着

绿色之旅，追着快乐、追着精彩出发吧！

……

此时此刻，黄雷在枝江白鸭寺公园、丹阳公园和滨江公园检查养护情况。作为项目经理，他每天要打卡，要上报相关数据，要做好区域巡查。他本来有自己的事业，经营有酒店，但父母年过花甲，虽然他们勤劳，毕竟岁月不饶人。为人子，黄雷为父母分担一些，既是子承父志，也是在向新领域拓展。园林技术需要传承，卫民园林的新生代就这样悄然握住接力棒，在新征程中开始了长跑。

此时此刻，黄雷和王赛的一儿一女由小杨阿姨看护着，女儿才两个多月，这个"小棉袄"怪懂事的，知道爸爸妈妈忙碌，吃饱了只管睡，睡醒了也不闹，等待着妈妈来喂奶。

这是一个勤劳之家，也是个幸福之家。两代人为自己的梦想打拼，重复着周而复始的劳作，从一件事到另一件事，从一个项目到另一个项目，从一个视角到另一个视角，人生阅历的积累，实践经验的积累，产业链条的拉长，注定了他们的与众不同。然而，大道至简，他们与中国乡村愿景中的家庭又是那么的相同。

22

复壮的古香樟

己亥年夏天,正是树木生长茂盛的季节,江汉平原一场罕见的干旱持续近三个月之久。地处江汉平原西缘的枝江,田间作物严重缺水,行道树上已出现枯枝。抗旱、抗旱、抗旱!烈日之下,除了辛勤的农人,还有从事绿化管养的员工,他们抗旱的身影,成为这个夏天的一段记忆。入秋之后,按照"秋后十八暴,暴暴都跑到"的俗语,枝江也没能"顺秋",倒是在暮秋时节,一场场隐忍了许久的雨赶趟儿似的,隔三差五来打卡报到。在湖北卫民园林建设有限公司工作的胡元林老人有感于秋后两月少雨,暮秋雨频,写了一首《秋雨》的诗:"细雨揉秋韵,湿雾压低云。丝丝沃土润,悄悄农夫心。何处成大流,依然惠万民。敢忘滴水思,终愧扶疏荫。"写完这首,这位古稀老人意犹未尽,又以《秋雨》为题,再来一首:"霢霂其蒙久,涓滴湿田畴。叶辞枝秃空,微寒达暮秋。铁牛卧钢棚,农夫上网浏。阅书常附诗,扶醉独西楼。"诗中的"铁牛"指绿化用的洒水车。下雨了,洒水车便歇息在钢棚内。久别的雨给了诗人充盈的灵感,让人心生感怀。

由于久旱高温,位于枝江弥陀寺昌明法师纪念雕塑附近的两株古香樟出现"脱水"症状。有几根粗壮的树枝像遭霜打一样，树叶儿有气无力的样子，有的开始落叶。香樟是常绿大乔木，即便在冬天，只要是正常生长，也不会出现这种症状。大自然是神奇的，常见一些枯木在春风的吹拂中又长出几片青嫩的树叶来，深山老林里，死而复生的植物何其多，它们野蛮地生长，自生自灭，生生不息，有的竟然能傲然地成活百年、千年、万年……这两棵树的变化引起了枝江市园林绿化中心工作人员的注意。他们分析，这是因为久旱加上根须营养供给不上造成的。一场秋雨过后，他们在观察，在记录，在等待那枯枝"还阳"，重现那饱满的绿色。这是两棵树龄较长的香樟，北侧的这棵树胸径34厘米，而南侧这棵树胸径已有68厘米，至少有60年树龄，已经是很珍贵的古树了。这个地方原是枝江市金山林场，2001年动工兴建弥陀寺。从弥陀寺大门到昌明法师的舍利塔，这里是必经之地，保护好这两棵古树，成为枝江园林绿化中心的一项重要工作。时间一天天过去，等待了一个冬天，两棵树上枯死的枝条没有"还阳"的迹象。一直负责跟踪记录的枝江市园林绿化中心的两名园林专业工程师和一名高级技师开了个碰头会，他们准备春节过后，对这两棵香樟树实施"手术"。不承想，庚子年的春节，因一场特殊疫情，持续到3月底，枝江才开始复工。"再不能等了，坏死的部分已占60%了，再等下去这两棵古树就难以救活了！"枝江园林绿化中心的负责人黄万梅着急地说。复工第一件事，就是抢救这两棵古香樟。是的，不能再等了。在疫情防控的日子里，黄万梅既关注身边人的安全，也牵挂着这两棵古树的生死。古树名木作为不可再生资源，是活化石，是历史的见证，是城市的名片，是乡愁的寄托，失而不可复得。保护古树名木就是保护城市历史和记忆，就是保护城市基因和传承。她这个园林绿化中心的负责人，有一天竟在梦里和这两棵树说话，爱人还笑她是个工作狂。

很快，他们拿出救治措施，枯枝修剪、沟槽开挖、卵石填充、回填围堰、浇水封堰等。在对两株古树树冠内的枯枝、死枝进行修剪时，修剪工注意保留了树的完好树形，在他们眼里，树亦如人，各有各的形状，也各有各的美观。修剪之后对剪口进行消毒杀菌，涂抹了保护剂，又用薄膜套袋进行包扎处理。这还只是对局部外伤的处理，真正的"手术"是树的根部。他们围绕树干约2米处，开挖了宽60厘米、深1米的沟槽，在沟槽底部回填粒径3—5厘米的卵石层，厚度30厘米，便于生长的须根进入吸收水分和养分。他们对回填的土壤进行了改良，掺杂饼肥、腐烂动物粪便等有机肥和含硫复合肥，把改良后的土壤回填进沟槽并夯实直至绿地表层，这期间还有一个环节，即在种植土回填过程中将数根切割平整的管道安装在沟槽内，使透气管面高出绿地表面约10厘米，同时对树周围进行围堰、拍实堰壁土壤等保水保墒处理。我有幸在现场见证了这个"复壮手术"。眼看万事俱备，以为大家可以收工了，枝江园林绿化中心的园林工程师钟正国说，还得浇水封堰。"第一次定根水必须浇足，第二遍水在3—5天后进行，第三遍水在10—15天后视土壤湿度适量进行；三遍水后须进行封堰培土，同时观察树木生长情况并做好记录。"真正最后一道工序是在病树周围设置古树名木保护设施如围挡、警戒线等，同时制作安装古树名木保护牌并建档保护。

望看这两棵动过"手术"的古香樟，深感在我们枝江，园林绿化员工们对树木的"懂行"。沿着这个到昌明法师舍利塔的必经之地，我们一行朝前走，来到昌明法师的舍利塔前，以最朴实的方式祭拜于他。昌明大师是全国十大高僧之一，十八岁在枝江弥陀寺出家礼佛后，从未还俗。其足迹踏遍祖国的山山水水和亚洲的许多国家，接待了许多国家的领导人，是我国僧俗公认的人格导师和佛教文化名人。如今，这里已成为枝江旅游的一个景点，舍利塔周围，绿树成荫，花香蝶飞。"这里还有棵胡颓子呢！"钟正国工程师像发现了新大陆似的，指着一株约一米高的植物说。我则在距这株胡颓子两米远的地方，也发现了一棵胡颓子。"这种树木我们小时候见得多，常常摘其果实吃，现在很少见到了，我们这地方叫它为羊木奶子，结的果形状像圣女果，味道甘甜，我们枝江五柳公园有一棵，有100多年的树龄，已经列入枝江古树保护名录了，胡颓子的全身都是药，用胡颓子煎水服可治水痢，用胡颓子根煎汤洗可治疮疥，用胡颓子的根煎水喝可治吐血。"钟正国娓娓道来，真让人佩服。

　　本来说好了要去金湖看看湿地公园里的几棵大树，临走，钟正国他们发现进入弥陀寺大门口的宣传牌上有几根生锈的细铁丝还缠在几棵香樟上，这是几年前挂宣传牌时留下的，安装宣传牌的人就地取材，把道路两旁生长的树用作固定的桩。几年过去，缠在树干上的细铁丝嵌入到树皮里，他们又下车，把扎进树皮里的锈铁丝解开，为香樟树松"刑"。看到他们那份专注与敬业，不难理解枝江为什么在三年前就被授予"中国园林城市"称号了。他们用敬畏之心对待花草树木，追求人与自然的和谐，枝江在同等县市中想不走在发展前列都不行。我望着不远处那两棵救治之后的古香樟，它们沐浴着春风，仿佛在含笑致意。我想起《秋翁遇仙记》中的花仙子，还有那为董永和七仙女做媒的槐荫树，虽然这些都是传说，但我确信，万物都有灵性，只是我们终日匆匆忙忙，没有时间去破译那些隐于天地间的生态密码。当清晨的露珠以湿漉漉的深情迎接冉冉升起的朝阳，这些生长的树木一定看见了即将隐去的星星和月亮。多少年了，天地万物，就这样相逢相别，相互关照却默契无言。它们共同完成季节的轮回，写着一年又一年的时间之书。

趁着枝江园林绿化中心的工作人员在清理细铁丝的时间里，我在百度上搜索香樟的来历：因为樟树木材上有许多纹路，像是大有文章的意思，所以就在"章"字旁加一个木字作为树名，称为"樟树"，而因又有香味，才称为"香樟树"。香樟的存活期长，可以生长为成百上千年的参天古木，根、果、枝和叶入药，有祛风散寒、强心镇痉和杀虫等功能。呵呵，在我们江汉平原随处可见的香樟，原来也浑身是宝啊。如果卫民园林的胡元林老人在场，看到被救治的古香樟，一定又有新诗出来了。

还说什么呢，保护树木实际上是在保护我们人类自己。因为树木是我们人类不可或缺的珍贵资源。"绿水青山就是金山银山"，在时间的刻度里，让我记下这两棵古香樟"复壮手术"的故事，就当它是枝江园林绿化档案中的一页小小的备忘录。

枝江园林中心负责人黄万梅告诉我，枝江的园林绿化之所以有特色，是因为有了以卫民园林为代表的园林产业，在盆景、花卉和珍稀植物的培育上不断有创新成果。这一批改革开放后发展花卉苗木的先行者们逐步转向园林设计，不得不说是一种令人欣慰的成长。枝江市被评为"中国园林城市"，离不开枝江园林产业的发展和进步。

23

客从关洲来

"卫民,你还在工地上吗?薛爷爷来了!"胡光琴在给黄卫民的电话中报告薛爷爷来了。

"好的,我已在回来的路上。薛爷爷给我打过电话了。"黄卫民一边开车,一边接电话。

这位薛爷爷,名叫薛传根,是黄卫民、胡光琴夫妇俩的好朋友,比黄卫民大10岁。黄卫民常跟着小朋友们尊称薛传根为"薛爷爷"。薛传根是枝江顾家店镇堤防管理段退休职工。这次,他来找黄卫民请教江滩公园花草的种植。黄卫民随薛传根去了一趟顾家店外滩,对薛传根规划的江滩公园给予了很多指导性的建议。薛传根留黄卫民吃中饭,黄卫民挂念自己工地上的事情,就匆匆返回了。薛传根说:"这样不好吧,连水都不喝一口,让您跑一趟!"黄卫民说:"您这么多年守护关洲,保护珍稀植物,我们打心眼里佩服,能为您做点事,很荣幸。"两个爱树的人,就这样相互珍惜彼此的情谊。

关洲是长江中游的一个沙洲,距枝城长江大桥约5公里。在主航道以北,枝江市顾家店镇南部,是枝江、松滋和宜都三县交界之地。因为过去官府在此设立关卡,关洲又称官洲,隶属枝江管辖。负责守护这个关洲的人就是薛传根,年近八十,从枝江顾家店镇堤防管理段退休后,一直守护着关洲。

1978年,刚过而立之年的薛传根在同济垸村当上了村会计。村支书对年轻有为又积极上进的薛传根十分赏识,便有意培养薛传根入党。薛传根至今还记得,当初他向党组织递交申请书时的那份激动和期待。因为他听说邻村的一个小伙子,递交了好多次申请书都没有获得通过。1983年夏天,当老支书告诉薛传根,说组织上对他的考查已经通过,薛传根激动地在日记中写道:"能够成为一名共产党员,我多么自豪。我将用行动无愧于我生存的这一片土地"。几年之后,时年三十五岁的薛传根接过老支书的接力棒,成为同济垸村的"当家人"。他带领村民在房前屋后大力发展庭院经济,既美化乡村,又增加收入。四年支书经历,他获得了村民的一片赞美,却没少受家人的抱怨。老父亲患有高血压、心血管病多年,他没有时间照顾,妻子又要忙田里的事,还要照顾老人和孩子。妻子无奈之中甚至想对薛传根说,你这个支书不要当了,但妻子没有说出口。一天,薛传根回到家里,说组织上决定不再让我担任同济垸村的书记了。妻子高兴地说好好好。她不知道,组织上要薛传根去担任顾家店镇堤防管理段段长。面对组织的信任,夫妻俩相对无言,彼此的目光里有只有他们俩才能读懂的愧疚和不舍,更有理解与支持。

1988年薛传根接手当堤防管理段段长的时候,顾家店江段的外滩全部种的庄稼。种庄稼,算的是眼前账,而造成的水土流失远远大于种庄稼的收成。"不如退耕还林,栽树护堤!"薛传根的想法当时遭到很多人的反对。他挨家挨户做工作,利用3年时间,建成了18万多株的沿江防浪林,经济价值在千万元以上。事实证明了薛传根造林护堤的正确性。正当薛传根在一步一步实施他的护堤方案的时候，一次长江洪峰给了薛传根一次大考。那天，他正在罗家河堤段组织抗洪抢险，妻子请人带信来，说父亲病情加重，要他尽快赶回家。可洪峰在即，他不能离开。他想，父亲前几次病重都没有出事，一次次挺过来了，一时半会儿应该不会怎样，他相信吉人自有天相，等抢险结束后再回去。整整4天，他没有离开防汛哨棚。等到抢险结束了，他正准备赶回家照顾父亲时，天又降暴雨，他立即奔向各个泵站，查看机组运转情况。接着又赶往山洪沟查看险情，组织抢险。险情排除后，他带着一身的疲惫赶回家时，父亲已经去世了。薛传根的泪水奔涌而出，他可以想见，父亲在弥留之际想见他一面的渴望，而他守护的江堤，与老父亲其实近在咫尺，骑自行车，半小时即可到达。在险情面前，别说半小时，哪怕是半分钟，也不敢离开。为人子，为人夫，为人父，薛传根是满满的愧疚。但当忠孝难两全时，组织的信任又让他不得不选择从忠，而且是那样的义无反顾。处理完父亲的丧事，他骑着那辆旧自行车又回到自己的岗位上。他精心建成的防浪林见证了时代的变迁，也在护佑一方水土的生态。随着时代的发展，顾家店堤段的堤面由"晴雨路"到水泥路再到刷黑成软面路基，薛传根是亲历者、见证者，更是建设者。看着生存的这片土地上发生的翻天覆地的变化，他常常心生感念，忘记自己已年过花甲。

年过花甲的薛传根于2008年从堤防管理段段长的岗位上退下来了，闲不下来的他又义务当起了关洲疏花水柏枝管护哨所的所长。还在薛传根当段长时，专家们在关洲上发现了疏花水柏枝这种珍稀植物。专家一度认为这个物种已经灭绝。关洲岛是一个冲积岛，独特的地理条件让疏花水柏枝得以生存，而且数量还不少。薛传根主动请缨，保护好关洲，让枝江林业局的同志深受感动。枝江市林业局在这里修建了关洲疏花水柏枝管护哨所，"交给薛爷爷看护，我们很放心！"在薛传根的精心护理下，关洲岛上成片的疏花水柏枝竟有了千亩以上，生长着大约10万株。这里也是中华鲟自然保护区。2017年春，有人在关洲上发现了明朝万历二十四年（1596年）的古墓碑。薛传根守护的区域，动物、植物、文物，样样贵重，他的守护任务之重可想而知。尽管与家相隔那么近，古稀之年的薛传根，对家依然是那两个字：愧疚。

近两年，薛传根向外"化缘"三十多万元，修建了初具规模的关洲江滩公园，占地三十亩。除了花草树木，还建有一个圆形小广场，有简易的健身器材，有一个秀气别致、古色古香的凉亭。傍晚时分，江滩公园会聚集周边很多村民，他们在这里跳广场舞，呈现出乡村夜晚的生机与热闹。清乾隆年间，关洲上曾大兴土木，有农舍田庄，绿树青竹。号称"三江烟浪"，被列为枝江八景之一。而今，薛传根将关洲江滩公园打造成了"景物家园"，是对历史的传承，也是对长江实施大保护的默默行动。"滩景江景乡景景景和谐，动物植物文物物物相依"这副张贴在他哨所的对联，既是他三十多年心中所愿，也是他写在关洲的一份清秀答卷。

戊戌年初夏时节的一个下午，好友开梅约我，去关洲看看薛传根爷爷。我手头正忙着赶一个文案，但去见见薛爷爷的愿望在心中已贮存许久。于是，放下事情，开车出发，沿着新318国道，直奔与枝城长江大桥相邻的关洲。

七年前，我们拍摄《酒城之恋》的MTV，在关洲附近取外景，需要一个木船在江上远去，来演绎男女主人公的离别。长江上的木船现在几乎没有了，但有朋友告诉我们，说薛传根爷爷那里有。于是摄制组的同志打听到薛爷爷的电话，很快办成了这件事。只是，薛爷爷出门了，我们没有见到他。

在枝江，薛传根可是有名气的人物，他守堤护堤三十年，2016年上了"中国好人榜"，是继"棉花奶奶"李文英之后又一个上榜的枝江好人。此去见他，心怀敬佩。车至顾家店外堤，在一片硬化了的宽敞处停下，见绿油油的堤岸下，开着五颜六色鲜艳的格桑花，眼下正是鲜花怒放的季节，远远望去，这长江边上的"花海"蔚为壮观。花径也特别，有小石板扣成的小径，也有小原石铺成的小径，步入小道中，徜徉在花海里，看江天一色的开阔，读红霞落日的缠绵，别有一番诗意在心头。开梅对着江边的几个人喊道："薛爷爷，我们来哒！"听见对方传过话来，"好的，欢迎！"我笑着对开梅说："怎么像叫自家爷爷的口吻啊？"开梅是枝江电视台总编，这些年采访过不少先进人物，写出了许多感人至深的好文章。这个薛爷爷是她采访过的，上了《湖北日报》等诸多媒体。这时，一个戴着草帽、穿一件洗得发白的浅蓝色小方格短袖T恤的老人朝我们走过来，清瘦干练的样子。见到我们，他脸上洋溢着笑意。开梅甜甜地叫了声薛爷爷，又向薛爷爷一一介绍我们一行，大家纷纷握手，我也伸出手去，握到的是一双粗糙的手。那手，让人想起"辛苦"这个词。

薛传根带我们看已初具规模的关洲江滩公园，是他向外"化缘"来的三十多万元修建的，占地三十亩。除了花草树木，这里还有一个圆形小广场，有简易的健身器材，还有一个秀气别致、古色古香的凉亭。堤坡处，竖有蓝底白字的提示牌："枝江渔政提醒您——湖北宜昌中华鲟自然保护区，禁止一切捕捞行为。"原来，这里不仅是中华鲟自然保护区，还是疏花水柏枝这个被称为"植物中的熊猫"的珍稀物种的保护区。枝江市林业局在这里修建了关洲疏花水柏枝管护哨所，薛传根虽然从堤防管理段段长的岗位上退下来了，他又义务当起了关洲疏花水柏枝管护哨所的所长。这种疏花水柏枝，原发现于三峡库区，主要分布在湖北秭归至重庆南区的12个县级区域的长江干流边，共有31个居群。是少有的能适应长时间浸泡和暴晒等恶劣环境影响的国家级珍稀植物。中国科学院武汉植物研究所于1984年在三峡地区发现其模式物种并定名，仅分布于长江流域四川省、重庆市和湖北省。目前，在湖北宜昌市长江段胭脂坝、枝江市董市镇沙滩和枝江顾家店关洲上均生长着疏花水柏枝。另外，在四川宜宾江安县桐梓镇双江村的一片长江河滩上，也发现了3万余株疏花水柏枝。3万株，已经是一个不小的数字，而在关洲，集中成片的疏花水柏枝竟有千亩以上，生长着大约10万株。这些发现，改变了三峡大坝蓄水后这一植物几近灭绝的观点。为了保护好这些珍稀植物，薛传根没少吃苦。

我们在格桑花丛中拍照，左一张右一张，拍了百多张还嫌少。薛传根见我们开心的样子，他也很开心。他像一个栽树的前人，看见后人在树荫下乘凉时，露出了欣慰的笑容。如果说我们看见美景露出的愉悦的笑是僧笑，那么造景人的笑就是佛笑。尤其是对于全靠"化缘"筹集资金来修建这座公园的薛传根老人来说，他承受的辛苦与委屈，只有他自己知道。他当村支书时，心里想的是村民，他当堤防管理段段长时，心里想的是江堤，如今，他"无官一身轻"了，却成了关洲的守护人。

晚霞渐浓，村里三三两两的村民已朝着广场这边走来。一名中年男子在广场上支起了话筒架子，放好了音响设备，一会儿，音乐响起，中年男子唱起了流行歌曲，听音调，还挺专业的。我们走过去即兴采访了一下，原来他是江边这个村子里的人，在深圳歌厅里待过，喜爱唱歌。见这里的广场建好了，就自购了一套新设备，供村里的人来这里娱乐。听他有模有样的演唱，我的嗓子痒痒的，便在手机上选了一首《水乡新娘》，中年男子把话筒递给我。对于爱好唱歌的我来说，不在于唱得有多棒，我要寻找的是这种对着长江吼一嗓的感觉。试了一下，还想唱一首《好人就在身边》送给薛传根老人，可同伴喊一起去吃饭，便只好作罢。

就在我们离开的时候，这里已聚集了很多村民，广场舞正式开始。我听见一个村民说："我们这江滩公园太美了，并不比枝江的滨江公园差！你看这花草小径和整体布局，体现了一种园林风格。"听到"园林风格"几个字，我突然想起卫民园林的黄卫民和胡光琴夫妇，作为薛传根的好朋友，他们也是在背后为这个江滩公园做过奉献的人。

24

研学开新局

2020年10月9日，湖北卫民生态园林研学旅行基地迎来了首批研学旅行的枝江市公园路小学的老师和同学们。

"作为新时代的生态小公民，要爱护并懂得身边的一草一木，知晓它们的来龙去脉。我们建设卫民生态研学旅行基地的初衷就是为同学们搭建一个认知植物并进行实践的平台。实践出真知，实践增长真才干。在实践中，也许会很辛苦，有许多真知的悟出是辛勤的汗水换来的，希望同学们在这个平台上勇敢地实践，我们卫民园林也非常乐意把几十年来在广袤的田野这个大课堂中积累的实践经验毫无保留地分享给同学们，让破解树木密码的精神得到传承。教学相长，我们也会充分尊重同学们的创新创意，并虚心学习你们的优点，让我们携手共同为生态文明建设作出新的更大的贡献。"开学仪式上，湖北卫民生态园林研学基地负责人王赛深情地说道。

习近平总书记说"绿水青山就是金山银山"，并进一步指出，"生态环境优势转化为生态农业、生态工业、生态旅游等生态经济的优势，那么绿水青山也就变成了金山银山"。

湖北卫民生态园林研学旅行基地以园林景观为依托，围绕

"绿水青山就是金山银山"这个主题并结合园内丰富的地域文化特色场馆开发出"走进卫民生态园，唱响金山银山曲""走进奇石化石馆，触摸地球地质脉""走进剪纸绣花坊，体验艺术酷生活""走进陶艺制作间，凝情聚爱烧精品""徜徉林间辨植物，制作标本挂标签""观景赏花品诗文，流连忘返觅知音""筚路蓝缕山水情，栉风沐雨绿色梦"等多门针对性强、趣味性浓、理论与实际相结合启迪中小学生智慧的研学课程供学生、家长和学校挑选。基地研学活动面向省内外中小学生展开，包括承办不同年龄段学生的冬、夏令营，承接亲子游、企业团练等活动。提供强有力的后勤保障，单日可接待 500 人以上学生研学、食宿，年接待人数预计万人以上。

2022 年 9 月 14 日。

卫民园林秋季研学旅行开营。16 名研学导师早上七点全部到场，他们身着卫民园林研学基地工作服，在开了一个简单的早会之后，他们各就各位，检查话筒、资料，熟悉各自的上课场地。这学期新增了"家风家训""植树""秋叶童话"等课程。一次性接待大几百人，要打时间差，得科学而精细地做好场次协调。这一点，王赛已经有了丰富的经验，她把时间、场地、课件名称、班上人数、讲课老师、带队老师排成表格，大家照章行事，做到有条不紊。这天艳阳高照。上午 8:20 分，玛瑙河小学的 150 多名学生到达卫民园林，一双双明亮的双眼好奇地打量着这片园林。在他们到达 5 分钟之后，紫荆岭小学的 200 余名学生到达卫民园林。孩子们集中到草坪上，参加隆重的开营仪式。一张张充满稚气的脸上喜气洋洋，给绿茵茵的草坪带来了另一种生机。

主持人王赛很有气场。这个本来应该成为一名优秀的人民教师的姑娘，嫁给黄雷之后，放弃了自己的职业，一心辅佐黄雷，把卫民生态酒店经营得风生水起。2020年秋天，研学开始之后，她便代表卫民园林研学基地，成为与旅行社、学校、教育局等相关部门对接的主要负责人。已经是两个孩子的妈妈，王赛肩上的责任更重。本来二宝才刚满两个月，为了这一季研学的顺利开展，王赛不得不全身心地投入到研学中，把二宝交给雇请的阿姨。直到下午5点把学生送走，离开了研学基地，王赛才回到住处给二宝喂奶。这二宝长得白白胖胖，好像懂得妈妈的忙碌。不吵也不闹，呼呼地睡得那么安心，也睡得那么香甜。

　　于我这个所谓的作家而言，这是一个新奇的开始。第一次以研学导师的身份出现在研学现场，负责讲解家风家训的内容。场地熟悉，是我设计的参观路线；课件熟悉，是我自己编写的课件，已上报到宜昌市教育局；讲解内容也熟悉，卫民园林家风廊道内容和枝江枫杨文化墙是我和胡光琴共同策划和审稿。一切准备就绪。然而，第一堂课却上得不尽如人意。给一年级和二年级的学生上"家风家训"课，是不是有点过早？这是我早就担心并且预料到的，刚从幼儿园里转过来的孩子们并不懂家风为何物，家训是什么，来给他们讲系列家风故事，他们能听进去吗？好坏与否，试一下就知道了。果不其然，一年级和二年级的学生对家风家训根本就没有兴趣。倒是给他们讲"六尺巷""国王头上长犄角了"等故事，他们乐意听。此前，我也准备了备用课件，因为是来自玛瑙河小学和紫荆岭小学的学生，我特意给他们找出两首朗诵诗，一首是枝江市作协副主席程应海写的《玛瑙河，我是您的女儿啊》，另一首是《祖国，我是你开在宜昌的花朵》。像一个导游一样勉强完成第一堂课。下一拨，是三年级和四年级的，就比第一堂课好些了,孩子们比较配合,给他们讲枝江枫杨的故事,他们还向我提问:"不就是一棵普通的树吗?没有长得有什么特别呀!"面对五年级六年级的学生,我感到渐入佳境。孩子们求知欲望强烈,给他们讲枝江大地上的先贤故事,他们不住地"哇!这么厉害!"他们高兴地聚集在枝江枫杨树下照合影,摆出多样手势;他们表情愉悦地跟随我的脚步,听我讲一张张图片背后的故事。我也给几位班长展示他们才艺的机会,把诗歌朗诵交给他们读。我问他们,平时都读哪些课外书,他们说,什么都读。

"读小说吗?"

"读!"

"我带了几本小说,是我自己写的,赠送给你们几个朗读者,作为奖励,好不好?"

"好呀!"

我到只有几步之遥的办公室拿了带来的《素袖红妆》,分发给了朗诵诗歌的几个孩子。孩子们拿了书,一下子围过来。有个小姑娘从书包里拿出笔,和书一起递给我:"张老师,您给我签个名吧!签上您的名字就好,如果方便,留下您的电话!"这时,我成了一个听话的学生,"遵嘱"照办。没有拿到书的孩子,也拿出他们的小本子,要我签名。这一堂课,上得那么自然而然。"张老师,再见!""张老师,再见!"一个人说再见,全班的孩子都纷纷说,一个也不落下,硬是把感动留在人的心里。

晚霞照映在长长的枝江枫杨文化墙上。树影摇曳。此刻,孩子们已返校。我去"向往的家园——园林设计初探"小木屋查看一下卫生情况,清洁工已将这里收拾得干干净净。墙柱上,几条写给研学孩子们的标语格外醒目:"愿做环保小卫士,争当生态小公民""同花儿一起开放,和小树一起成长""同建绿色家园,共享鸟语花香""树木拥有绿色,地球才有脉搏""宁爱本乡一捻土,莫恋他国万两金"。我正站在那里看标语,胡光琴走过来,对我说:"今天辛苦了!"我说还好,竟没有说出来。嗓子有些沙哑了……

9月15日。

天气晴好。研学活动继续进行。早上七点半老师们准时到场。这一天要迎接的是枝江市瑶华小学的全体同学。瑶华那地方,我们去过,是枝江西北边缘地带。我曾和枝江摄影家协会主席李明良先生一起去采访过瑶华乡一个会唱民歌的奶奶,深感那里民风淳朴,是个宜居宜业的好地方。2022年夏天,我和胡光琴、朱作旺、唐长赋一行考察枝江边界,车至瑶华和安福寺交界处,见一个卖黄桃的摊点,摊主是个四十岁左右的女性,戴着眼镜。胡光琴说:"买点黄桃吃吧,口有点渴了。"大家纷纷下车,在黄桃摊点旁边小歇。这里虽然是个小摊点,场地却并不小,是个可以停下十多辆大货车的一个大平台。买卖之际,我们知道了摊主是个大学生的妈妈,原先也在外地工作,因要陪伴孩子,照顾老人,就回到家乡来了,承包了几十亩果园,年收入二十多万元,比在外收入还多一些。这样的女子在乡村并不多见。因她的勤劳以及对老人对孩子的责任,让我们对瑶华及周边的环境都有了几分好感。要迎接来自瑶华小学的学生,我心里仿佛充满了某种期待。

关于"家风家训"课程,我调整了上课方案。对一至三年级的学生采取讲故事和做游戏为主,讲什么样的故事呢,还讲"六尺巷"和"国王头上长犄角"的故事?显然不必。我选择了"浦岛太郎""猴子捞月"等孩子们都可以讲的故事,引发他们自己讲故事的欲望。效果果然好!同学中有的人讲了"龟兔赛跑",有的讲了"拔萝卜",那只不过是他们重温幼儿园时光,这些故事在幼儿园时代都熟悉了。只要能拿起话筒在同学们中间表演,就是锻炼孩子们的胆量,说话办事不怯场。轮到四年级了,小女生们特别配合,听完枝江本土先贤的故事之后,我问谁的普通话说得最好,一个男生告诉我,班长的普通话最好。我请班长出场,拿出打印好的《祖国,我是你开在宜昌的花朵》这首诗,希望她能朗读给同学们听。班长小姑娘落落大方,拿起话筒,比较流畅地读完。在班长的示范下,几个女同学都举手要求朗诵,我把余下的时间交给孩子们去展示,他们开心极了。男同学在一旁鼓掌,竟没有一个想朗诵的。我随机采访一个小男生,问他喜欢做什么,他居然回答我,喜欢滚铁环!

人各有志,才会有梦想缤纷。滚铁环也是一种爱好的选择,我摸摸他的头,说,我们研学基地会慢慢发展拓展项目,满足部分同学体验体育项目的愿望。就在孩子们纷纷展示朗读的时候,我和另外一名研学导师一起给孩子们拍照。良好的氛围之下,时间总是过得太快。课程即将结束。带队老师已经开始点名了,其中一个女孩弯腰弄鞋子,好半天不起来。我走过去,看到她的凉鞋帮和鞋底之间脱胶了,用透明胶缠了两圈,仍不管用,一走就掉。"你穿多大的鞋?"我问她。她说36码。我想起胡玉萍医生在这里,而胡玉萍的一个好朋友就在五柳树市场卖鞋。我问胡玉萍,能否叫那个朋友送一双36码的球鞋过来。胡玉萍问怎么了,我讲了小女孩凉鞋的事。胡玉萍放下手里正在做的绣品，说："我带她去买！""钱我出！"我说。"说些稀奇话，给小姑娘买双鞋这么小的事，还你出我出的，说都不需要说。"胡玉萍开了车，带小姑娘买鞋去了。她俩快去快回，小姑娘换了一双白色球鞋。胡玉萍带她去食堂，没有耽误小姑娘吃饭时间。我一直在等胡玉萍回来一起吃中饭。见了她，笑着对她说："又做了一件积功德的事！""嗯，这话我爱听。小姑娘很懂事，那鞋只要15元钱，她硬要自己付，说是妈妈说了，在外不能用别人的钱。我忽悠她说人家这里不收现金，只能微信支付。她才没和我抢着付钱。回来的路上，她还在说不好意思之类的感激话，我说你不用感激，等橘子红了的时候，我去你家吃橘子，这样可以不。你猜小姑娘怎么说，他们家是从贵州移民过来的，没有种橘子。哈哈哈，挺实诚的小姑娘。"我喜欢胡玉萍的阳光性格，如此喜欢做好事的一个人，在来卫民园林之前，她这一年在长江里游泳，又救了一个落水者的生命，其事迹还上了"宜昌发布"。

中午，我和胡玉萍在办公室里休息，人躺在沙发上，却睡不着。遇上知己，嘴巴终究闲不住。闲扯了一些事情。王赛走进来，说："张幺幺。您的儿们要来哒！"我一时没有反应过来，我的儿们都在武汉呢，到哪里来了？王赛提示我："已经快两点了！儿们已经从食堂里出发了！"我赶紧站起来，拿起话筒和手机就往外走。还好，没有耽误上课。下午的课，是五年级和六年级的同学，我感到很轻松，因为孩子们已经懂得家风家训是什么。还是和前一天一样，奖励几个孩子《素袖红妆》，没想到全班的孩子们都要。带来的书全都给了他们。还是有人没拿到。下午闭营仪式上，我去给孩子们拍照，并目送他们离开。我看到那个向我挥手的女孩，然后，我看到她穿上的白球鞋。我也向她挥手，直到她转身，我才放下。归程，于他们而言，是喜悦，是快乐，是幸福。在他们的记忆中，卫民园林是一个镌刻在心中的地理名词。亲爱的孩子，愿你们同花儿一起开放，和小树一起成长。

9月16日。

卫民生态园林迎来了顾家店小学的学生。研学基地的带班老师照常在大门口迎接，他们统一穿上卫民园林的绿马甲，佩戴研学指导师的工作证，手拿话筒，把一队队学生带进卫民生态园林研学基地的开营仪式现场。看到一个个身着校服的娃娃们，时光仿佛把人带回到自己的童年。一个年轻的女老师走过来对我说："您可不可以帮我班上的一个男生找条裤子？他晕车，吐了一身，刚找了件上衣。"我跟随女老师走过去，一个脸色发黄的小男生，穿上了卫民园林的背心，显然这是卫民园林研学基地的带班老师给孩子换下的。女老师指着小男生的裤子说："他的裤子刚洗过，全是湿的。"

"好的，你别急，我马上给你去找一条裤子。"我打通了黄雷的电话。

"黄雷，你在哪里，外面还是公司？"

"我从外面回来，刚进园林。张幺幺，您说！"

"有个应急的事。把你的旧裤子找一条，有个五年级的男学生早上来的时候晕车，吐在衣服上了。他这时还穿着湿裤子。"

"好的，您就在这里等我，我看见您了。马上拿来。只要裤子吗？"

"对，只要裤子。"

两分钟之后，黄雷拿来一条黑色的运动短裤，是穿在外面当西装短裤的那种。"还是新的。没穿过。"

"我替那个学生先谢谢你！"

"您给那孩子说，要他不用还了。"

我把衣服交给女老师。女老师很是感激，说："等衣服干了，还给您！"我对女老师说，老板发话了，不用还了。女老师说："那不行的，有借有还！"当我看见那个学生还穿着卫民园林的马甲时，我感到自己在黄雷面前少说了一句，应该也要他帮忙找一件T恤。我看见黄雷开着车又出去了，这个新生代也像他的爸爸妈妈一样，每天有忙不完的事。我趁着开营仪式仍在进行的工夫，回家给那个孩子找了一件白色T恤，然后快速回到现场，孩子们已经开始上研学课了。有的去体验扦插，有的去体验植树，我只能去找那个女老师。女老师说："谢谢您，他穿上了同学的T恤衫，有一个同学书包里多带了一件衣服。"我释怀了。我一直担心那个孩子，穿着与他单薄的身子不相适宜的马甲，心理上会觉得比较尴尬，现在好了。

在孩子们上完园林设计课程之后，轮到我上关于家风家训的课程。讲完枝江先贤的家风故事，我突然想起开营仪式上，他们那么喜欢唱《孤勇者》，我想知道为什么。便开始"采访"他们。

"你们为什么那么喜欢《孤勇者》？我觉得一点也不好听。"

"好听，太好听了！""就是好听嘛！"

对的，好听就是好听，说不出理由。大人们可以喜欢某一首歌，说不出理由，为什么一定要问问孩子为什么喜欢呢？这个采访有点失败。我打开手机，百度一下《孤勇者》，竟然有多个版本。问孩子们最喜欢哪个版本，回答最多也最齐整的竟然是作业版。再看那个作业版的视频下面,有一个数据:3.4万次播放。时间2022年8月1日。《孤勇者》作业版之所以在网络上走红,可能是因为唱出了很多孩子和家长的心声。而此前,早已被时代淘汰的我并不知道还有《孤勇者》这首歌曲。"同学们,作业版是翻唱的,非正版。纯属于搞笑!大家轻松一下,娱乐一下即可,但要记住原版的词,才有利于你们心理成长,记住了没?"

"记住了!"

"都是勇敢的／你额头的伤口 你的 不同 你犯的错／都 不必隐藏／你破旧的玩偶 你的 面具 你的自我／他们说 要带着光 驯服每一头怪兽／他们说 要缝好你的伤 没有人爱小丑／为何孤独 不可光荣／人只有不完美 值得歌颂／谁说污泥满身的不算英雄／孤爱你孤身走暗巷／爱你不跪的模样／爱你对峙过绝望／不肯哭一场／爱你破烂的衣裳／却敢堵命运的枪／爱你和我那么像缺口都一样／去吗 配吗 这褴褛的披风／战吗 战啊 以最卑微的梦／致那黑夜中的呜咽与怒吼……"他们对着话筒,唱得那么高亢激昂,仿佛他们每个人都是孤勇者。一个时代有一个时代的歌曲。亲爱的孩子,你们知道吗?你们来到的卫民园林这个研学基地,有一个真正的孤勇者,此刻,她在办公室的二楼,指导财务会计在给园林职工发工资。四十多年,每月按时给员工发工资,从不拖欠。她就是你们可以称呼为"胡奶奶"的胡光琴。

在结束家风家训课程的时候,我照例给表现优秀的孩子奖励一本《素袖红妆》。"张老师,这是您写的书啊?哇,我也要一本!""我要您签名!"

"等一会儿再签名吧,吃饭时间到了。同学们先去食堂吃饭,我一会儿到食堂来找你们!"

"不许骗我们哟!"

"老师,你一定要来呀,我们等您!"

我和胡玉萍医生一起去了孩子们吃饭的大食堂。五年级和六年级的孩子在一个餐厅。见我和胡玉萍去了,赶忙拿出书,要我给他们签名。"张老师没有骗我们,真的来了!"是的,亲爱的孩子,约定的时间,承诺过的事情,一定不能食言。

"我们还可以得到您其他的书吗?"

"等我有了新书,我再赠送你们!"

"哇,我们太幸福了!遇见您,真好!"

我想说,孩子们,遇见你们真好!

第二天下午,在给安福寺小学四年级三个班的同学们介绍枝江本土先贤家风家训的故事时,胡光琴从工地回到公司。她欣喜地看着在家风廊道里听故事的孩子们。我问同学们:大家已经知道了枝江枫杨的故事,想不想和实践型的园林专家胡光琴奶奶见一面?"想!"同学们齐声答道,气氛一下子活跃起来。孩子们顺着我手指的方向,涌向胡光琴,要和她拍照,要她签名,感觉现场一下子失控了。小朋友们脸上洋溢着亢奋和喜悦。看到这样的场面,我心里充满了欣慰。当初帮卫民园林谋划做研学项目,就是为了让黄卫民和胡光琴把多年的实践经验传授给孩子们。只是这段时间,每天安排的课件,还没有轮到他们夫妇俩上课。胡光琴,这个勤劳善良的女性,这个有着多项成果的淳朴农民,原本就是孩子们学习的榜样。当我们很多人在追逐这星那星的时候,我们的科学家,我们的平民英雄习惯了当"孤勇者"。"哇,这可是把枝江枫杨繁育成功的胡奶奶的签名耶!我要好好收藏!"

对于孩子们来说,喜欢什么,不喜欢什么,有他们自己的判断和选择。9月18日是星期天，我开车从武汉回枝江，高速上接到一个电话，来电显示的是长沙电话号码。我一看是陌生号码，就没有接。但那个号码很执着地又拨过来，我接通了，对方却没有说话。我便挂了。不想，那号码又来了，再接，问是哪一位。对方传来一个小女孩弱弱的声音："请问您是张同老师吗？""是的，你是？""我是紫荆岭小学六年级的学生，在卫民园林研学……""好的，我知道了。我下午给你打电话吧，我这时在高速公路上开车。""好的，老师！"

下午，我打电话给那个女孩，才知道是我送给她书时，她问我的联系方式，我把电话留给了她。"你这电话是你妈妈的电话还是你爸爸的电话？""是我自己的，我的手表电话！爸爸妈妈都在长沙打工，我跟着爷爷奶奶。"我一时沉默。可怜的留守孩子。"你喜欢写作文吗？""说不上喜欢，只不过，我看到您写的书，我突然就有了梦想！""那就勇敢地朝着梦想放飞！""我的家乡很美，张老师，您有时间欢迎您到我的家乡来采风！"她居然用了"采风"这个词。"好的，有机会来看望你的爷爷奶奶！"电话那端，她有礼貌地说了声"谢谢！"我们相约，保持联系，当好朋友一样来往。

9月20日。

天气突然转凉了。持续了一个多月的高温终于降温了，老师们纷纷说这才是研学的好天气。温度适宜，孩子们也格外活跃。太活跃了，难免疯赶打闹。中午，我和胡玉萍医生正准备休息一会儿，在大食堂休息的代老师在群里问：医生在不在基地？有一个同学嘴巴碰破了，流了好多血，已经肿了，需要医生去处理一下。我陪同胡玉萍医生去了现场,见那小姑娘嘴巴肿得突出。胡玉萍医生看了一下,要我帮忙找一个口罩,她则去了厨房找大厨要了点冰块,把冰块放在口罩的夹层里,鼓鼓满满,要小姑娘敷在红肿的嘴巴上,说一会儿就会消肿。十多分钟后,小姑娘肿得突出的嘴巴确实"蔫"了一些。问小姑娘还疼不疼,小姑娘说不疼了。一看时间,已经下午1:50。孩子们要出发上课了,我这个家风家训的老师也该准备上场讲课了。胡玉萍医生笑着说:"这搞得跟打仗似的!"

这也算得上是打仗。为祖国培养德智体美劳全面发展的后备力量,大家都乐意做着该做的事情。这天早上,我去看看后勤组采摘树叶的准备情况。这些采摘回来的树叶是供孩子们拼画用的。走至卫民园林北门,胡元林老师正在煮面条,他见到我,拿出他写的一首诗。标题是:痛失车前卒。我想起来了,在这次秋季研学旅行开始之前,胡元林经常用"皮卡"或者"小白"做"车前卒"。"皮卡"和"小白"是两条狗的名字。"皮卡"长着褐色的毛,是个凶猛的家伙,个头大,声音叫起来比较恐怖,已被锁在一个小屋子里。小白是个不轻易发声的家伙,表面上看很温顺的样子,发起飙来也让人发怵。和小白一起的伙伴有十来个,大多是从外面跑到卫民园林来的。卫民园林环境好,又有胡元林这样有爱心的人,常把剩饭和骨头用一个小盆子装了放在一棵树底下,狗狗们习惯了这园区内的美食,跑到这儿来玩过的都不愿意回家了。人常说,儿不嫌母丑,狗不嫌家贫。不知是狗们也觉得这说法过时了还是因为卫民园林的环境太吸引它们,它们来了就不再愿意回家。小白它们似乎也以"东道"自居,带引一大群同伴巡游于卫民园林的边边角角,草坪上,树林里,办公大楼前，停车场，菜园子，水塘边，到处都是它们撒欢的场所。盛夏时节，一个常在园区内散步的人被其中一只怀了崽的母狗冷不防地咬了一口，腿上的伤口处竟有暗红色的血痕，被咬的人不得不去医院打疫苗，另加打一支血清，一次花了2700元。眼看研学开营在即，黄卫民和胡光琴商量，要把这些狗狗清理出去。不然，这狗狗们咬了来研学的学生娃娃，那可不是闹着玩的。先给胡元林打招呼，他们俩知道，胡元林喜欢狗，不是因为他这么爱狗，也不会招惹来这么多的狗狗。胡元林说："我没有意见，为了学生娃的安全，我舍不得也要舍！"于是给枝江城管中心打了电话，这天下午来了几个城管的工作人员。他们用网子网住狗狗，装在车上的笼子里。狗狗们自然发出愤怒的叫声，那叫声里也有一丝哀求。听到这样的声音，皮卡待不住了，它欲挣脱铁链，为同类打抱不平，胡元林将其紧紧抱住，并做皮卡的说服教育："能把你保住，已经很不错了。你这时若冲出去，你就没命了。你看在我喂了你这么多年的份上，你要冷静，冷静，不要冲动。千万记住，先要保住你的命！"皮卡哪里肯听，它发疯一样，胡元林仍死死捆住它，皮卡的脚趾被刨掉一根，它自己也流了眼泪。胡元林只好陪着皮卡流泪。由于皮卡被关在一间小屋子里，与园区内劳动课件基地还有一段距离，学生娃们并不知道这里还有一条狼狗叫"皮卡"，也更不知道在他们走进卫民园林研学之前，还有一段这样的插曲。

9月21日。

天空下起了久违的秋雨。这是一个适合走亲访友的天气。不冷不热，且还有一丝丝雨，不紧不慢地飘着，增添了几分浪漫。

我以为，下雨天，研学的学生就不会来了。看群里的通知，才知道，不仅要上研学课，还要求老师们早上早点儿到达，因为这天迎接的是董市镇小学一至三年级的学生。老师们按时到达卫民园林研学基地。

9月28日。

接待七星台镇小学一至六年级学生。

连日来因讲课，嗓子有些沙哑了，身体也有些疲劳，明显感到精力跟不上。这天上午，在给一年级的小朋友们讲家风故事的时候，手机响了。我手中自带音箱的话筒和手机蓝牙连接在一起，电话一响，话筒传出的声音特别刺耳。是好朋友成会打来的语音电话。我只好在心里对成会说：妹妹对不起！挂断了电话。待休息的几分钟，我给成会回过去，成会告诉我，给我买了一只"年份鸡"，说杀好了带回来，放在中央山水西门门房。要我去拿。我好感动。成会原来的职业是老师，她曾是我儿子上小学时的班主任老师，后从政了。业余时间写散文，时有作品获得大奖。扶贫期间，她是驻村工作人员。现在乡村振兴，她仍然在驻村，只是又换了一个村。她说的"年份鸡"一定是她自己花钱买的"爱心农产品"。也不知冥冥之中得了谁的护佑，当你处在疲惫之中，当你感觉这世界已累了的时候，好事儿都赶趟儿来了，叫你重拾感动，心中又亮起生活的暖。属于我的几分钟休息时间转眼过去，来上课的孩子们已等候在枝江枫杨文化墙。打开话筒，我向孩子们讲述一段发生在枝江本土上的生态发展传奇。这样的传奇能否在孩子们心中留下多深的印象，不知道。但看见他们听得那么认真的样子，你又不得不相信，这样的研学旅行确实有必要。对于来自乡镇的孩子,他们大多只知道自己属于哪个乡镇,对于枝江另外的乡镇他们不知道,于是我像一个多事的普及员向孩子们介绍枝江本土的相关乡镇,告诉他们枝江的乡镇有顾家店镇、安福寺镇、董市镇、仙女镇、百里洲镇、七星台镇、问安镇和马家店街办。9月29日,是百里洲镇小学的部分学生和问安关庙山小学的学生来。这两所学校的校风好不好,研学的老师们都很不确定。没想到的是,这两个学校的学生超级棒!这天,关庙山小学的先到达卫民生态园林研学基地,因百里洲的学生要过江,路上可能耽误,关庙山小学的先开营。在给关庙山小学二年级上"家风家训"课的时候,他们的班主任老师跟过来,要求学生们做好笔记。才二年级的学生呢,这老师对同学们的要求够严格的。同学们不仅认真听讲,还真的拿出本子和笔做笔记,写不了的字就空着。这个关庙山小学我曾经去过,和枝江妇联的几个领导一起去那里搞调研,想以留守孩子的视角,同时以留守孩子的名义给他们在外打工的父母写一封信,希望他们回到枝江,枝江有5000多个岗位等着他们回来就业,能在家门口就业,更重要的是陪伴孩子的成长。当时关庙山小学为我们通知了二十个左右的留守孩子来到学校,为我们调研提供方便。问他们想不想爸爸妈妈,一个小女孩哭着说:"我太想我的妈妈了!"一个孩子哭,二十来个孩子跟着哭,那场面至今不堪回首。其中有一个六年级的小姑娘,她有一个愿望,就是她即将上初中,她好想爸爸妈妈把她送进新学校的大门。采访完她之后,我们相互留下了QQ号,成为好友。小姑娘后来在QQ上告诉我,她暑假里去了爸妈打工的城市,见到日思夜想的爸爸妈妈,却发现爸妈并不在一起生活。而且从爸妈的争吵中,她知道爸妈已经离婚了。我问她:"那,你怎么办?"小姑娘说:"还能怎么办!我劝说他们根本就不听,张妈妈,我心里糟透了,向您说说,心里似乎好受一些。我也只能是向前闯了,闯到哪里就是哪里,我马上就是初中生了,许多事情我要去面对。"真是个懂事的小姑娘。几年过去,小姑娘应该已是高中生了。只是我们后来很少联系。今天有关庙山小学的学生来研学,我在给孩子们上家风家训课件的时候留心做了个现场调研,依然有一半的学生是留守孩子。但他们又是多么令人欣赏的一个个小团队。每次在家风家训课程结束的时候,我们还会有一个背诵古诗词的PK,关庙山小学五年级和六年级的同学一起,以班级为单位集体背诵古诗比赛,那气势足以让人"聊发少年狂",不得不感叹:壮哉,我中华少年,美哉,我中华少年!他们的古诗贮存,他们背诵时的抑扬顿挫,都是那么悦耳,那么让人心旷神怡,那么让人充满希望地面对未来。

等见到百里洲小学的同学们,我心里充满了亲切感。"君从故乡来,应知故乡事。"我告诉六年级的孩子,我也是百里洲的人,你们来到的这个卫民园林研学基地的主人也是百里洲人。

"老师,您是百里洲哪个村里的?"

"八亩滩村!"

"那,您说的卫民园林的主人是哪个村的?"

"指南村!"

那个问话的男孩子说:"我就是指南村的!哇!是我的同乡耶!我可以显摆一下了。"男孩子高兴得蹦跳起来,啊,那份天真和可爱。当我看到这些来自百里洲小学的孩子们,我仿佛看到了新生的百里洲。胡光琴、我以及我们这一代离开了百里洲的人,和这些天真可爱的孩子们已经隔了四十多年的光阴,当我们以研学基地主人的身份和研学导师的身份与他们相遇时，我们该是感叹时光无情还是感谢岁月馈赠呢，我想应该是后者。

这一天在汇总研学体会时，负责上《扦插》《植树》《秋叶童话》《我向往的家园》课程的研学导师和带队老师们普遍感叹，关庙山小学和百里洲小学的学生爱学习，非常守纪律。我心中挥之不去的依然是那些留守的孩子们，特别是那些留守的小姑娘。这天，我送出部分《素袖红妆》给百里洲的孩子们和关庙山六年级的孩子。有一个孩子在中午吃过午饭后，她给带班的老师请了假，要我签名。我没有签名，而是在书的扉页上写了一首诗人袁枚的诗《苔》："白日不到处，青春恰自来。苔花如米小，也学牡丹开。"

我告诉那个孩子，蒿草丛中有兰香，百姓层面有传奇。你们喜欢的《孤勇者》中有一句词，不是在光影中才看到英雄。懂不懂其中的意思？她点点头，点得那么诚恳。

亲爱的孩子，幸福要靠自己奋斗。

在卫民园林研学基地的枝江枫杨文化墙上，有一个用绿色丝线钩编出来的枝江枫杨树叶形状的小饰物，上面镶嵌了一颗茶色的玛瑙石，取名：木石之缘。这个文创产品的原创者胡玉萍在2022年秋季研学期间，是每天必须坐班在基地的医生。她的医务室就安排在我办公的地方。用她的话说，我们比较投缘。虽然相遇较晚，却有着共同的价值认同。我们又可以有机会倾心长谈。没事的时候，她做起了钩编手工活。用黑白两种废旧的口罩线钩出几个精致的小包包，送给几个研学的老师们。手工编制，是她年轻时的爱好，抑或她的天赋。一把钩针，钩出世间万物，花草树木，江河湖海，日月星辰，没有哪一样她钩不出。熟悉她的朋友赞美她是心灵手巧之人。2020年新冠疫情期间，她这个退休医生走出家门，出来当了一名志愿者，带头组织枝江市人民医院的冬泳方队通过微信群捐款捐物。2022年7月27日下午6点多，长江枝江段一名男子在游泳时，因水流太急，这名男子被卷入了船底，情况十分危急。枝江市红十字水上救援志愿服务队紧急救援游泳遇险者，我们看到枝江发布上的救援视频，是三个人一起救了这个游泳遇险者，其中有一个胖乎乎的戴红帽子、穿志愿者红马甲的竟是胡玉萍医生。她这个运动爱好者多次出现在马拉松现场救援队行列里，在冬泳救援志愿者服务行列里。救人无数，她却轻描淡写地说："上天给我的积德机会。"有她在，总让人感到心里是安宁的。在为研学坐班的这一段日子，她偶尔为学生处理一点外部擦伤之类的小事，倒是出了不少手工编制品。"医生闲，说明事故少，说明来卫民园林研学的学生是安全的，这不正是我们期望的吗？如果一个医院里病人少，则说明国民身体素质好，如果医院所谓的生意好，那只能说明国人的健康状况越来越糟糕。"胡玉萍说道。简直是一语道破天机。

9月30日

上午，研学导师们都早早地到达卫民园林基地，胡玉萍医生也到得比较早。她拿出钩针，坐在沙发上又准备钩包包，她说："我在网上看了一款包，风格非常适合你，我给你钩一个。"我感激地看她一眼。就拿了话筒准备出去给学生上课。这天，有两个学校的两个班在"家风家训"课件里相遇。即百里洲小学303班和石套子小学301班。孩子们穿着不同的校服，倒是好辨认。在讲完家风课件之后还有一点自由活动的时间,我说:同学们来自不同乡镇,很难得聚集在一起同上一堂课,我们来一个古诗背诵的PK,可好?两班竟然一下子激情高涨,纷纷叫好,也纷纷举起了手:"我来""我来"。我说,要求集体背诵。讲好规则,石套子301班的同学抢先背诵了王安石的《梅花》,百里洲小学303班的就背诵贺知章的《咏柳》,两班之间争先恐后。一个班一首孟浩然的《春晓》一结束,另一班就开始诵孟浩然的《宿建德江》;你诵李白的《望天门山》,我就诵孟郊的《游子吟》;你再诵李白的《赠汪伦》,我再诵杜甫的《春望》……我惊叹这些孩子们在古诗上的纯熟,每班背诵了十多首,仍热度不减,可是这堂课的结束时间到了,他们将进行下一堂《我向往的家园》的设计体验,孩子们似乎意犹未尽。他们可能觉得这不是两个班级的比赛,而是两所学校的比赛,从大的方面说,这是两个乡镇的比赛。都不想输给对方,都有种集体荣誉感。我提议,两班在一起照个合影,他们表现出兴奋的神情。是的,这样的机会很难得。再过几年,待他们都成为初中生,再来回忆今天,一定会有许多感怀。我也会为他们保留好照片,保留这一研学片段的美好。

百里洲小学的同学们来卫民园林研学,是克服了天大的困难的。我无法想象老师们在组织学生乘船过江的时候冒了多大的风险,这些顽皮的孩子们,如果在渡船上不守纪律,万一掉在长江里怎么办?这些年,江北的孩子们对研学的体验已经普及了,江心洲上的孩子因交通不便在研学上晚了一些,现在提倡都要积极参与,百里洲的老师们需要克服多少困难才能来参加,只有他们自己才知道。

这天的研学提前半小时结束了,因为下午提前半小时上课。

各个学校都要放国庆假,特别是百里洲小学的要过江,宜早不宜晚。持续上了十多天的课,对于许多研学导师来说,确实有些疲惫了,他们也需要休整几天。我则像打了鸡血一样,处于亢奋之中。因为在风景如画的卫民园林,我可以给孩子们讲枝江先贤们的家风故事,可以听他们清澈悦耳的诵读之声,可以和孩子们探讨人生理想,可以给他们讲枝江一对农民夫妇四十多年的创业传奇,可以和他们一起拿着话筒唱《孤勇者》《小城夏天》《万疆》,和孩子们在一起,心地就变得干净,生命也有了活力。深深地体会到当一名研学导师是快乐的。送走学生,研学导师们陆续回家,我也准备回家。胡光琴在外面办事回来了,她说:"今天又辛苦了一天!"我说不辛苦。她问我嘴巴上的伤是怎么回事。我说,可能是天太热,上火了。下嘴唇上不知不觉长了个溃疡,奇疼,都已经三天了,我没服药,也没有擦药。相信它可以自愈。我相信胡玉萍医生说的,不要低估了身体的自愈能力。我不想用一种药物去换取另一种病痛。"还说不辛苦,嘴巴都晒得上火了!"胡光琴心疼地说。我说,和您与卫民哥相比,我们这都不算辛苦。

开车出卫民园林大门,见黄雷正指挥几个员工在道路两旁挂国旗。是啊,明天就是国庆节了,这个新生代是从英国留学回来的,他内心的那种爱国热情比别人体会更深吧。"好喜庆!黄雷,要不要我也来帮忙?"黄雷摆摆手说:"不需要,我们来挂。张幺幺,祝您国庆节快乐!"

此刻,我多想拍下这个画面,然后传给胡玉萍医生,让她把这幅画钩成一幅作品。拿出手机,竟然没电自动关机了。这天给孩子们拍的图片和视频太多了,呵呵。

我按下车窗，对黄雷说："刘念结婚，你去不去？如果去，如果我国庆节期间不出门，我们就一起去一趟恩施，可好？"黄雷说，好的，无论去与不去，我都会给您打电话联系。我期待着卫民园林的几个好友能一起去参加刘念的婚礼。刘念这孩子在卫民园林工作几年，给大家留下了好印象。曾经，"锋哥、刚哥、涛哥、秋哥、雷哥、念哥、罗哥"这七大小帅哥是卫民园林的一大亮点，这些哥儿们的昵称都是刘念叫出来的，他最小，这样一排列，黄卫民也觉得有趣，就干脆把刘念也喊成了念哥。锋哥是何锋，刚哥是刘刚，涛哥是王涛，秋哥是胡秋实，雷哥是黄雷，罗哥是罗祖伦。刘念的婚期是10月6日。我因有事要去武汉，于10月2日就到了武汉，还是挂念着想去一趟恩施。于5日下午就出发返回枝江。我想黄雷如果要去恩施参加刘念的婚礼，他应该5号上午给我电话联系一下。中午的时候我想，黄雷肯定是忙碌得走不开，他经营的酒店国庆节期间接了十多场婚礼，如果走不开，实属情有可原。下午，我们刚过琴台收费站，黄雷的电话就来了。

"张幺幺，我去刘念那里，您去不去？"

"你这时出发吗？"

"是的，马上出发！"

"还有谁去？"

"我喊了一个朋友，在路上和我说说话。"

"很遗憾，我去不了。我在支付宝上表达对刘念他们的祝福了。你路上开车小心点，注意安全！"

"好的，我知道了。"

其实，我很想说，黄雷，你可否等我两个小时，等我从武汉回到枝江，我们一起去刘念那里。可是我没有说。我知道，黄雷从枝江出发，要开5个多小时的车才能到达恩施的咸丰，而此时已是下午4点多钟。那么再晚2个小时出发，到达刘念那里可能已经深夜了。为了不拖延他们的时间，就很干脆地说去不了。黄雷能丢下酒店里的一切事情，开5个多小时的车去恩施参加刘念的婚礼，也足以看到黄雷的为人。8号那天，卫民园林研学照常进行。天空下起了沥沥小雨，透出丝丝寒气。这一天我也忙于带学生，要接待蒋家冲小学和江口小学的一到六年级学生。没有看见黄雷的人。快下班的时候，黄雷的车停在我们办公室门口，见到我，黄雷按下车窗，叫了声张幺幺。

"你去了刘念那里，6号就回来了吗？"

"当天就返回了！"

"当天？"

"是的，一来是酒店里这段时间忙，二来我也害怕疫情，如果隔离了很麻烦。只能是快去快回。"

"5个多小时到，5个多小时返回，就在那里匆匆见了一面，扒了口饭就走，你们不疲劳吗？"

"回来时凌晨两点多。有点疲劳。"

"这是何苦啊？在那里过一夜，第二天赶早返回也行啊。"

"如果您去了，我们可以陪您在那山清水秀的地方玩一天。"

这孩子，说话还挺暖心的。

年轻，没有什么不可以。这真是，枝江咸丰七百里，下午出发凌晨还。隧道灯光知昼夜，小车已过万重山。

刘念啊，有黄雷这样的朋友，是你在卫民园林结下的善缘。

25

插曲——平静的喜悦

10月15日,天气的气温又恢复到26摄氏度。卫民园林建设有限公司的办公区域,"一树三果"颇惹人眼。高高大大的柚子树上,结着黄黄的柚子、红火火的橘子和橙子,去年冬天,黄卫民又在这树上嫁接了几根金橘的枝条,这下可热闹了,一棵树上竟可以结四种果实。我们在这里办公,天天出入于美景之中,心中就多了一份对生态美的亲近。这天上午,我来到卫民园林建设有限公司时已经是十点钟了。枝江作协这天要进行换届选举,我这个当了七年的作协主席将退出,由新的人选接替。我正要进办公室门,一个声音叫我:"张老师,您好!"我回过头,一个十来岁的男孩,长得眉清目秀,声音清澈。

"你认识我?"我问他。

"认识,我前几天到这里来研学旅行,您给我们讲过课!"

"你是,哪个学校的?"

"关庙山小学的。"

"几年级?"

"五年级。"

"今天不上学吗?怎么到这里来了?"

"今天是星期六。我是到这里来参加一个亲戚的十岁生日的。上次听您讲的家风家训课，我觉得讲得太好了，我今天把家风廊道里的内容又看了一遍。"男孩子很诚恳地说。

我摸了摸孩子的头。问他，是和爸妈一起来的吗？

他说："不是，和我奶奶、姑姑一起来的。张老师，我想……"

见他欲言又止的样子，便问他是不是遇到了什么难事。他说："上次研学的时候，我看到您奖励给同学们的是您的书，我也想要一本！"噢，原来他想要一本书。

"好的，你跟我来。"

我找出一本《素袖红妆》，问他："是这本吗？"他点点头，笑得好开心。"张老师，您可以给我签个名吗？"我翻开书的扉页，写上了这样一行字：祝柳义成小朋友健康成长！并留下了QQ号，希望和他成为好友。我还有事，对柳义成说，以后多联系。如果在写作文上有困惑，我们可以多交流。柳义成正准备离开，胡光琴从另一间办公室走出来。我告诉胡光琴，这是前些天来卫民园林研学的孩子。见柳义成并没有急于离开的样子，胡光琴走过来和孩子聊了几句。

"读几年级了？"

"五年级。"

"在哪里上学？"

"关庙山小学！"

"是问安哪个村？"

"四岗村。"

"啊？"

我和胡光琴同时惊讶。

四岗村正是卫民园林杨梅园所在村。

"爸爸妈妈都在家里种田还是在哪里上班?"胡光琴问道。

"我爸爸在宜昌上班,是做机械制造的。"

"妈妈呢?"

"我妈妈,不知道她去了哪里。爸爸和妈妈离婚了。在我很小的时候,大概是我5岁的时候,好像很久远了,妈妈就走了。后来也联系不上。"柳义成说道。

"想不想妈妈?"

"开始有一点点想,现在习惯了。我奶奶和姑姑都对我很好!"

我和胡光琴相互望了一下。我们彼此心照不宣。是的,奶奶和姑姑对孩子再好,爸爸妈妈不在身边,亲情是缺失的。"你要好好读书,长大了有出息了,记得去找妈妈。一定要把妈妈找到!"胡光琴对孩子说。柳义成点点头。"欢迎你有机会再来卫民园林做客!"我和胡光琴几乎同时说道。柳义成再次点点头。他回到餐厅里去了。胡光琴要我今天中午和她一起陪客人。我说今天作协换届,还有些事情我要去安排一下。

"在哪里换届?真不想搞了?"光琴姐似乎很惋惜。

"就在您的酒店二楼会议室。下午三点。要推新人呢!我放下作协的事情,在精力尚好的时候一心一意写点作品。"我回答胡光琴。她劝过我多次,希望我继续。

下午的选举会议,当我坐在主席台,面对到达会场的几十名作协会员代表,我想到了七年前的作协选举。也想到了当时的文联主席罗卫华,那个年轻的帅小伙。一晃七年过去,他去了哪里,我也不知道。忍不住给他发了一条微信。

"卫华,好久不见!还好吧?作协工作交出去了,今天此刻,正在换届。"

"同同姐，您好，您好呀！"他很快回复。还是那么亲热。

"以后若写回忆录，会写到对你的感谢。是你的信任给了我一段做文学义工的经历。"

"您带作协这一届，辛苦您了啊。向您学习，向您表示敬意！像您这样纯粹又热心又向善的人太少了呢。您对枝江有莫大无以言表的贡献，没有您的阐释，哪有全国闻名的'棉花奶奶'哦……"

"尽说好听的话。"

"您还在枝江酒业上班吧？"

"退休五年了。当奶奶了！"

"哎哟，您这都退休了啊，都当奶奶了，看您这状态好像年轻人都跟不上啊！您其实还可以再任一届。"

"我家二孙宝要出生了，我得回归奶奶的角色。你现在在哪里高就？"

"我现在在我姐姐这里，在北京干点小活儿，还是特怀念在文联和你们打交道的那时候。怀念和想念是最香甜的味道。"

"等有机会到北京了，来看望你！"

"好的！您要揪住青春的尾巴，多写写多锻炼，保重身体，保持好心情。有机会一定要聚聚，到北京打电话哟！"

……

我似乎处在一种愉悦的回忆里。主持人说，下面，请第五届枝江作协主席张同作报告。手握话筒，面对一张张熟悉的面孔，我有些百感交集，但我很快进入状态。

会后，几个文友拉着我的手说，同姐，我们希望一辈子和你在一起。我有些哽咽，差一点儿没忍住。终于可以放下心头的一块石头。回到家，感觉轻松了许多。有朋友转发来几张会议上的照片。其中有一张是新当选的作协主席张有德给我颁发的名誉主席证书的照片。这与七年前我给前任作协主席吕万林颁发证书的情景多么相似。我从电脑里找出那张图片，进行了一下对比，然后用剪映做了一个短视频发在我的空间里，留着纪念。并写下一行字：7个年头的两个瞬间，接班与交班，安静与从容，我做到了。不计回报的付出，得到两个珍贵的字：心安。很多看到这个短视频的好友在后面留言，表示关心和祝福。三天之后，我看到"海哥"的一条留言："让我还是固执地叫你一声姐，钦佩你的品德，不知道在我老去的路上还能不能遇见你这样的作协主席了。但我没有遗憾了，珍惜和你同行的这段日子，因为你的优秀，我已经感受到枝江文坛是这样充满了活力与希望。谢谢啦，姐！"本来已渐平复的心情在瞬间沸腾起来，那咸咸的热泪直涌向眼角。我只想说，亲爱的海哥，我已经从枝江文坛转身，感谢你这么多年对我的帮助和爱护！我现在只想在生命有限的时间里，把我认为有意义的章节记录完整，与卫民园林的一草一木相吻合，与那些很多人视而不见的绿化者为伍，为他们写下心灵的光。因为，我原本就是一个农民。

26

空调引发的话题

2022年夏天的一个下午，黄卫民和胡光琴回了一趟百里洲指南村，和他们同行的还有一个中年男人。他们夫妻俩给指南村医务室送去两台空调，这个中年男人是安装空调的师傅。很久没回指南村了，也怪想念指南村的人。一个星期前，胡光琴到百里洲镇上走亲戚，碰到指南村的李大妈，见李大妈脸色蜡黄，问李大妈是不是身体不舒服。李大妈说是慢性肾炎，这几天一直在村里输液，今天到镇上来走人家，是拔了针头就走的。李大妈无意之中说在医务室里输液，热得要死，胡光琴就记在心上了。她回去和黄卫民商量，给指南村医务室买两台空调送过去，黄卫民说，没问题，这事儿你做主。"不是我做主不做主的问题，是你要回去一趟！"胡光琴说。"这段时间工地上的事情太多了，要去也得等几天，或者，你回去，就代表我回去了啊！"黄卫民从不吝啬为乡亲们做好事的这点钱，但这段时间工地上确实离不开。胡光琴其实也走不开，她抓紧时间忙完手头的事情，也终于等到黄卫民可以和她同行。

回到指南村，乡亲们围过来，"光琴和卫民回来了啊，到我家吃饭！""你那里还需要人么，我要到你们那里去打工！"说这话的是刘大爷。"刘爷爷,您都八十岁了,劳动了一辈子了,该享清福了,您还要去我那里打工,您这是折损我呀!"黄卫民笑着说。刘爷爷说:"你年轻时我就喜欢你,现在还是喜欢,不就想跟你在一起的时间长一些嘛。"老人说完也哈哈大笑。村支书很感谢胡光琴和黄卫民,盛夏里送来空调,犹如雪中送炭,送得正当时。村里安排了晚饭,黄卫民说,不在这里吃饭,还要赶回去,几个工地上都在抗旱。再说,不给村里添负担。村支书说:"好不容易回来一趟,还给我们送两台空调,于情于理,都要在这里吃顿饭再走。"村支书是真心挽留,并打电话安排人做饭。黄卫民说,真要回去。干旱这么长时间了,我们的花草树木天天都等着我们,不灌溉,它们就会旱死的。他们夫妻俩回自己老宅看了看,就回卫民园林了。

返程的路上,胡光琴问黄卫民:"回了一趟指南村,你有何感想?"

黄卫民说:"三十多年了,指南村的变化并不突出,不像江北的乡村,比赛似的,无论是村容村貌,还是庭院建设,都要比百里洲好一些,说到底还是因为交通不便啊。如果我们至今仍然在指南村,不知道是个什么样子。我想到了电视里经常说的发展区域上的不平衡不充分这一现象。要说指南村包括整个百里洲的人都不懒,都很勤劳,大部分农户纵向比较是进步了,房子也比以前建得漂亮了,但村集体经济依然薄弱。90年代初期,农民负担重,村干部被迫上借到重庆,下借到武汉,借款交提留,村级债务如下雨挑稻草,越挑越重。前几年,听说村级债务化解了,但村里基础就那样。我们能为他们提供一点帮助,也是我们所愿。总是希望自己住过的地方越来越好。"

好一对乐做善事的两口子。这些年，他们参与滕家河村、计划村做公益事业，做得落落大方，却又不张扬。在他们朴素的认知里，总认为善有善报。这天他们去给村里送空调，回来后也没有说，只知道他们去了指南村。几天之后，我在街上见到装空调的贺师傅，听他讲那天去指南村的事，才知道黄卫民和胡光琴是给村医务室送空调去了。原来贺师傅就是那个同行的中年男人。说起这对夫妻，贺师傅满脸的钦佩。

百里洲镇40多个村，都有在外的能人，他们用多种方式回报家乡。还记得2021年春天，百里洲举办梨花节。那天的活动内容丰富多彩，领导讲话、文艺演出，双红合作社的产品推介、创作基地揭牌，等等，这些常规流程大家都熟悉，但梨树认购环节中，有一个人的发言深深地吸引了我。"我是坝洲村人，叫赵吉柏，在上海工作，我认购100棵梨树，并把这100棵梨树的收益用来捐赠给村里的集体经济。"赵吉柏？他就是赵吉柏？我还记得2020年2月13日下午，有一个名叫赵吉柏的人委托在枝江的合作伙伴枝江大江纺织有限责任公司向枝江市百里洲镇捐赠价值5万余元的婴儿尿裤和尿垫，以解决从外地回到百里洲的婴儿在用品上的欠缺。疫情期间，部分从外地回到百里洲过春节的年轻父母给孩子带的备用品已经告急，得知这一消息后，上海泓芃新材料科技有限公司的赵吉柏立即给大江纺织有限责任公司的董事长肖玉萍女士打电话，并委托大江纺织经办。不到两个小时，这批婴儿用品就送到了百里洲。坝洲村里出一个这样有情怀的"乡贤"，也是村之幸！

百里洲的村集体经济，走过一条艰难而曲折的弯路。

2015年年底，时任百里洲镇党委书记朱华民给我发信息，希望我有时间回百里洲调研一下村级债务化解的问题，他在信息中向我报喜，说有一半的村已经把村级债务清零了。这对于我这个身在枝江酒业职场的人来说，并不相干，但华民书记的信息仍然像磁石一样吸引了我。他们是怎么清零的，我急切地想了解。这是因为，我家先生曾经就是百里洲镇政府的一名工作人员，他在管理区任总支书记时，为了完成任务，拿出自家有限的存款去抵了上交任务。这样的傻事，据说百里洲镇的部分干部都干过。

带着好奇和重托，我先后三次回到百里洲，采访了十多个村的村干部，揭开部分村级债务清零的面纱。

农村税费改革以来，百里洲镇作为农业大镇，一方面享受了国家一系列惠农政策，另一方面同时也承受着历史原因留下的巨大的村级债务困惑。由于乡村债务涉及面广，情况复杂，在相当长一段时间内，成为百里洲镇工作中的一个难点问题。债权人与债务人双方矛盾尖锐，成为影响百里洲镇社会稳定的重要因素。沉重的乡村债务甚至影响了基层政权组织的正常运转，制约了农村经济社会事业的健康发展，并成为镇、村两级干部的心病。从2013年开始，百里洲镇结合党的群众路线教育实践活动，深入农户调研，广泛征集群众意见，积极探索化解村级债务的方法和途径。在三年的化解债务工作中，在枝江市委市政府的大力支持下，走出了一条通过走群众路线来化解村级债务的新路。全镇41个行政村，已有20个村摘掉了债务帽子，成了无债村。干群关系也从十多年前的"水火不容"到现在的"干群同心"。基层组织建设加强了，特别是村干部们为村民办实事的劲头更足了。而在此之前，面对巨额债务，村镇干部曾经有"三盼"：一是盼国家出台化债政策，二是盼村集体经济有积累，三是盼干群关系和谐，社会稳定。

百里洲的村干部们对债务形成原因有一个很直白的概括，即九义达标、借款上交、村办企业打水漂。和全国大多数地方村级债务形成的原因一样，百里洲镇的村级债务形成中，既有体制问题，也有机制问题。90年代，百里洲镇各村都跟大潮兴建村办企业，有的开金矿，有的建罐头厂、砖瓦厂、塑料厂等，村村冒烟，到2000年前后因为经营或管理不善等多种原因都纷纷破产，留下破旧的厂房、淘汰的设备以及几十万元甚至上百万元的债务。如新闸村的塑料厂亏损就有90多万元。兴建村办企业时，村里或多或少都有一些积累的，村办企业，不仅花光了村里的积累，还让村里背上了沉重的债务，集体资产也变成一堆废旧的烂铁。据当地财政部门提供的信息，村办企业欠下的债务占了百里洲村级债务总额的34%。其次是1996年开始实施的九年义务达标欠下的债务，占总债务的35%。九年义务达标时几乎是村村建校，图书室、仪器室、校园内的硬化、绿化等样样都必须达标，新建的学校由于生源不足就先后被迫与其他学校合并，村里的学校也渐成为闲置的资产。最后是借款上交（农业税、特产税和三提五统），占债务总额的31%。90年代初期，仅百里洲一个镇的农业税就占宜昌市农业税的六分之一，加上特产税的逐年增加。当时村级要在规定的时间里完成上级下达的税费任务，特别是1998年因为洪涝灾害，农民收入大大减少，收款难度更大，村委会纷纷出高息借款上交，甚至出现了"上借到重庆，下借到武汉"的借债现象。一方面村干部图简单，借款比收上交提留容易，另一方面村民也确实收入有限，于是借款上交成为当时一种正常现象，多年之后村里借款的高利息支出也成为债务的组成部分。同时，道路、沟渠、农业生产、供水、供电等公益事业建设也不断增加了村级债务。到2013年年底，百里洲镇村级债务总额达到9048万元，其中欠个人债务6155万元。本是一个全国有名的农业大镇，竟然成了名副其实的债务大镇。

由于债务大，又没有明确的村级债务化解政策，如何有效地去化解，成了百里洲镇的一大难题。在2009年至2011年间，镇里也想过不少办法：通过向外争取资金、村资产资源收益及转移支付资金等途径，化解的债务还不到300万元，杯水车薪。甚至不能解燃眉之急。农民把这种零碎的还债方式叫作"挤牙膏"，也叫"点眼药水"。百里洲镇合心村村民黄章荣是村里卫生室负责人，当时为了支持村里完成上交任务，借给村里95527元，他的妻子黄运凤身患白血病三年，已经花了20多万元为其治病，多次要求村委会还款治病，村委会也没有办法。讨债的人找村里要不到钱，就找到镇里，镇政府成了要债的集中地。每到春节前，要债的更是不离门，村村都差不多一样的情况，百里洲镇原来的李渡村的支书李作宏，原本很富裕的一个家庭，为了完成村里的上交任务，他垫上自己的积蓄，又找朋友借了部分钱，共计30多万元。该村和付家渡村合并后，他因年龄原因没再担任支部书记了。后来不幸患了脑出血，在宜昌住院，没钱治病，村里又没有偿还能力，想到老支书为村里做出的贡献，现在村里却没有办法还钱给老支书治病，于情于理都说不通，村委会一班人千方百计凑了2000元，还给李作宏书记。但老支书还是在遗憾中离开了人世。

在十多年的时间里，全镇四十多个行政村，村干部们最怕的是过年。罗家桥村的党支部书记胡世潮说，2012年腊月二十九，一个债务户给他打电话威吓他："你不给我还钱，我就来捶你的门"。胡世潮回答得很干脆："你来捶，门有一块，钱是没得。"

相关数据显示，枝江市198个行政村中，有194个村负债，占98%；截至2013年年底，枝江各村平均负债百万元以上。而枝江市的村级债务中，百里洲镇占了大头，问题是最突出的。相较于枝江的其他乡镇，百里洲的经济发展没有明显的优势。百里洲村级债务总额9048万元，债权仅为5267万元，其中个人欠村里的钱有4438万元。这笔债权是收还是不收，如果收，怎么收，是否又会激化新的矛盾？曾经在2002年9月，百里洲镇吴家渡村出现过一姓万的农民因为上交提留款而喝农药致死的恶性事件。虽然在2002年至2004年之间，根据国家惠农政策，只收取农业税和附加，2005年直接取消了农业税，但自2003年账目封存以来，十余年未启动清收工作。清收历欠，成了一块难啃的硬骨头。在2012年，百里洲镇研究过一套化解村级债务的方案，大致有六项：一是拓宽增收渠道，提高偿债能力；二是加强财务管理，严格控制非生产性开支；三是加大上级支持力度，搞好资金配套；四是可由市镇两级共同出资建立镇村债务化解资金；五是整合政策帮扶资金化债；六是正面引导，培育和增强村民主动偿还欠款意识。只是2012年的时候，百里洲仍不敢开清收历欠的先河，主要是怕引起新的社会矛盾。

在走访调研中，镇党委书记朱华民他们一班人发现，那些已交清了上交余款的少部分农户对还没有上交的农户持有意见，"人家手里有钱，就是要欠集体的，这对我们已经交了款的人不公平"，该镇葵心村的支部书记熊经华说："我们有的村民对欠集体钱的，不是一般的有意见，而是很有意见，他们说从欠集体的钱上就可以看出这个社会不公平。十年前的钱，那才是钱，我们那时都交清了，有人拖到现在还不交，还欠公家的。"从调研的民意中，镇干部们心里有底了。本来在研究的六个化债方案中，"正面引导，培育和增强村民主动偿还欠款意识"是放在第六，现在要提到第一或第二了。"再硬的骨头，我们也要去啃！"这是2013年年初，百里洲镇党委书记朱华民在镇里召开的大会上说的。这也是他在调研了十来个村之后做出的决定，2013年全镇的中心工作就是结合党的群众路线教育做好村级债务化解工作。他们抽调镇机关干部、镇直单位职工共计60人组建六个清欠专班，进村入户开展政策宣传和欠款清收。当年共清收历欠款799.8万元，农户间冲抵化债422万元。在清收过程中，他们严格按照程序清收，对账、核实全公开，让交款的农民心服口服。虽然收款并不理想，但毕竟有了好的开头，让封了多年的清收工作正式启动了。清收工作启动，让那些不拖欠集体债务的农民看到了公平正义。这也让镇村两级干部看到了民心所向，原来村民们心中的尺度就是公平和正义。

针对村级债务化解的难题，枝江市先后召开政府常务会议、市委常委会议专题研究，并于2014年8月13日召开全市化解村级债务动员会进行全面安排部署。会议要求，坚持依法依规、实事求是、公开公正、量力而行的原则，按照"制止新债、化解旧债、积极稳妥、分类处理、整合资金"的总体要求，在严格防止新增债务的前提下，用四年时间全面化解村级债务，促进农村经济社会可持续发展。在化解村级债务中，各镇（街道）要落实化债主体责任，以农村集体"三资"为基础，分别针对不同情况进行村级债务化解。为了解决化债难题，枝江市多渠道筹措化债资金，采取上下联动配合，从2014年起，枝江市计划连续四年每年安排1000万—1500万元财政资金，采取专项借款的方式支持化债工作。要求各镇（街道）每年也安排100万—500万元作为化债基金。有了这样的指示精神，在百里洲镇村两级干部心里，看到了村级债务化解的希望。

百里洲镇根据市里的规划，迅速拿出化解村级债务的时间表和路线图，他们计划对2013年年底认定的村级债务中村集体欠农户个人的债务，力争在四年（2014—2017年）内全部化清。其中2014年全镇化解村级欠农户个人债务总额的40%以上，宝月寺村化清欠个人全部债务。2015年全镇化解村级欠农户个人债务总额的20%以上，负债50万以下的村基本实现零债务。2016年全镇化解村级欠农户个人债务总额的20%以上。2017年全镇化清村级欠农户个人的债务。

在实际操作过程中，镇里也有严格的要求，要做到"四个坚持"。一是坚持依法依规的原则。严格依法办事，规范操作行为，严肃工作纪律和群众纪律，严禁弄虚作假。要落实债务主体，严禁把债务平摊到农户，防止把不合理债务合法化。二是坚持实事求是的原则。坚持从实际出发，村级偿还欠农户个人债务应按照先急后缓，先旧债后新债，先群众后干部，先个人后单位，先借款后一般往来款的原则；根据群众意愿，也可采取按同等比例还债的方式。严禁借新债还旧债，坚决杜绝新增债务。三是坚持公开、公正、公平的原则。债权债务的清查、化债方案的制定、审核结果的确认，都要经村民大会或村民代表会议讨论认可并进行公示，接受群众监督。四是坚持量力而行的原则。要充分考虑农民的经济承受能力，积极做好群众的思想工作，维护农村社会稳定。结合镇、村实际，因地制宜、因户制宜，分类消化，有序推进。

有了2013年好的开头，2014年，市里又有了明确的政策，百里洲镇加大了清收还债的力度。镇村分别召开会议，统一干部思想，坚定工作信心，在全镇形成浓厚的工作氛围。各村通过村组干部会、村民代表大会统一群众思想，结合实际制定具体化债目标、详细措施及实施方案。2014年8月16日至8月20日，镇村两级完成了债权债务清理工作，即在2005年债权债务核定的基础上，锁定旧债数额，对债务债权全面清理清查，认真核实，挤干水分，确保债务真实准确。并对清理结果严格审核，逐笔登记造册，建立健全完整系统的村级债权债务管理档案、台账和数据库，锁定债务数额，实施动态管理。紧接着，就开始资金的筹措。

镇级设立了村级债务化解工作专项基金，分村设置工作账户，以村级自筹为主、市镇财政奖补为辅筹措资金化解债务。在11月20日至12月20日这个时间段，按照"先个人后集体，先大户后小户，先急后缓，先本后息"等原则，分村统一分解化债资金，办好各类手续后直达债权户银行账户。

在化债资金的筹集上，百里洲有五条途径。一是增加收入还债。为了多方筹集资金，镇里鼓励村组干部依托村级集体经济组织，牵头成立各种专业合作社，开展土地流转等服务，推进土地规模经营；合理开发村级集体建设用地、宅基地，积极实施土地增减挂钩等项目，多渠道增加村级集体收入。全面清理村级集体资产，强化"三资"管理。充分利用闲置低收入资产资源，整合长江大堤外滩、废堰、荒塘、机动地、湖田等可收益资源，由镇三资代理中心统一管理、集中处置，公开发包，所得收入全部用于化债。二是动员群众偿债。保持村级债权的追索权，经村民代表大会讨论同意，引导农户自愿还债、主动还债。各村可采取核对往来款项、发放催收欠款通知书等形式，积极引导农户正确处理国家、集体、个人三者间的利益关系，履行应尽义务。对长期无偿侵占集体资产资源，拒不上交多经承包款（其他方式承包）的农户，要采取法律手段依法清收。对国家公职人员、村组党员干部、企事业单位职工及家属的欠款要限期收回。对特困户、人死案结的农户债权可按规定程序进行减免。三是财务结算转债。对于农户欠村集体债务，村集体欠农户的债务、村集体欠其他单位和个人债务，在清理核实双方认可的前提下，由村委会出面召集，让债权人债务人见面，在公开合理、双方自愿的前提下，实行对口转结，相互置换办理手段，把村级债务变成民间债务。四是争取帮扶减债。镇里鼓励各村可充分发挥自身社会资源，争取企业、帮扶单位的支持，争取基础设施、公益事业投资或其他专项资金，化解村级债务。五是加强管理控制。完善"村账镇管"制度，强化村级财务规范化管理，规范村级财务预决算管理制度，节约开支化解村级债务。严格防止新增债务。在未完成年度化债目标的情况下，不得挤占村级其他收入搞建设。

从2014年8月开始，百里洲镇派驻了41个工作组推进各村化债工作，村党支部、村委会作为化债工作的实施主体，也成立了专班，制定了方案，明确化债目标，做到逐年排计划、逐项抓落实。百里洲镇要求每个村要实行民主决策、公开运作，积极推进化债工作；重大问题要提交村民大会或村民代表会议讨论决定。

百里洲镇根据《枝江市化解村级债务财政专项借款管理办

法》，采取专项借款的方式支持化解村级债务工作，分别按当年化债工作进度、化债额度和化债难易程度实行差异化借款。村级欠个人债务在未化清之前，镇财政每年安排100万—200万元作为化债基金。各村每年从转移支付资金中节约10%以上用于化解村级债务，村级集体经济收入集中用于化债。同时，建议各单位对口帮扶资金全部用于化债。

在具体操作中，他们将年度目标任务细化到村、到专班，每周召开一次督办会，下发化债工作进度通报。在村里，除了宣传车、宣传标语，还张贴历欠户信息并实时更新，出台有在规定的时间内还款可享受免息等优惠政策，专班人员入户走访，心贴心地交流，激励机制的召唤，到2014年年底，已有六个村实现了零债务，摘掉了债务的帽子。"通过在清收工作中，细化对农民的服务，我们与农民的感情更贴近。"百里洲镇的一位干部深有体会地说。该镇八亩滩村有一位老人反映，公安机关在身份登记时写错了年龄，致使他已经年满80岁却不能领取高龄补贴，专班人员迅速联系公安机关，在市档案局查阅相关档案，核实了老人的真实年龄为81岁，解决了老人多年来的心病，老人在办完相关手续后主动爽快地上交了欠村里的893元。曹家河村三组的一位姓曹的农民，60多岁了，身体一直不好，至少十年没下过田了。他欠村里3700元。平时他的生活来源主要是靠儿子、女儿寄钱回来，再就是5亩田的租金。听说村里已在开始收历欠，他找了村干部三次才找到人，主动把历欠交了。在有的村，村民不仅主动还款，还出现了排队还款的现象。

如果说2014年率先化解完债务的六个村，让百里洲镇的村级债务化解看到了希望，那么2015年，则是他们稳步推进、加快速度的一年。从2014年开始,市镇两级开始实行政策性补贴,即由市里补30%,镇里补20%。这已经为村级债务化解加大了政策力度。2015年这一年,他们仍然以自收为主,通过转移支付10%,引导农户之间债务资金冲抵,对外争取项目资金和市里配套30%的补贴,打了一套有效化解村级债务的组合拳。在清收过程中,他们还欣喜地发现,农民对村干部和镇里干部的信任正在逐步回归。曹家河村在2015年村里张贴的公示名单中,有一个户主已经去世了,但他尚欠村里1000多元。他的儿子在枝江县城工作,听说在村里张贴的欠款名单中,有他父亲的名字,他当即打听到村干部的电话打过去,说马上回来缴款,一是父亲的名字出现在欠款名单中,他觉得不光荣,二是别人知道他家还欠村里的钱,他在外面不光荣。上午打的电话,下午就回村交了欠款。新闸村有一户人家,女儿在外打工,12月份回来为父母交合作医疗,看到村委会门口贴的公示名单中有自己大人的名字,二话不说,就先交欠款,再交合作医疗费用。村干部问她要不要看一下账目,她说不用看了,充分相信村干部,现在实行村务公开,让村民们对村里的家底一清二楚。

2015年,百里洲镇化债工作取得阶段性成果,全镇共筹集化债资金1908万元,超额完成了市里下达的1117万元的化债任务。这一年,百里洲镇不仅在村级债务化解上取得成效,还通过推行"每月说事日"活动,创新农村工作方式办法,增强了基层组织活力,激发了干部群众干事创业的热情,推进基层民主政治建设,为建设"富裕生态和谐绿洲"提供了有力保障。"每月说事日"活动是指村干部围绕村级经济发展、全年规划、当前的中心工作,包括"一事一议"项目、惠农补贴资金、资产资源处置等内容，以民主议事为形式，集科学决策、合力干事和效果评估于一体的基层民主管理方式。镇里规定每月4日，在村党组织的组织领导下，根据实际情况开展"每月说事日"活动。参加说事会主要对象包括：村"两委"班子成员、村务监督委员会成员、驻村干部以及财政专管员。"每月说事日"活动主要包括"开放议事、科学定事、合力干事、民主评事"四个环节。推行这个活动，把村里的大事、要事、难事集于阳光之下，公开透明，深得群众信任。如果说2015年百里洲清收历欠工作有成绩，"每月说事日"活动功不可没。精华村支部书记吴先林说："每月说事日，除了镇里要求的人员参加以外，我们每次都有部分村民代表参加，多的时候有40多人，充分尊重村民对大事、要事、难事的知情权，群策群力，我们更有信心。"

2016年的春节，对于百里洲镇新闸村的支部书记曹清平来说，过了一个"无债一身轻"的年。"终于可以扬眉吐气地过一个踏实年，心里分外高兴，因为摘掉了债务的帽子"，曹清平兴奋地告诉我。和曹清平一样有这种幸福感的，还有曹家河村的支部书记胡庆平等十三个村支书。百里洲镇共有41个行政村，2014年已有6个村完成了化债任务，加上2015年完成的14个村，目前已有20个村全部化解了村级债务，成为无债村。

在枝江九个乡镇中，唯有百里洲是一块在水中央的神秘之地。这不仅是因为有"万里长江第一洲"的美誉，有全国十大名牌水果——砂梨，还因为它七十五公里江堤是天然的自行车赛场，在全国有较高的知名度。如此好的观光、生态、休闲、旅游资源，打造的空间之大，潜力之大，令人期许。百里洲镇曹家河村的党支部书记胡庆平率先在他所在的村搞起了土地流转，让当地农民增加收入，成为百里洲上新农村建设的样板村。"再难的路，只要走下去，就会有希望。过去对于村级债务，大家都认为无从着手，现在市镇两级配套，加上我们在镇里指导下自收累欠，偿还个人债务，较好地解决了这一难题。"胡庆平说道。

按照枝江市计划在四年内化解村级债务的承诺，从欠个人债务总额上已经完成了70%化解任务的百里洲，2016年的化债工作依然有难度，但困难与希望同在，挑战与机遇并存。"有市委、市政府做我们的坚强后盾，有我们走群众路线的经验和实践，有先进在前面做样板，有我们脚踏实地的付出，我们有信心，也充满希望。"朱华民说。罗家桥村的胡世潮书记对比化债前和化债后的两种景象："干群关系，以前像仇人，现在像亲人。村里欠个人的债务还清后，有三类人请村干部吃饭，一类是村里还清了个人欠款的，一类是十多年前先缴款的，他们说看到了公平和正义，还有一类是主动来还村里的欠款的，说欠了村里那么多年，村里没有计息。对村民的请吃饭，村干部们说，把请吃饭的钱攒着，支持村里的公益事业。现在村里不仅还清了债务，村集体经济还有了积蓄。"

农村税费改革之后，百里洲上农民的日子逐步有了改善。各村也早已实现了"村村通公路"，大部分村兴建了农民健身场所，农村垃圾也实现了集中分类处理，一个"生产发展、生活宽裕、乡风文明、村容整洁、管理民主"的百里洲正在形成。曾经在债务化解之前，镇村两级干部有三盼，通过走群众路线，有了这样一段化解债务的新实践，镇村两级干部有了新的心得，他们现在有"三不怕"，即不怕跑断腿、不怕磨破嘴、不怕群众不交费。只要真正做到全心全意为百姓服务，与百姓的心就会更贴近。

我将了解到的情况整理成了一篇调研文章，传给了当时在《人民日报》湖北记者站供职的好友洪兵。"姐姐，好文章呀！我们也正新春走基层呢！"这篇调研文章于当天就在《人民日报》网站首发。

要特别感谢好友洪兵。他不仅力荐这篇调研文章，还在另外一个媒体发表评论，标题是《收拾烂债就是收拾人心，农村难以承受之重艰难破题》。

洪兵的这篇文章，我一直收藏着。作为社会转型时期一页备忘录，也算一份史料性的资料，具有保存价值。时光一晃，又是六年过去，村级债务已成为一个旧概念。但有些地方村集体经济依然薄弱。一方面呼唤黄卫民、赵吉柏这样的"乡贤"人物带资金带项目回乡发展产业，另一方面要加强村级党组织建设，像王宏甲写的《走向乡村振兴》中的毕节乡村那样，村级党组织就是合作社的主体，姓公而不姓私，村集体经济才可以发挥更大的作用。

27

家乡在建桥

2022年10月20日下午，胡光琴约我，去江边看看长江大桥的建设进展。我丢下笔记本，关上电脑，跟她一起上车，到了宝伐寺村边的江堤上。四川路桥工程部就设在江堤角下。望着对岸的施工场，亦是一派热闹景象。呼吁了几十年的建大桥，现在终于动真格了。"我每次在江堤上看到对岸的百里洲，心情不知道怎样描述。"胡光琴说。而我，也有同感。是的，回不去的故乡，父母的坟在洲上。五年之后，大桥建成了，百里洲应该发展成另外的样子。"张同妹，你知不知道，南河大桥是哪年建的？这桥应该比较快就建起来了吧。现在很多机械都很先进了。"我知道，建南河大桥的时候，胡光琴他们已经迁出百里洲了。而百里洲的南河大桥背后，有一个鲜为人知的故事。

2008年春节，对于生活在四面环水的百里洲上的人来说，谈得最多的话题不是腰包里鼓起的收入，也不是罕见的大雪，而是百里洲南河大桥已开工兴建。因为百里洲从古至今，被孤立在水中央，与两岸陆地一直没有建起一座桥。十万百里洲人像盼星星盼月亮一样，不知盼了多少年！即使走出了百里洲的人，无论身在何处，心中对百里洲上能有一座桥的企盼从来没有停止过。

"拥有一座在中国在世界桥梁建设历史上具有不可取代的地位的大桥,天兴洲无疑是幸运的,天兴洲上的农民也是幸福的。我的家乡是《革命百里洲》里所写的百里洲,这是一个比天兴洲大几十倍、拥有十万人的沙洲,千百年来,祖居沙洲的农民就盼望有一座大桥,让他们通向幸福、通向现代的世界,但是对百里洲人来说,这可能永远只能是一个梦。在岁末的寒风中,站在天兴洲大桥耸立江面的桥墩面前,我只能默默把一个百里洲人的梦想隐藏起来,只能静静地体味天兴洲的巨变。"湖北作家李鲁平在参观武汉的天兴洲大桥时有感而发。

百里洲镇,位于长江中游荆江首端,是万里长江上最大的江心洲,它北依长江与枝江城区马家店隔江相望,南靠松滋河与松滋市相邻,全镇四面环水,版图面积212平方公里,耕地面积17.6万亩,环洲堤长74公里,总人口10万人。洲内地势平坦,土地肥沃,无工业污染。尽管这个镇有着优厚的自然资源,如"中国砂梨之乡""湖北省优质棉基地""湖北省生态农业基地",1956年,还因棉花单产过百斤周总理亲自授牌,获得了"银洲"的美称。然而却因为其交通不便,致使百里洲这个昔日的"金岛银码头",在时代的发展中依然相对封闭和滞后。什么时候能"一桥飞架南北,天堑变通途"?

1998年,百年一遇的特大洪水又临长江,百里洲经受了严峻考验。这一年,著名报告文学作家赵瑜约了宜昌作家胡世全专程赴百里洲考察。他们一踏上百里洲,就让百里洲的党政官员感到了紧张。因为赵瑜是中国报告文学中极有影响的作家,著有中长篇报告文学《中国的要害》《太行山断裂》《但悲不见九州同》《第二国策》等,参与并推进了当代报告文学的发展,尤以中国体育三部曲《强国梦》《兵败汉城》《马家军调查》影响深远。官员们担心赵瑜作家面对当时百里洲存在太多的问题而有太多的揭露，对两位作家心有疑虑，心存戒备。甚至有人提出"只要您到别的地方去调查，所需资金都由我们出！"当地干部们都怕他待的时间长了，不定会捅出什么娄子，给他们带来什么麻烦。而面对守护在岸上的百姓，赵瑜对百里洲有一种说不清道不明的情结，使命感、正义感、责任感在他的心头同时升起，于是，他放弃在北京的优越生活，与胡世全一起接连五载，屡赴孤洲。百里洲上58个行政村的田间地头，留下了他们采访的足迹。2003年12月，一本厚重的报告文学《革命百里洲》由中国青年出版社出版发行。这本书的出版，给了百里洲人不小的震动，震动最大的是党政官员，原以为赵瑜作家写的是一本关于百里洲农民负担的书，读了这本书之后，他们才知道赵瑜作家并非"鸡蛋里挑骨头"，而是在历史地把百里洲作为剖析民国社会的样板，为长江农人立传，客观上让更多的人认识了千年孤洲！因此，在后来赵瑜重返百里洲时，当地干部竟诚恳地提出要颁给他"荣誉洲民"的称号。

《革命百里洲》于2004年获得鲁迅文学奖，同年获得徐迟报告文学奖，还被评为"湖北省文化精品生产突出贡献奖"。百里洲也因此而提高了知名度。

时光飞逝，枝江市的领导走的走，来的来，百里洲四面环水，仍没有一座桥。2006年，时任枝江市市长刘建新在来枝江之前就已读过《革命百里洲》这本书，到枝江之后，他又读过杨尚聘写的《在水中央》，对于曾经繁华的"金岛银码头"百里洲，刘建新市长有过新的设想与规划。一次在给省里来的领导汇报工作时,把百里洲的情况当重点介绍。刘建新市长说:"这个镇四面环水的特殊地理位置,长期制约着全镇经济和社会的发展。十万人民群众出行和物流完全靠渡运,对外交通十分不便。特别是大雾天气和深夜禁船,给群众生产生活带来了较大的影响。多年来,百里洲镇人民渴望修建跨江大桥,打通百里洲与外界的陆路交通。2006年枝江市三届四次人代会上,百里洲镇三十一名市人大代表联名提出了'建设枝江途经百里洲至松滋的省级公路,修建百里洲至松滋的南河大桥'的建议案,议案提出后,我们枝江市委、市政府十分重视,经研究,成立了工作专班,在多次实地勘察后,拟定了工程可行性方案。"为了加深省里来的领导对百里洲建桥方案的印象,刘建新市长想到了他读过的《革命百里洲》,他认为文化的力量是沟通的力量之源,他于是打电话给《三峡日报》社党委书记杨尚聘,要杨尚聘帮忙速购10本《革命百里洲》,不承想这本书在宜昌十分走俏,宜昌葛洲坝新华书店里仅剩下四本。据书店的工作人员介绍,《革命百里洲》在宜昌已经脱销好几次了。这仅剩下的四本《革命百里洲》当天被"火速"送到枝江,送到省领导的手上。省领导拿着沉甸甸的《革命百里洲》在较短的时间内作出了决定:方案尽快报省交通厅及相关部门立项。一个月之后,刘建新市长为百里洲南河大桥的经费问题到湖北省委去找其中一位领导。那位领导秘书不让他进去,为了支走刘建新市长说领导开会去了,刘建新市长不相信,他大胆地"闯"进省领导的办公室。"我知道我这样做欠缺礼貌,但是我不是为我个人的私事来找您的,我是为百里洲的十万人民来找您的。"刘建新市长诚挚地解释。省领导脸上微微露出笑意。原以为很难办的程序,在领导那里变得举重若轻,一经督办,就批签了2000多万元。省里这位领导说："百里洲大桥的事不仅是枝江的事，也是我们的大事"。刘建新市长拿着省领导的签批意见，不经间他看到省领导的办公桌上仍放着他送的那本《革命百里洲》，这个以风趣幽默著称的年轻市长，此刻心里涌起诸多的感动，感动让他不知说什么好。他怀着敬仰的心情给省领导深深地鞠了一躬，说："我代表百里洲的十万人民给您鞠躬！"正是因为有他们对这本书的一致认同，百里洲南河大桥的项目才得以顺利地立项动工。

2007年12月28日，对于百里洲镇的十万百姓来说，真是一个值得庆祝的日子，南河大桥开工了！架桥，是百里洲人祖祖辈辈的梦想，如今当这个梦想真实地出现在百里洲人眼前的时候，他们欢呼雀跃，内心的激动无法抑制。大桥开工的这一天，来自百里洲和松滋的乡亲们就像逢年过节一样喜悦，不由自主地汇集到施工现场，庆祝这百年难遇的幸事。一位施工人员感叹道："我参与架过很多的大桥，但像今天这样看热闹的场面还是头一次见到。"在这个喜庆吉祥的日子里，百里洲原东湖桥村（现已改名为路飞霄村）的主任肖新荣也来到南河大桥的开工现场。从他们村到南河大桥有近二十里，肖新荣之所以放下手头的事情专程来看南河大桥的开工仪式，是想亲眼见证"一桥飞架南北，天堑变通途"的神奇。"如果赵瑜作家知道百里洲在建桥，他该有多高兴啊！"肖新荣无比激动地说。这个肖新荣不仅读过《革命百里洲》，还亲历过赵瑜作家在调查采访过程中给百里洲的百姓留下的美好。2000年的时候，赵瑜作家和胡世全作家在东湖桥村采访刚上任不久的村主任肖新荣，肖新荣很客气地安排了中餐，赵瑜作家坚持说不要安排客餐，就在农家吃顿便饭。那天中午，中央电视台《大三峡》节目的总编导张镜鹏和一位朋友听说赵瑜作家在百里洲深入采访，特意从宜昌赶来看望他，中餐时多炒了几个菜，赵瑜作家记在心上。走的时候，赵瑜作家给做饭的农户付一百元钱，朴实厚道的东道主大妈说："你们是接也接不来的客人，招待不好，多多包涵！"一百元钱推来推去，最后由随同人员在第二天的下午把钱交到那位东道主大妈的儿媳妇阮志芹手中，并附言："赵瑜作家说农民做一顿客餐不容易，请一定收下"。时隔多年，这些画面仍清晰地印刻在百里洲老百姓的心上。也许肖新荣还不知道，百里洲南河大桥能这么快立项开工，《革命百里洲》起到了"引桥"的作用。或者说《革命百里洲》本身就是一座桥，是一座文化沟通的桥。

　　《革命百里洲》究竟有着怎样的文化价值，我们未做专项调查。但从读者的反响里，我们知道这本书随着时间的沉淀仍在不断增值，尤其是这本书给百里洲人民带来的实惠根本无法用数字来衡量。原湖北省文联党组书记、省政协常委韦启文先生读完《革命百里洲》后，于2008年3月26日携夫人专程来百里洲考察。据百里洲镇干部傅远清说，近年来因为《革命百里洲》的影响，使前来百里洲考察的高层领导和文化名人越来越多。沧海桑田的百里洲，曾经"四面八方，货畅其流，千帆万船过孤洲，鱼米之乡得地利，江涛是水还是油"，在枝江市刘建新市长的规划中，即将再现赵瑜作家笔下"金岛银码头"的新繁荣。南河大桥由省交通厅和各级地方政府投资3117万元修建，大桥北起百里洲镇陈家尾村，南至松滋市涴河市镇大口村接壤处，桥长321.06米，桥面宽度9米，两车道，两边各1米人行道，设计时速40公里。2010年元月20日上午，建设了两年的枝江市南河大桥正式开始荷载试验，4辆重载货车在工作人员的指引下，分别停在大桥不同的位置，检验桥梁的安全性。这座桥的诞生，结束了百里洲四面环水、孤洲独岛的历史，打开了南端陆路交通，不仅成为百里洲镇对外交通的快速通道和防汛抗洪的应急通道，而且对全镇经济和社会发展发挥了十分重要的作用。

铁肩担道义、重手著真情的作家以及慧眼识珠、善于把文化资源变成造福于百姓的民心工程的市长，还有那位对百里洲"特事特办"的省领导都是百里洲人民的福星。他们虽生在不同的年代，在人生的因缘际会里，他们的才智和价值取向在某一个时段相遇，促成了一座桥的诞生，也成就了一段佳话。

胡光琴听我讲了南河大桥背后的故事，非常感慨。她说："那你把眼前这座桥背后的故事也写出来呀！"我说，历史会有人记录。百里洲长江大桥，凝聚了百里洲多少人的期待和盼望啊，它是时代发展的必然节点，更是国家发展实力的见证。

28

成家与立业

2022年的夏天,枝江及周边县市持续干旱高温达一个月之久。菜场卖菜的人群越来越少,因为干旱,许多菜种了不生,生了不长,有的菜农几乎无菜可卖。处暑之后的8月27日晚,一场秋雨不仅让天气凉爽了许多,也让人心舒爽。我和罗宏早早起床,各自做完"学习强国"答题,一起出门过早。他今天值班,我休息。准备到五柳树菜场逛逛,买几斤百里洲的黄花梨,顺便带点儿新鲜菜。在五柳树菜场,我想买一点剥好的豇豆米,找遍整个菜场却不见。于是想起昨天回百里洲,见多户农家早已把枯死的豇豆藤清理了。在菜场一角,我和好朋友华蓉不期而遇。她穿一件粉色T恤,外搭一件条纹的棉质衬衫,牛仔裤,手推黄色摩拜单车。车前的小篓里,装了一小袋苦瓜和几个茄子。我看她气色佳,皮肤白,精神也爽,料想她这段时间一定是休息好,睡眠足。一问,她说还真是这样。这个写一手好文章的女子,是枝江问安中学的一名语文老师。"同姐,你这段时间一直在枝江啊?"华蓉问我。我告诉她,这段时间在卫民园林为即将开始的研学旅行做准备工作。同时欢迎她有空去卫民园林做客。

"你回枝江了,孙女谁带啊?"华蓉不解地问我。

"她爸爸妈妈带啊！爷爷奶奶带孩子，怕把孩子带偏了。一代人有一代人的教育观。"我说。

"你倒是洒脱。说明你儿媳妇很能干。现在的孩子们，大多以自我为中心，许多年轻人婚都不愿意结，还带孩子，嫌麻烦呢。殊不知，光阴太好晃了，一下子就晃老了。"华蓉有些叹息。她是个有着忧患意识的老师，对社会热点一向很关注。

我说，女孩子们文化程度越高，成家越晚，这很正常。"哪有到了该谈恋爱的年龄，他们说对异性没有兴趣。我真不理解他们这些小年轻怎么想的。究竟是身体出了问题，还是心理出了问题。"华蓉想不通。其实，对于越来越普遍的当婚不婚现象，我也是想不通的。有的是工作太忙碌了没有时间谈恋爱；有的是择偶要求高，在挑剔中错过了青春时光，一晃就到了中年；有的是受父母离异的影响，对婚姻有一种恐惧心理；有的是如华蓉所描述的，独生子女，部分人以自我为中心，过好自己的一生就不错了，在他们眼里，人生是用来享受的，结什么婚，生什么孩子，那有多麻烦。工作之余，网上购物，手机在手，足不出户万事搞定。这日子太悠闲了……不一而足的种种，承载着无数父母的忧心。马克思在《人类学笔记》中指出，人类自身生产也是一种客观力量，在人类社会发展进程中具有重要作用。虽然我们不能把人类自身再生产理论的含义片面地理解为人类生殖，但至少应包含在其中。一个家庭如果出现血缘断层，那么血缘意义上的家庭就将不存在。那么，马克思所说的这种"客观力量"也会消失。

我有一个朋友，儿子在上海工作，三十四岁了，这孩子在父母的一再催促下，找了一个女朋友，女孩又在北京工作，好在两个孩子都是枝江人。两个人从法律上履行了结婚手续，办了张结婚证，三年了，他们各住各的，根本就不住一起。做父母的看到孩子结婚了，任务也就完成了。什么时候要孩子，要几个孩子，那是他们小夫妻的事了。父母根本就不知道，一张纸质的结婚证，就是两个小年轻约定好了来堵截父母催婚的，他们各自忙碌，成家与不成家似乎没什么关系，那张纸质的结婚证，也是他们给各自父母完成的任务，那婚是给父母结的。

华蓉说她的朋友圈里也有类似的故事。曾经的三口之家，在孩子们长大单飞之后，不再年轻的我们逐渐进入空巢老人行列，大家可以选择旅游，或者抱团养老，或者家门口健身娱乐，总感到少了人间烟火气息。一个家庭出现青黄不接的非正常状态。

"我好羡慕胡姐他们家！"华蓉说。我知道她说的胡姐就是卫民园林的胡光琴。

是的，大家都很羡慕。只是大家心向往之，实不能至。当别人都只有一个孩子的时候，他们家两个孩子，这不仅仅是做饭时米要多放一把，烧水时水要多舀一瓢，花费比别人家付出得多，更要付出很多精力。想起于丹讲过的一个故事：在大山深处有一座佛像，是用精美的汉白玉石头雕刻而成的。每天都有许多人进山向佛像朝拜。而佛像的脚下，是用同样的汉白玉石头铺就的台阶。有一天，石阶终于忍不住了，向佛像发出质问：我们出身一样，为什么你可以高高在上，每天接受朝拜，而我们却要被人们踩在脚下？佛像闻之淡淡地答道：你只经过了四刀磨刻就到了现在的位置，而我，是经过了千刀万剐，方才成佛的。人的一生，只有在苦难和磨炼中站起来的，才是成功者。胡光琴在对子女的教育上，是慈在心里，严在嘴上。都说好孩子是夸出来的，也非真理。只有适用的才是最好的。为了一双儿女成人成才，胡光琴和黄卫民晚睡早起几十年如一日,勤劳的秉性本身就为儿女们做出了榜样。两个孩子不仅勤劳,也很有独立意识。女儿黄玲玲在国家二孩政策放开之后,生了一个女儿,她也像妈妈胡光琴一样,有了一儿一女。虽然工作上忙碌,小夫妻俩都是单位里的骨干力量,但他们不怕吃苦,工作家庭两不误,一儿一女在他们的呵护下健康成长。儿子黄雷在为人父三年之后,又添贴心"小棉袄",他也拥有一儿一女。人们夸胡光琴家庭为真正的"三好"家庭。"女"和"子"连在一起就是一个"好"字。三代同堂,三个"好"字,那是叠加的幸福集成,用胡光琴的话说,"好"字的背后也是叠加的责任与动力,为了后一代,他们不能歇下来。

2020年,杨梅成熟的季节,胡光琴要我约华蓉、开梅、传莲、黛萍、艳玲、红琴等几个好朋友一起到杨梅园采摘杨梅。几个春风一样的女子到了杨梅园,被那酸酸甜甜的杨梅美妙的味道吸引,红色的杨梅汁从舌尖一直流到心里,化着一道道灵感,激发了她们写美文的冲动,一篇篇佳作应运而生。华蓉当天就编了个图文并茂的美篇,其中有一段文字:"杨梅园,隶属卫民园林,在问安四岗村。如果说,油菜花,是问安的春之诗行;那么,荸荠,是问安的冬之鼓点;杨梅红呢,则是问安的夏之亮色。杨梅园,除了杨梅,还有合欢,还有石榴,还有青李红桃,还有似火的美人蕉……杨梅园丰厚的馈赠,令主人胡光琴大姐喜上眉梢。滴滴汗水,粒粒收获,诚如是也。一年365天,天天早上5点左右即起劳作,晚上11点后方能歇息的胡大姐,几十年如一日,终于迎来硕果累累的时节。这里的每一朵绽放的花,每一枚沉甸的果,都见证着耕耘者不变的初心。"短短几行文字,已经是对劳动者最好的诠释。

29

拍戏

在时间的银行里
青春是财富的别名
每一分每一秒
都会出现奇迹
只是我们视而不见
找寻一个远方的秘密

不是天生的两棵树
但是向着对方生长
十年,或许百年
等着枝叶相连的那一天

在温润的时光里
我们成为剧中的某一个角色
没有一句对白
只听见草坪说了
秋天的树叶说了

飞翔的鸟儿说了

青春的手
不为一片落叶而悲
银杏那灿灿的黄
是为季节造景而来
一片两片或一路一街
都是它的恩泽
在剧中我们读懂了银杏的魅力
只有一句话
千金散尽还复来

剧中有一棵狗骨树
据说来自远方
作者也说不清它来自哪里
只知道它红色的小果
如南国的红豆
也像我们梦见过的山楂
酸酸甜甜
导演说
这不是三生石
只是来自三生石的故乡

我们说没有刻名字的石头
才与我们草生草长更吻合

何须成为景点的道具
我们想给这无名的石头手的温度
栾树在我们入镜的时候
一定说了什么
惊奇于这树还会说话
仔细来听
捉迷藏似的不言不语
只听见有节奏的律动
像栾树设置的跳跳游戏

拍了半天
也不知拍的戏名
导演说她灵感没有了
就来一张传统的合影
或许,这是一种错觉
或许,这是一段回忆
也不知导演怎样想
我们,有过这样一个下午

这样的下午
是我们时间银行的柜台上一朵小花
在生命的一瞬间一晃而过
没有谁会在意水中的倒影
因为我们一直向前
还有许多未知的体验

就像泰戈尔说的那样

　　只管走过去，不要停留

　　因为一路上花还会开

　　　　导演说

　　　　她的故事里

　　　　不止两个人

　　有一群花农，两对夫妻，三五个年轻人

　　有三峡奇石，有丛生奇树，有诗意长廊

　　有刚哥、秋哥、锋哥他们汗水酿造的琼浆

　　　　还有那个叫王涛的小伙

　　　　还有那个叫小赫的姑娘

　　这是2019年早春的一个周六的下午，我和刘念、小金在卫民园林里，拍摄一个短片用到的脚本。短片里的主人公是两个年轻人，我对刘念和小金说：我们来拍一个微剧吧。你们俩出演男女主角。剧情很简单，没有台词，这么美丽的园林，只要有人物出现，就是故事。他们俩很配合。在一起同捡一片银杏树叶，漫步于池塘的栈道上，"重逢"于两棵柚子树下，抚摸一块比人高的石头，坐在草坪上同时眺望远方，卫民园林里可谓处处是景，每一个画面，拍来都很美丽。在二十来分钟的时间里，就完成了一个微剧的拍摄，编辑出来后，两个小年轻说：呀，把我们拍摄得这么美啊！"你看你们，就像一对金童玉女，画面中的你们，无声胜有声。"我希望他们俩能来一场比画面更美的恋爱。当然，这话不能直接说。我是想能为卫民园林留住人才。刘念很优秀，自不必说，小金是在小赫离开卫民园林之后进入公司的。我原以为，小赫和刘念有望成为一家人，大家也有意撮合他们，可他们俩就像哥们那样，同学就是同学，就是"不来电"。我也想给刘念介绍一个女朋友，希望他能在枝江成家，到了我们这个年纪，面对优秀的后生，总是想成人之美。但一直没有找到合适的。小金的到来，让我们眼前为之一亮，而且小金的工作，需要刘念这个"师傅"带一段时间。面对社区和村里需要卫民园林出节目，就安排刘念和小金在一起搞诗歌朗诵。他们朗诵的《他们看见凌晨的星光》分别在枝江女企业家协会举办的年会、计划村春晚演出上获得如潮的掌声。这个节目还被报送到湖北省总工会职工文艺节目展演平台进行了展示。企业文化是一点一点慢慢积累起来的，当他们俩代表卫民园林在外表演节目的时候，在台下拍照的我，听到的是人们对卫民园林黄卫民和胡光琴的一片赞扬，对他们奋斗历程的钦佩。半年之后，我问刘念，是不是在和小金谈朋友，刘念说，人家小金早就有男朋友了。我愕然。

我在心里说，要是那时候不实行计划生育，要是我也有一个和小金一样大小的女儿，我一定把女儿交给刘念。他是一个让人感到暖心的孩子。2018年杨梅成熟的时节，我和刘念去了一趟问安四岗杨梅园。这一年杨梅园是交给枝江电视台营运的，我们在园区内转了一圈出来，刘念买了一篓杨梅，微信支付了100元。"我给凤奶奶买的。"刘念说。我听了，心头禁不住一热。刘念说的凤奶奶，我们称她凤姐，是卫民园林的炊事员。凤姐待刘念如亲孙子，刘念视凤姐为亲奶奶。人与人之间，在一起相处时间长了，亲如一家人。我因要到武汉带孙女，不得不离开卫民园林一段时间。和刘念他们也一直没有中断联系。感觉有刘念在卫民园林，就让人感到比较安心。小金因要成家，也离开了卫民园林。没有多久，听说刘念也要到武汉去工作了，因为找的女朋友在武汉工作。孩子们到了婚嫁年龄，一个个像燕子一样飞走了。卫民园林曾是他们成长的摇篮，也是他们一生都忘不了的地方。我还记得小赫成家时，我和胡光琴、刘念等一起去恭贺，胡光琴送了一个大红包，对小赫说了很多祝福的话。

在我重新回到卫民园林的时候，听到关于刘念即将成家的好消息。他在微信上给我发了一个婚期已定的电子版邀请函。我们顺便在微信上聊了几句：

"你在卫民园林，工作了多长时间？"

"在卫民园林三年多接近四年。"

"你在卫民园林的工作，也很适合你，也完全可以把女朋友带到卫民园林来。"

"主要是现在用人成本也高，大多数年轻人也喜欢更多彩的工作和生活。"

"有没有成长感？"

"成长不是一点，从什么都不懂踏入社会，在卫民园林一路成长，学会基本的生存技能。很感谢黄总、胡总他们一家人像家人一样对待我，工作上是秋哥和涛哥他们两人带的，后来感到精神上的空虚，遇到您又给我像真正的亲人一样的关怀。回忆起来还是有很多感慨和美好。还有黄雷、王赛、锋哥、刚哥、小罗哥，跟他们像同辈一样玩，还有胡元林爷爷我想称他为隐士，凤奶奶从我来的第一天就像自己的奶奶一样照顾我，满满的回忆和不舍……"

"我在武汉带孙女的两年多时间，也一直没有中断和卫民园林的联系,常在梦里和你说到的人在一起,他们淳朴、善良,每一个人都那么勤劳,每天有忙不完的事、干不完的活儿。这样的人生状态,我一直在琢磨,他们忙得没有时间苍老,没有时间生病,只有闲下来的人,疾病就开始找上门。这只是我个人的一点观察心得。"

"是啊,您说得有道理!"

"你终于要成家了,结婚照中依偎在你身旁的姑娘美貌如花,笑得那么甜蜜。我们都为你高兴,并祝福你。"

"谢谢您!主任,以后叫阿姨吧或者我们那边叫孃孃,亲切些,我们结婚的日子定好了,您和罗叔叔有时间过来玩哟。"

"客气了,叫名字最好!若无疫情,一定去见证你们的婚礼!"

刘念说的"孃孃",我知道恩施一带的称呼,主要是表达一种敬意。是方言中对婶娘的称呼。意思是他没有把我当外人,而当成了他的亲人。胡光琴的儿媳妇王赛告诉我,她3月份在宜昌做产检的时候,碰到小金也去做产检。如今半年过去,小金应该也当妈妈了,这是多么美好的事情。小赫成家后去了武汉,生了个可爱的小男孩。我和胡光琴一次闲聊时说到刘念、小赫和小金他们,胡光琴说:"真希望时时听到关于他们的好消息,平时太忙了,虽然很少联络,牵挂一直都在。张同妹您若联系他们时,替我问候他们!"

我说一定转达。大家都曾在一口锅里吃过饭,在一起风雨同舟过,"不思量,自难忘"。当他们回忆在卫民园林的点点滴滴时,一定也和刘念一样,有着诸多的感怀。

想起孙红雷为枝江酒业代言时说过的一句广告词:人生比戏更精彩。信然!

在卫民园林，跟随黄卫民他们从事绿化的员工十五年以上的有三十多人。1981年出生的王飞，就是其中一个。

2006年春天的一个下午，湖北卫民园林建设有限公司门口，走来一个衣着朴素的年轻人，他听说卫民园林在招修剪工，就决定出来试一试。仅凭家里的几亩责任田，不能实现自己脱贫致富的梦想。要想过上好日子，得多方谋出路。这个年轻人叫王飞，乳名波娃子。

刚好这天，卫民园林的黄卫民、胡光琴夫妇都在公司。经过简单的面试，总经理胡光琴说："在我们这里工作，就是要不怕吃苦。你选择到我们这里来，就要做好吃苦的准备。"王飞说："我们种田人，什么苦都能吃，您放心，我一定好好干。就在家门口找一份工作，又还能照顾家里，我会很珍惜这份工作！"

王飞就到卫民园林上班了。因为年轻，又肯吃苦，三个月之后，王飞就成为黄卫民、胡光琴夫妇的得力助手。挖树栽树、修剪草坪、病虫防治、移植嫁接等这些技术的活儿，王飞是既熟悉又陌生。熟悉的是自己本身就是种田的，挖与栽、修与剪，他或多或少干过，但没能走到"最后一公里"，欠缺"临门一脚"的突破。如果说陌生，那是因为和黄卫民、胡光琴夫妇比较，人家是专家型的农民。一片同样的土地，黄卫民和胡光琴能把濒临绝种的"枝江枫杨"通过人工压条的方法繁育出来，获得国家发明专利，令许多林业专家刮目相看。王飞庆幸自己到卫民园林来对了，在日常工作中，他虚心向黄卫民、胡光琴夫妇学习，学习技术，也学习他们的为人。

王飞乐于助人。一次收工的时候，他发现工地上有一件工作服，不知是哪个同事的衣服掉在工地上了，他小心地收捡好后带回公司，原来是同事红林大哥的；在宜昌沿江大道绿化工程施工期间，司机何峰临时外出购物，不能按时赶到工地吃午饭，王飞就给何峰用保温桶装上饭菜，让何峰回来吃口热的。时间长了，年龄大一点的同事都叫他的乳名"波娃子"，小一拨的都叫他"波哥"。同事之间，亲切得像家人一样。

2020年春节期间，在抗击新冠疫情的战役中，为突击完成枝江市人民医院隔离板房扩建，王飞和刘刚、何峰、冯新国等几个农民工兄弟跟随卫民园林的黄卫民、胡光琴夫妇，承接了医院扩建板房场地的树木移植任务，连战三天三夜，按时完成任务。之后，王飞又受公司委派，义务为宜昌市三医院及周边做消毒工作，直到解封为止。

物转星移，转眼间，王飞进入卫民园林已有16年。辛勤的工作，换来可喜的回报。2022年4月，在枝江市首届园林植物整形修剪技能竞赛中，面对众多的竞争对手，王飞获得灌木整形修剪、绿篱整形修剪两个第一名的好成绩。他用实力告诉人们，只要肯学习，行行都能出状元。

30

他从陕西来

2013年3月20日,对于卫民园林的刘刚来说,是一个难以忘怀的日子。他独自一个人来到卫民园林,找到胡光琴,说:"胡妈,我来报到了!"胡光琴说:"欢迎你,小刘!你可以先试一段时间,如果你觉得合适,愿意留下来,我们当然欢迎;如果你认为不合适,另谋高就,我们也能理解。人与人之间讲缘分,无论怎样,我们都会尊重你的选择。"看这话说的,刘刚觉得胡光琴说话实在,就回答了一个字:"好!"

在此之前,刘刚的岳父带他到卫民园林来看过,并与黄卫民有过交流。毕竟是年轻人嘛,又在广东打过工,更重要的是小伙子在黑龙江当过两年兵,转业后又在陇县与人合股开办过采石厂,如果不是因为部队进驻,征了采石厂的地,怎么说他刘刚也是个小老板了。人生就是这样,此一时,彼一时。他和枝江一位姑娘在广东打工时结下秦晋之好,姑娘也愿意跟随他在陇县居家过日子。他们相亲相爱,有了一个可爱的儿子。2013年他们一家三口回枝江过春节,讲起采石厂被征地的经过,刘刚对岳父岳母说要去南方打工,岳父建议道,就在枝江找一份工作做,一家人亲亲热热在一起有多好。关键是对后一代的教育,当爸爸的不能缺席。说某某家庭里，两口子都在外打工，孩子丢在家里由爷爷奶奶照顾，每月寄点钱回来，孩子用钱没问题，可是心理上出问题了，得了自闭症，不肯和别人交流，父母回来了，孩子离家出走了。这样的打工，挣再多的钱，又有什么意义呢。岳父继续说，两口子长期分居也不是办法，常言说得好，夫妻恩爱苦也甜。只要在一起，家才像个家。因为分居导致的问题家庭就是多。"在枝江，我最羡慕的家庭是黄卫民一家。人家两口子，勤劳致富，年过半百了，每天晚睡早起，带领一班人做绿化，把事业做得这么大，更让我羡慕的是他们儿女双全，一双儿女被他们教育得好优秀。这样的家庭，别说在农村，就是在城市也难找到。我就向往这样的家庭。所以，我也希望你们能朝这个方向努力！"岳父是过来人，说话不做命令式的安排，而是打比方，讲给两个年轻人听。刘刚是何等聪明的人，为了下一代的成长，他这个做父亲的不能光顾着挣钱。好吧，既然老家陇县的地被征了，那就一家人留在枝江吧。在部队时就学会了开车，转业后又增加了开大货车的驾照，在枝江找一份开货车的职业应该不成问题。找了几家之后，刘刚觉得卫民园林还不错，虽然问了一下工资情况，与刘刚期望的工资标准有差距，但两个"老板"人很实在，给人的第一印象就像自己的长辈一样。

来到卫民园林，刘刚当了一名司机。开小车、开货车，开洒水车，开大吊车，还开接送员工的大客车。每天很早就上工了，晚上才回家。第一个月拿工资：2300元。刘刚心里很不平静。他开始思念老家陇县。

陇县古称陇州，是陕西西大门，因地处陇山东坡而得名，是关中平原城市群三级城市和宝鸡副中心城市。人口不多，只有27

万多人。据说秦襄公建都于此,开疆启土;秦始皇西巡,视这里为秦之西门;汉武帝登陇首,在此设置大震关,素有"秦都汉关"之称,汉唐以来,陇县的关山成为丝绸之路上的重要驿站,张骞出使西域,唐玄奘天竺取经,是西出长安第一雄关。陇县生态良好,四季分明、山清水秀,森林覆盖率60%、大小河流49条,号称关中的"水龙头",是陕西西部重要的生态屏障和宝鸡市水源涵养地。陇县也是旅游天堂,关山草原享誉全国,道教圣地龙门洞被尊为"龙门祖庭",陇州社火、陇州皮影独树一帜,有"民间艺术宝库"之美誉。先后荣获国家卫生县城、国家园林县城、国家生态示范县、中国优秀生态旅游县、中国民间文化艺术之乡、中国核桃之乡等20多项"国字号"殊荣……在这样一片厚土之上,随便找一份工作,也会生活得很好。几个好伙伴约他一起开办采石厂,他欣然加盟,把发家致富的梦想根植于家乡的厚土之上,那是一段多么意气风发的日子啊,心爱的姑娘随他去了陇县,给他生了一个胖小子,采石厂的生意也分外红火。若不是那片土地被征,生活绝对不是现在的样子。什么是血气方刚,什么是诗和远方,毕竟有过当兵的经历,当青春的梦想与现实有落差的时候,不梳理一下反而不正常。刘刚难免升起怀乡的情绪来。但看见熟睡的妻儿,一种责任涌上心头。如果留在枝江,可不可以换一份薪水高的工作呢?他很坦诚地和黄卫民、胡光琴交流,并表达自己的想法。胡光琴说:"第一个月,是试用期。你在选择我们,我们也在选择你。根据你这一个月的表现,我和你黄伯伯商量好了,准备给你涨工资的,买保险,平时加班的另算。"刘刚是个重情重义的人,这一个月来,黄卫民和胡光琴的为人自不必说,无论言语上还是生活上,待他像家人一样。最让他佩服的是那个叫罗祖伦的小哥哥,据说他来自重庆,在绿化工地上修剪、移栽、清场等,做事踏踏实实,干活从不偷懒,总是一副很阳光的样子。还有卫民园林的胡元林爷爷,人家满肚子学问,出口就是古诗词,可是人家在这里守门、扫地、浇水、修理、打杂,常常是衣服上有泥巴,头顶上有树叶,鞋上面就更不用说了。再看那些绿化的人,虽然还没有到夏天,但他们的衣服常常被汗水湿透。这一切,在刘刚眼里,有一个认知,那就是"劳动人民的本色"。这和在陇县当个小老板不同,这和在广东打工时当个小白领也不同,相当于回到祖上当农民的时代。只不过他是个会开各种车的农民,也像个手艺人一样。当他听说卫民园林的黄卫民于2010年获得了"全国劳动模范"的时候,他又深深地感到,我们的国家没有忘记在泥水中摸爬滚打、在四季轮回中披星戴月的农民。没有卑贱的职业,只有卑贱的人。这句话是他在部队时读过的一本书中的一句话,他记得特别牢。这句话此时此刻对刘刚来说,真是回味无穷。像黄卫民他们这样的农民,不仅当得不卑贱,而且当得很崇高。他们用汗水换来的收获比起在工厂上班的那些小白领不知要大多少倍。原来,种花种草,绿化管养也是一大产业链,刘刚在心里说,为了家庭,为了陪伴孩子,暂不考虑其他,卫民园林的这份职业,我认了!

下定了决心,便沉下心来,跟着黄卫民、胡光琴夫妇,早出晚归,刘刚可谓尽职尽责。寒来暑往,十年过去了。当年的青葱小伙,现已成为卫民园林年富力强的骨干力量。十年之中,刘刚已经拥有"市政工程质量员""设备安装施工员""市政工程施工员""市政工程劳务员""市政工程标准员""高级绿化工""园林工程师""园林绿化二级项目经理"等多项专业证书,成了一个多证在手的专业技术人才。刘刚说："这都得感谢胡妈，是她出钱培训我们，让我们掌握了多项技能，从某种程度上讲，这是另一种成长！"

2022年夏天，持续高温干旱，江汉平原许多大树因缺水被晒死。卫民园林承接的绿化和管养护工程，在这个特殊时期全员都在拉满弓，这可辛苦了黄卫民他们的绿化团队，八个司机八台洒水车和一群农民又进入披星戴月模式。"刘刚，我们又要打一场恶仗了，要做好充分的思想准备。"黄卫民说道。召集司机们召开了一个抗旱动员会。每年7月到8月，常出现干旱现象，司机们都经历过抗旱期间的辛苦。这天，刘刚早上4点多就起床了。他要把水罐灌满之后再去接员工们，稍稍迟一些，事情就赶不出来。晚上回家时已是凌晨1点。为了不吵醒妻儿，刘刚只得轻脚轻步，到另一个房间去睡，因为早上要早起，也怕把他们吵醒了，天天这样。原以为这抗旱只是阶段性的，没想到一直持续了两个多月。儿子问妈妈，爸爸是不是出远门了啊？我好久都没看见爸爸了。妈妈只得告诉孩子，因为干旱持续时间太长了，爸爸每天都在给树和花草浇水，为城市美容，为生活在枝江的我们提供美丽的环境而辛勤付出，你的爸爸不仅仅是一个司机，还是爱绿护绿守绿的园林工程师。儿子懂事地回答妈妈：爸爸很伟大！

十年时间，刘刚对枝江的绿化摸得太熟了。枝江的每一条街道、每一个公园，都有他的足迹。枝江被评为中国园林城市，这份荣誉的获得也有卫民园林绿化团队的贡献在里面。十年之中，也有好几次出门闯荡的机会诱惑着刘刚，他权衡再三，放弃了。以前开采石场的几个小伙伴邀请他去新疆开矿，他不是没有动过心，而是对家人承诺过的事情，他必须做到。他弟弟在陇县开了个新潮的火锅店，生意火爆要开分店，要刘刚回去帮忙开分店，刘刚也放弃了。他觉得不是他在选择最好的，而是最好的在选择他。在枝江，当一个懂园林和市政工程的后备力量，不也很好吗？黄卫民、胡光琴夫妇俩对刘刚十分信任。

前几年，刘刚的岳父不幸出车祸去世，对方全责，但对方不想承担相关费用。于是打起了官司。刘刚他们找了很多关系，动用了很多资源，对方仍想耍滑。黄卫民知道后，帮刘刚他们分析，找相关专业律师，为刘刚他们打赢了官司，帮他们伸张正义。刘刚在心里很是感谢黄卫民一家人，那种从没把他当外人的亲切，都化作刘刚在工作中的动力。每当在外面看了一些好的景观，他就给黄卫民夫妇建议，并把拍下来的图片发给黄卫民看。作为卫民园林的一分子，他希望这个老字号的园林品牌无论在设计还是做景观过程中，都是别人学习的榜样。在卫民园林跟随黄卫民从事绿化工程多年的朱师傅对刘刚有这样的评价："刘刚这个小伙子不仅搞事有责任心，也很有点子，在工地上，他什么都干，不像有的司机，除了开车，其他的都不管。凡交给刘刚办的事，尽可以放心，这么优秀的小伙子，也不知道胡总他们在哪里找到的！"

世间没有单方面的好，都是一好换一好。

2023年初夏的一天早上，黄卫民安排刘刚去宜昌的绿化工地，刘刚说："能不能安排我就在枝江的工地上？我老婆身体不舒服，在住院，如果从宜昌回来晚了，儿子在学校没人接。"胡光琴在一旁听到了，关切地问："你老婆怎么了？生病了？该不要紧吧？"刘刚说："没什么事，她就是没有休息好，住两天就好了。"连续三天，刘刚每天下班了就按时去接儿子。第四天，他来找胡光琴请假，要回一趟陕西老家。胡光琴担心刘刚家里发生了什么不幸的事，问刘刚，刘刚觉得实在瞒不住了，就直说："我老婆生了，我要回家把我妈接来照顾她一段时间。""啊?! 好你个刘刚，这天大的喜事，你一直瞒着我们啊？生的是儿子还是姑娘？"刘刚掩饰不住内心的欢喜，说是个姑娘。上面已有一个儿子，这下又添一个姑娘，"刘刚你好福气呢，恭喜恭喜！快回去接老人来，准你的假了，把家里的事情安排好了再来上班！"胡光琴像个当婆婆的，给刘刚的爱人准备了土鸡、猪蹄和鸡蛋满满几大袋子，去看望坐月子的母女，刘刚一家深受感动。

31

娘子军们的时光韵

枝江有一群活跃在各行各业的娘子军代表，做纺织的，做服装的，做电商的，做食品的，做餐饮的，做物流的，七十二行中，都有女能人。枝江市妇联有眼光，把这一批娘子军聚集起来，给她们搭建了一个好平台：女企业家协会。第一任会长就是卫民园林的胡光琴。胡光琴当会长当之无愧，她既是全国"三八红旗手"，又出席过全国妇女第十二次代表大会，事业与人品，都是娘子军们学习的榜样。

这群娘子军中，不得不说到覃立新。80年代初期，四面环水的百里洲上办起了第一家初具规模的麻纺厂，距覃立新的家很近，她如愿当上了一名麻纺厂的工人，一个月拿几十元的工资。1985年，覃立新跟随上大学的弟弟去了一趟武汉，这是她第一次出远门，第一次看到百里洲之外的世界，这对于充满青春活力的覃立新来说，是一次思想的碰撞。她从武汉带回了一些小饰品，没几天就一销而光。如果说初试小商小贩是一种挑战，她挑战的不仅是自己的思想，更有差价收入，比起她一个月几十元的工资，她开始做出新的选择。这个选择就是辞去麻纺厂的工作，到枝江县城摆摊卖衣服。初学做生意，没有本钱，她要弟弟帮忙贷款1000元。几个月下来,她除了还清贷款,手上还有了几千元的积蓄。她所摆摊的地段因城市建设需要,摊位被取消了。她在摆地摊的时候,认识一对老夫妻,这对老夫妻见她诚实勤劳,就介绍覃立新去帮他们的外甥女卖卤菜。好不容易从百里洲出来了,也不会回去了,她就去帮别人卖卤菜。偌大的枝江马畈路市场,生意十分兴隆。覃立新发现,她帮的这户人家也是勤劳人家,晚睡早起,覃立新更是比别人起得早,睡得晚。在长达9个月的帮工经历中,覃立新学得了一门卤菜的好手艺。所谓民间有美食,是因为民间有掌勺大师。她除了会做卤菜,还把百里洲每到过年时做鱼糕的传统方法进行创新,做出的鱼糕香嫩可口,连师傅尝了也拍手称绝。9个月的学徒结束了,师傅希望她留下来,说你还没成家,一个人摆摊不容易。覃立新说农村出来的人,什么样的苦没吃过!在重新摆上摊位的时候,覃立新在摊位前放了一个小牌子,上面写着"覃姐鱼糕",这打出去的牌子,就是自己的诚信招牌,也意味着沉甸甸的责任,无论是质还是量,她丝毫不敢马虎。回头客越多,她越忙。越忙,她越觉得满满的幸福,好像不知道什么叫劳累。

2000年的时候,覃立新的"覃姐鱼糕"在枝江市私营经济园有了初具规模的作坊。覃立新谦称那是小作坊,这时候的"覃姐鱼糕"不仅在枝江和周边县市有销售,在宜昌也有90多个销售网点,每天早晨发货3000多斤鱼糕出去,还是有卖断货的"告急"现象。产品供不应求,生产规模上不去,这可急坏了覃立新。枝江市委市政府针对覃立新这样的小企业出台了一系列优惠政策。2011年,覃立新贷款1000万元,把"覃姐鱼糕"迁至仙女工业园,即现在企业所在地,占地30亩。覃立新说,创业初期,贷款

1000元，从来没有想到今天还能贷款1000万元。一路走来，她感谢党的富民政策，感谢地方领导对"覃姐鱼糕"的呵护和关怀。新工厂，奠定了新起点。覃立新的企业已拥有员工200余人，各类工程技术人员13人，年生产能力达1万吨。产品除了在湖北畅销之外，还远销广东、深圳、上海、山东、重庆、北京以及东北等地。产品在天猫、淘宝、京东等拥有强大的电商网络平台，线上线下的产品种类已有100多种，是湖北省农业产业化重点龙头企业。"覃姐鱼糕"是湖北省著名商标，并于2018年3月被湖北省科学技术协会授予"湖北省特色产业科普基地"。

为了丰富产品种类，"覃姐鱼糕"针对不同人群的需要，开发了系列产品。以鱼糕为主，分别开发了胡萝卜风味鱼糕、橄榄油风味鱼糕、菠菜风味鱼糕等多款产品。加胡萝卜是为了给老人和小孩补充胡萝卜素，加橄榄油是为了降低食客的"三高"，加菠菜是为了补充人体需要的铁和维生素，等等。加了不同风味的蔬菜，覃姐鱼糕产品在市场上大受欢迎。覃姐食品名气越来越大，吸引了外商和国际友人的关注。先后有美国博士、以色列食品专家等来访，诚邀覃立新到国外去发展，把传统的中国美食带给更多的人。武汉理工大学留学生对覃姐食品也特别关注，把覃姐食品作为饮食文化研究对象，常年保持联系，进行调研和推介。

覃姐食品市场做大之后，引发不少专家和学者研究这一产品。首先是经济价值。鱼糕作为一种食品进入人们的日常生活，有其巨大的经济价值。覃姐鱼糕从手工小作坊到一个现代化的规模企业，形成了产、供、销一条龙的产业体系，带动了社会就业，也为地方税收做出了贡献。其次是社会价值。一个品牌的崛起为一个地方的发展注入活力。枝江的覃姐鱼糕成为枝江乃至荆楚大地上的特产，是湖北人民四季待客的上品，馈赠亲友的礼物。过去，中小学校园餐厅的菜谱中很少有鱼类，因为担心鱼刺卡喉，而鱼糕产品的开发和推广，不仅丰富了学生食用的菜谱，也为学生补充了营养。最后是文化价值。美食文化是中国传统文化的组成部分。覃姐鱼糕从鱼类的养殖到鱼糕的食用，其生产过程中的每一道工序无不贯穿着文化。人们从鱼糕的色泽、口感、大小、包装上赋予该产品无限丰富的美感。观看，是美图；品尝，是美食；送礼，是美意；记录，则成了美文。"吃鱼不见鱼，鱼含肉味，肉有鱼香，清香滑嫩，入口消融"是人们对鱼糕的评语。在民间，其谐音"鱼高"有"年年有余，步步高升"的寓意。

覃立新奋力打拼，为女性创业做出了榜样。她先后被评为"最美百里洲人"、"枝江市三八红旗手"、湖北省"美食工匠"，还被全国妇联授予"女性创业之星"。2010年"覃姐鱼糕"获得湖北（武汉）农业博览会畅销产品，2013年12月获得第二十二届中国食博会金奖，2014年1月获得"榜样湖北最受市民喜爱的农特产品牌"称号，2014年7月荣获湖北省"守合同重信用企业"，2014年11月荣获第四届三峡十大特产评选"三峡特产卓越品牌"。2015年11月荣获了"湖北省著名商标"称号。2016年获得六项实用新型专利证书。2018年获得枝江鱼糕地理标志，获得湖北省科普示范基地称号。覃姐食品的成长，凝聚了党和政府的关怀，离不开社会各界的关心和支持。比如，2019年上半年以来，枝江市科协抢抓全省基层科协组织建设"3+1"试点改革机遇，以去"四化"、强"三性"、破解"四缺"问题为突破口，深入推进基层科协组织"3+1"试点改革工作,实现了科协工作的全覆盖和新作为,为全市高质量发展做出了应有的贡献。覃姐食品公司就是"3+1"试点改革的受益者。覃姐食品有限公司作为省级特色产业科普示范基地,在湖北省农科院专家和枝江市"农技(水产)站长"的指导下,从养殖环节原料供应抓起,研发出富硒鱼糕鱼丸,填补了国内水产品加工空白,实现了企业产品的提档升级,成为"湖北省特色产业科普基地"。

覃立新的公司为所有员工免费提供一日三餐,宿舍有独立卫生间,不仅可以淋浴,甚至还有空调。覃立新说:"我们的员工下班就可以去食堂吃饭了,吃了饭就可以回房间休息。很多农民,甚至一家人都在我们这里工作。"这些员工除了吃住不花钱外,每个月还能拿到3000—6000块钱的工资收入,还有员工最高拿到了8000多块钱的工资。只要不外出,每天早上7点钟,覃立新会准时走进员工食堂,和工友们打完招呼以后,去架子上拿着自己的饭盒打早饭。"我每天都坐在食堂和工友们一起吃饭,我觉得他们不是我的员工,而是我的家人。一起吃饭,可以了解到饭菜是否合他们的胃口,可以了解到他们的状态,这样我也好及时改善饭菜,也好帮助他们解决问题。"很多人第一次去他们公司,都不知道谁是老板,谁是员工。"覃姐食品"搭建了一个人才成长的平台,建立了一个公平公正的考核体系,让一批优秀的人才脱颖而出,比如公司的陈浩,获得"枝江最美职工"称号,公司的万自立被评为"枝江最美一线员工"。他们在覃姐食品有限公司工作,找到了属于自己的位置,实现了自己的人生价值。

食材好,则底气足。山峡及荆楚一带的鱼,质量都很好,特别是枝江的鱼,纤维长,鱼味鲜。覃姐食品在枝江百里洲有天然的养殖基地，在枝江和荆州一带拥有200多家定点供应的鱼池客户，确保了覃姐鱼糕品牌的优质食材。在覃立新帮助的养殖户里，也有不少是贫困户，有的贫困户家里没有劳动力，虽然有鱼塘也养殖不了鱼，只能闲置在那里。覃立新了解情况后，给贫困户每月发适当工资，并派人去替他们养殖鱼，最后把鱼塘里养的鱼百分百买走，卖鱼的钱也全部归贫困户所有。这样一来，不仅解决了他们的生活问题，还帮他们创收、脱贫。

在销售上，覃姐鱼糕产品除了远销山东、辽宁、湖南、黑龙江、北京等26个省市自治区的一百多家大型超市，还被销售到美国和日本。随着时代的发展，今天的覃姐鱼糕产品在天猫、淘宝、京东等拥有了强大的电商网络平台，线上线下的产品种类已有100多种。

作为枝江市全国文明城市的创建的一分子，覃姐食品有限公司积极参与其中，企业内部的工会组织、科协组织等充分发挥群团组织的作用，定期开展活动，形成了覃姐食品独具特色的企业文化。以覃立新为代表的覃姐食品有限公司积极参与到公益事业当中，先后为百里洲建强村捐款1万元用于兴建乡村公路，连续几年来向枝江市18家敬老院的数百名老人免费送去过年的鱼糕，为枝江城区特困残疾人捐款，为宜昌市青春扶贫行动捐款捐物2.3万元，为中国长江第六届环百里洲自行车赛捐款捐物3.6万元，为东莞市湖北枝江商会成立庆典大会捐款捐物5.79万元，为中国长江第八届环百里洲自行车赛赞助10万元，慰问横店小学留守儿童，参与了6个村的精准扶贫。

覃立新的师傅闫家翠有114个徒弟，要说鱼糕做得最好的，就数覃立新了。逢年过节，覃立新都不忘去看望师傅。"有一次，她提前听说我要去看她，把参加别人婚礼得到的喜糖都给我留着，非要让我拿回家。"说起师傅闫家翠，覃立新始终满怀感激。她虽然没有像师傅那样一个个带徒弟，但她的员工培训一直没有间断，她希望覃姐鱼糕的制作技艺一直传承下去。

2021年，覃姐鱼糕的制作技艺获得宜昌市非物质文化遗产保护名录。面对这样一个和胡光琴一样不怕吃苦的女性，在枝江女企业家协会成立之前，枝江市妇联要胡光琴推荐两名副会长，胡光琴毫不犹豫地推荐了覃立新。

女企业家群体队伍中，还有一个开办家庭农场的郭钟华。让我们来听听她的故事。

戊戌年夏天的一个黄昏，雨刚刚停了。家住枝江董事市镇桂花村二组的王老汉接到电话，要他从田里掰200个玉米送过去。王老汉接过电话，二话不说，换上浅口短帮雨鞋，找了几个蛇皮袋就下田去。电话是近在咫尺的牧华园的老板打来的。近水楼台先得月，牧华园的生意火了，王老汉他们也跟着增加了收入。三年前，王老汉他们卖一点农产品，辛辛苦苦拉运到董市镇上，守摊一天，还不一定卖得完。如果批发给菜贩子，那就只能保个本，连流汗的钱也赚不回来。现在好了，有了牧华园！牧华园，牧华园。牧华园是干啥的？

告诉你，最初是一个养牛的牧场。话说十年前，40多岁的郭钟华遇到了她人生中最伤心的一件事，那就是她的孙女出生15天后，不幸夭折了。刚当上奶奶的喜悦一下子成了一道裂开的伤口。那是一个多么可爱的小生命啊，都说孙辈是隔代遗传，返祖，这个孙女长得确实像极了郭钟华。可是这个可爱的小精灵与她只有15天的缘分，孩子喉管堵塞，吞不进奶水，活活饿死了。

郭钟华永远不会忘记在武汉为孩子求诊时医生说过的话。医生说，出现这种情况，与孕妇饮食有关。儿媳妇怀这个孩子时，喜欢吃草莓、吃西红柿。只要是儿媳妇想吃，他们就给她买，哪里知道是反季节的。郭钟华在宜昌开过餐馆，在枝江县城开过餐馆，一直经营餐饮行业的她，对菜市场再熟悉不过了。对一些面相好的蔬菜，她曾听说过其"美容"过程。青色的西红柿抹上一种药物，一夜之间便可以红透。她还听说，长在田里的茄子黄瓜，在出售的前一夜，喷上一种生长剂，可以在一夜之间翻长一倍，真是神奇得很。可是这种神奇，从田里到菜市场，从菜市场到人们的餐桌，从餐桌到人体内，也会变成神奇的现象。它让我们的体内出现这样或者那样的异常，到了医院甚至查不到原因。面对孙女的夭折，郭钟华开始思考，她要换一种活法。

有时候我们无法以个体的力量去干预这个物欲横流的社会，去左右某种不道德的行为，去指责那些为了钱不计后果的勾当，但可以选择避让。"回乡下去吧？！我们在乡下可以吃自己种的菜，养一群牛，办一个家庭农场！"郭钟华和爱人商量。爱人笑话她，说她尽说疯话。

郭钟华是百里洲闸口村人，与爱人同一个村。两口子不仅勤劳善良，还很有点儿"生意运"。90年代初，他们在宜昌培心路开了一家餐馆，商号"钟华酒楼"，令食客们念念不忘。2010年，他们回到枝江县城，在江边五码头，开起了"滨江食府"。前些年，每到夏天，枝江县城的江边上，酒馆林立，吃烧鸡公，喝枝江酒，成为枝江夏天一景。外地人来到枝江，感受到这种别具一格的江边饮食文化，是一种畅快。《新京报》的一名记者在"滨江食府"进餐后，把这种背靠辽阔的江河小啜小饮的愉悦写进了她的锦绣文章。可是，孙女的意外夭折，让郭钟华下定决心，她要回到乡村。

回到乡村，也不是那么容易。

经好友介绍，她在董市镇桂花村买了50亩地，办了个养牛场。起名牧华园。桂花村在董市镇北部。据董市镇原文化服务中心主任王明清介绍，桂花村原名桂花湾，因有桂花湾、桂花庙、桂花树而得名，距今已有300多年历史。这里是市级珍贵树种皂荚树、桂花树的保护种植基地。从名字上看，是一个有诗意有故事的村庄。郭钟华在这里过起了自己想要的生活。除了养牛，她还种菜，在这个美丽的桂花村，一个近似于陶渊明笔下的悠然南山之地，享受田园之乐。毕竟做过餐饮，朋友圈广，她想"躲"进这里，怕是一句空话。不久，三五好友便找来了，他们想念这个"厨娘"了！开车下乡，沿着乡村公路，转过几个转，又拐一个弯，终于看到"牧华园"的牌子。

好友们一见到郭钟华就说要她支付电话费。这地方太难找了。那时尚无导航，一路电话问来的。郭钟华向好友们道歉："都怨我，因为这个农家乐暂不对外，就没有在公路边立指示牌。所以请朋友们谅解！"

朋友们戏说一番，也便作罢。虽说这个地方不好找，可一旦来到这个地方，又感到别有洞天。房子坐北朝南，背靠山岗，左侧是青青菜园，右侧是进出车辆的水泥道。前方是视野开阔的农田。庭院一角，生长着两棵华盖如冠的大树，一棵柿子树，一棵板栗树，既是风景，也可采摘。这两棵树相距两尺宽，树枝之间几乎穿插生长，你中有我，我中有你，十分有趣。更有趣的是，郭钟华喂养的土鸡在树枝上表演，它们飞走自如，跳来跳去，简直像鸡侠士。如果说这树枝上飞个两只鸡三只鸡，甚至四只五只倒也罢了，几十只鸡都飞上了树，就形成了一道有趣的景观。有了这些鸡在树上"操练"，不仅没有虫子，还因为鸡粪肥树，结出的柿子和板栗格外果大味甜。顺着这两棵树向下走十几步台阶，是一个占地近2亩的鱼池，养鱼也是割了青草喂养的，再就是投放玉米和小麦，宁可鱼儿瘦一点，也要保持其天然性。好友们步入菜园，嗬，茄子、辣椒、豇豆、南瓜、玉米、花生……时令果蔬的百味园。郭钟华摘了几个红透的西红柿递给朋友们，说，种了西红柿才知道，从青转红要半个月时间，不像菜场出售的那种，喷点药一夜之间就红了。

到了农家，自然吃的都是农家菜。油炸南瓜花，黄豆懒豆腐（合渣），清蒸糯米团，干煸土豆片……从食材到盘中餐，一切原汁原味，地道的农家菜，好友们说吃撑了才有力气回去减肥。

这一次的好友相聚，成了"星星之火"。好友们的客人来了，带到牧华园来。这一传十，十传百，"好酒不怕巷子深"。越是偏僻的地方，越是有某种神秘感。

2011年，牧华园餐饮正式对外营业。郭钟华打出了她的配送牌：凡在牧华园进餐的客人，对牧华园种的菜，只要是看上了的，就自己采摘，一律免费送给大家，萝卜白菜蒜苗，红苕土豆南瓜，姜葱花椒，每一样虽然说都值不了几个钱，但哪一样都与一日三餐有关，关键是自家种的，天然的良心食品！

郭钟华一边养牛，一边开农家乐，忙得不亦乐乎。养牛场与农家乐之间距离不远，虽然农家乐这地方山清水秀，但总感到美中不足。这几年搞农家乐，客源倒是不愁，但牛场的环境还是让人望而远之。能不能放弃养牛项目，直接把农家乐的产业做大？

一个大胆的想法像灵光一现。郭钟华最初投资兴办这个养牛场，花了400多万元。三年时间，付出的辛苦只有她自己知道。2015年年初，董市镇党委书记易礼强在考察了养牛场后，建议她朝着家庭农场方向转型。如果说她对养牛的项目已经开始动摇了，易礼强书记的这一句话如醍醐灌顶。这几年，乡村游火起来了，而枝江市正大力扶持乡村旅游发展，又一个新的发展机遇如期而至。

她决定改造牛场。不养牛了，把牛场改成符合乡村特色的大餐厅。她把想法向爱人说出来，爱人一百个反对。投入了几百万元的项目，哪能轻言放弃？要改造成餐厅，不仅400多万元打了水漂，还要投入一百多万元去。你这个败家的婆娘，脑子进水了吧？

郭钟华说，脑子进水也好，进药也罢，这改造成乡村大餐厅的事，就这么定了。她的理由很充分，国家提出的乡村振兴，就是希望乡村环境优美，村民富裕，乡风淳朴。牧华园农家乐已经有了一定的知名度，就是因为打出了农家特色。现在有这么好的政策，她想延伸发展，把周边的农户都带动起来，实现规模经营，形成整体效益，让桂花村成为乡村旅游的一个景点。爱人听她这一说，思想上也想通了，拿出近几年搞挖土工程挣来的积蓄让她放手一搏。

思路决定出路。处理完养殖的牛，乡村大餐厅建设立马动工。好在自家就是开挖机的，填平牛场低洼地，无须喊叫外援手。一切按计划进行。一年下来，牧华园牧场成了风格简约又时尚大气的现代乡村大餐厅。大餐厅究竟有多大呢？可供800人同时进餐，同时建设了可供300人住宿的农家客栈。郭钟华还利用一片杉树林打造了露营基地。曾经在城里宾馆举办大型活动的婚宴、生日宴等也慢慢移到牧华园来了，这里的硬件投入并不比城里的宾馆差，有供游客无偿使用的近200平方米的激情欢乐大舞台。大餐厅建设期间，郭钟华去浙江考察过，她是按照家庭农场的模式来建设的，虽然只有50亩地，只要把这50亩地用好了，每一寸土地都能生出金子。

郭钟华没有忘记，在兴建大餐厅的日子里，董市镇政府给予了多方面的支持，不仅派出专人驻点，还邀请专家"会诊"，把整个园区划为餐饮、采摘、休闲、娱乐等几大区域。郭钟华很有创意地将餐饮区又分为土灶台、长桌宴、宴会厅、雅间酒楼，满足不同客户的需要，可同时接待上千人。为了帮助牧华园发展，枝江市和董市镇分别筹措资金，扩宽了到园区的水泥路。一年下来，好家伙，接待游客在3万人以上。游客多了，需求量增加了。南来北往的游客，需要的农产品，郭钟华开始实施她的帮扶带动计划。土鸡蛋、萝卜干、腌白菜、榨光椒、豆瓣酱等清一色的农家土货，要多丰富就有多丰富。周边的农户乐了，这下好了，园子里的菜不用上街就能卖到好价钱，田里长的新鲜菜，家里制的咸菜，随时都可以变成响当当的现钞了。有趣的是，田里长的那些歪瓜裂枣，竟成了游客抢手的俏货。这里无形中成了一个讲秩序讲诚信而不挂牌的农产品交易中心。用一句时尚的话说，叫"周边村民共享农旅融合红利的平台"。有人为郭钟华初步做了一个统计，在桂花村和邻近的裴圣村，有120多个农户常年为牧华园订单种植各类无公害蔬菜、草料喂养生猪、山羊、家禽等，户均销售额达1.2万元，其中有16户是贫困户。园区还解决了附近30多名富余劳动力的上岗就业问题，让他们就近上班，增加家庭收入。桂花村党支部书记邬光新说：我们粗略统计过，附近两个村的村民每年向游客出售各类农副产品达370多万元，村民足不出村就能脱贫致富，牧华园成了村里的幸福家园！

　　周末，大家相约，到牧华园。行至目的地，突然想起杜牧的诗：借问酒家何处有，牧童遥指杏花村。郭钟华的创业经历，仿佛在告诉我们一个富有历史寓意的故事。她的孙子正好处在骑牛放牧的幼年。虽无牛可骑，无短笛可吹，但那又能证明什么，每一个时代都有每一个时代的特点。每一个时代都有各自美丽的花朵，这个孩子，是吃着健康食品长大的，这一点多么重要！

　　2022年夏天，我和作家朋友张家慧去桂花村采访一个农家书屋的主人，顺便去牧华园郭钟华那里看看。被采访的农家书屋主人也说，牧华园是个好地方，我们常到那里去玩。大家一起步行，向牧华园走去。近了，见门口停着几辆车，知道有客人在这里进餐，不便联系牧华园主人。但见旁边的菜园里有个穿红衬衣戴黄草帽的女子提着菜篮在摘黄瓜，看背影很像是牧华园的主人郭钟华。正准备喊她一声，那女子转过身来，朝我们笑了笑，又继续摘黄瓜。我们沿小路绕过门口，来到西端的池塘边，那几棵桑葚已熟了，一颗颗红色、紫色、黑色的桑葚密密麻麻聚集于枝头，像三种色彩的玛瑙一样。有的枝条被压弯了，立于几棵桑葚树前，大家都说着童年趣事，笑得开心极了。未经主人允许，大家都不动手采摘，即便再熟悉的人，也是这样。我准备去找郭钟华拿个方便袋什么的，走到园门处，见车辆正要离开，我停下来，郭钟华或许要送客人，我不如再等一等。那辆已开动的车停了下来，车门打开了，下来一个熟悉的身影，竟是十年未见的清东弟弟。"是您啊！什么时候回来的？"他热情地伸过手来。"回来不久，还没来得及去百里洲拜访你！"我握着他的手，竟有些百感交集。十年不见，他一直在乡镇任职，从江北到江心。之所以对他印象好，是他心怀百姓有担当，善于谋事且有执念。他这天在和浙江来的客商谈事，下午还有会议，就先走了。这时郭钟华从屋里出来，老朋友相见，自是亲切。她热情地端出一大盘水果，我说，还有几个朋友在桑葚树那里等着你呢。郭钟华就拿了好几个方便袋，见了面，给大家一人一个袋子。牧华园是百草园，植物近百种，也正在打造百果园，一年四季有鲜果采摘。同行的朋友问这桑葚多少钱一斤。郭钟华说："不要钱。乡里乡亲，摘点瓜果青菜，收什么钱！"但我知道，郭钟华近几年为乡亲们代销农副产品数百万元，帮助一批乡亲脱贫致富，她也因此深受乡邻尊敬。

我还记得2019年春节前，枝江市女企业协会召开了一个隆重的年会。在会上，胡光琴这样点评女企业家们：在枝江女企业家群体当中，涌现出了一批出类拔萃的先进人物，她们敢为人先，克难奋进，勇创市场，永不言败。她们是事业发展中的女汉子，是企业渡过难关时的硬骨头，是枝江经济发展中不可或缺的娘子军，也是生活中开得绚烂的女人花。

在开总结会之前，胡光琴对我说："张同妹，能不能帮我们女企业家创作一个三句半的节目，概括女企业家们的特点和成绩？"我说试试。在收集了大量的关于枝江女企业家的资料之后，创作了一首《芳华颂》。演出那天，四个女演员身系锣和鼓，着白色衬衣，黑色小西装，个个精神饱满，意气风发，那份英姿飒爽，本身就是《芳华颂》：

一元复始春风暖

百花丛中映山红
我们姐妹都来唱
芳华颂

说芳华来唱芳华
芳华是那春意浓
创业路上遇见你
好感动

覃姐食品是地标
枝江特色网上俏
鱼糕香飘到全国
好好吃

枝江纺织顶呱呱
帝元、劳士得和际华
一家更比一家大
值得夸

枝江餐饮好多家
各具特色新开发
小洞天，大国酒
都不差

如今农庄更活跃

淡雅风情淡雅乐
牧华园里田园歌
　　有风格

卫民园林迎外宾
西餐草坪踏歌行
点赞生态好样板
　　真稀罕

罗大姐叫罗维群
退休之后还打拼
豆腐乳配榨光椒
　　好下饭

申通快递有熊双
她是协会秘书长
日出快递万余件
　　就是她

信达农业李开梅
四季安里淘富贵。
种粮大户创品牌。
　　好行噢！

瑞洋机械在白洋

高起点来大厂房
项目可圈又可点
　　是蛮洋

董市有个荣路通
专业管道几十年
出门在外路路通
　　不差钱

欣爱宝贝罗华艳
爱学习来爱钻研
科学育儿传家风！
　　顶呱呱

母婴用品找大江
全棉温暖又舒爽
做工精细讲质量
　　送安康

联发科技服务好
龙腾四方销售广
雅鑫肉牛肥又壮
　　棒棒棒

环亚美容有名堂

慧明唐装讲式样
领舞舞蹈专业强
　不打烊

双圆禽蛋溜溜圆
甘记调味五味全
桃子酒家老门面
　味道鲜

高新职校赵美玲
扎根枝江勤耕耘
十年助力专本梦
　加培训

枝江园林大团队
人才济济素质高
园林城市蛮自豪
　不得了

女性创业真辛苦
不言苦来不害怕
哪里跌倒哪里爬
　胆子大

今天我们来相聚

卫民园林真给力

外宾在这也叫好

实在好

枝江妇联领导好

青春巾帼素质高

齐声共赞众芳华

好好好

妙妙妙

  这台晚会就在卫民园林多功能厅举办，无论音响还是灯光都是一流的，演出效果也特别好。平时大家都在创业，少有时间表演节目，当站在这个舞台上时，大家惊奇地发现，平凡的生活如此不平凡，身边也有表演天赋的巾帼，歌舞朗诵以及民间吹打乐，都如此专业，就连胡光琴也身着旗袍，融入这个集体，款款走起了小碎步，生活本该如此美好啊！

  枝江市妇联主席覃明敏这样评价胡光琴："四十年创业经历，栉风沐雨，胡光琴把勤劳与善良，种植在希望的田野。在细碎的时光中辛勤耕耘，以奋斗的精神拥抱生活，事业家庭一肩挑，相夫教子两不误。家风如春雨，润物细无声。她始终坚持言传又身教，教子亦教己，从小教育子女诚信做人、勤勉做事，让好家风代代传承。从家风引领，到多业并举，胡光琴作为女企业家协会会长带领女企业家们攻坚克难、创新发展，展示了新时代女企业家的担当风采，她把家风引领的奋斗故事讲得既生动又亲切，彰显了巾帼典型的傲人风姿。"

32

秋月作证

2018年中秋节前夕，一群生态文学作家从北京来到枝江卫民园林。他们为枝江农业高质量发展而来，也为报告文学《绿色钥匙》的研讨而来。

胡光琴说："没有承办过这种类型的研讨会，不知道该做哪些准备。"

我说，市政府那边拿了接待方案，我们这边听从指挥，配合做好服务即可！一听说政府拿了接待方案，胡光琴就放心了。但在一些小细节上，胡光琴也想得很周到。北京来的作家住宿就在卫民园林酒店，她一个人开车，到城区水果店买了很多高档水果，除了每个房间里安排一点，饭后的果盘她也做了安排。我说："您这也太隆重了！"胡光琴说，"人家好难得来一趟，要表达对客人的尊重"。我们农民现在有条件了，也要从接待上给咱们农民长个脸。

真是个考虑周全的人！

9月22日，农历八月十三。著名作家李青松，生态文学作家王宏波、尹善普、罗大佺、李乐明，三峡大学刘建新教授等出席枝江市农业高质量发展座谈会，参观调研枝江安福寺的东方年华、美丽乡村曹店、国家湿地公园金湖、长江流域最大的江心洲百里洲等。作家老师们对枝江农业正在实施的一系列高质量发展之策给予高度肯定，同时也提出了宝贵的建议。回到卫民园林酒店，已经是晚上8点多。简单地吃了晚餐，老师们就报告文学《绿色钥匙》进行研讨。这对于作者我来说，既是一次对作品的公开检阅，也是一次接受评判自我反省的机会。不禁想起还在枝江酒业工作时，《素袖红妆》出版之后，时任枝江酒业董事长曹荣开说："公司出钱，给你的作品搞个首发式或者开个研讨会吧！"我谢谢他的好意。书出来了，一切交由读者和市场，我不想就作品搞什么研讨。然而这一次，我却很想听听老师们对黄卫民和胡光琴夫妇创业四十年的一个评说。

李青松：

《绿色钥匙》3万多字，比较全面地呈现了黄卫民、胡光琴夫妇四十年艰苦创业的过程，以及他们对三峡库区的绿化特别是枝江当地的生态建设方面做出的突出贡献。"绿水青山就是金山银山"，但怎么样把绿水青山转化成金山银山，这可能需要绿色思维、绿色观念，叫人们怎么样去认识市场、认识生态、认识人与自然，这之间存在着一定的联系。张同的这篇《绿色钥匙》，《生态文化》全文刊发，一次性推出来，在当前生态文明建设中有特殊的意义。这篇作品张同是下了功夫的，采访了很长时间，案头做了很多工作才下笔。一是题好。绿色用于生态文学中已经用得很多了，但绿色和钥匙组合在一起，有它的妙处，钥匙是干什么的，开锁的，绿水青山如果没有一把好的钥匙，也许就是穷山恶水。二是写得好。有故事、有情节，有温度、有温情。许多细节看起来很平常，但在文学作品中很重要。三是对中央提出的乡村振兴战略很有意义。农村要有产业振兴，才能带动，选好一个与市场需求相对应的项目，才能带动起来乡村的发展，培育乡村的内生动力。四是给了我们一些启示，这对农民夫妻的创业经历，让我们想起一句话，就是习总书记说的那句话"幸福是奋斗出来的"。我们今天的许多孩子，除了玩手机，动手能力退化了，有的孩子甚至认为许多东西都是从超市里诞生的。枝江乡村的农业综合体，给孩子们创造了实践场地，这是非常好的发展方向。实际上一切的成果都来自土地，来自双手的创造。还有一个启示就是真诚和善良是我们这个社会需要倡导的，但是我们大家想想，真诚和善良在物质化极端的今天，越来越稀有，这对农民夫妻能够坚持，对于他们产业的发展有着很大的帮助，能持有这种真诚和善良本身就是生产力。这篇作品从目前来看是一个成功的作品。希望张同继续完善并写下去。

王宏波：

《绿色钥匙》这篇报告文学中讲述的故事，深深地打动了我。作家张同同志坚持以人民为中心的创作导向，坚持常年关注"三农"问题，坚持常年深入农村生活，写出这篇报告文学。作品中的黄卫民和胡光琴这对夫妻用40年的创业经历印证了习近平总书记的："幸福是奋斗出来的"这句至理名言和"绿水青山就是金山银山"的光辉论断。

李乐明：

首先感谢青松主席对我的厚爱！来枝江参加这么一个有意义的调研活动，很感激。张同的《绿色钥匙》很有深意。她能够从纷繁复杂的生活中找出这么好的题材来写，很不简单，而且写得很有味道。她的作品挖掘了人性的善良，这对农民夫妻身上，有很多故事。印象很深的是15岁的四川青年来投靠嫁在枝江的姐姐，而姐姐家境也不宽裕，大嫂伸出援手对这个青年的帮助，让人心生钦佩。改革开放这么多年，尤其是在基层，他们在创业过程中遇到很多打击，但始终没有放弃，从十亩梨园开始，一直做到现在，坚守与执着，本身就是一种精神。我们有很多所谓的高大上的作品，离老百姓有点隔，张同的这篇作品，打通了这个"隔"。

罗大佺：

读了张同的作品，参观了枝江几处农业综合体，收获颇多。一是很感动，一对农民夫妇通过自己最艰辛的创业，创造了今天的辉煌。历朝历代，最艰难的是农民。我在农村出生，又在农村待了二十多年，深知农民办事的不容易，要想有点成就就更难。一分的收获你得洒下十分的汗水。二是很感慨。对改革开放做出最大贡献的是农民。当初，农村给改革开放贡献的是人口红利，今天的乡村，青壮劳力都出去了，农村渐渐被人们遗忘了。我们的乡村怎么发展，农民的日子该怎么过，枝江已在探索一种新的模式，我们从这对农民夫妻身上看到了农民的希望、农村的希望。三是感觉很振奋。很长时间以来，文学被市场化，魔幻、科幻、推理等各种浪潮冲击于文学领地，我们如何自觉地践行习总书记在文艺座谈会上的讲话，张同的作品为我们起到了很好的示范作用。她写身边人、身边事，不随波逐流，用乡土情怀抒写人民。一个作家要坚持自己的创作路子，张同的这篇报告文学也给了我们很好的启示。

陈剑萍：

对《绿色钥匙》这部作品，我感到是越读越有味。文学有高原也有高峰，真正深入生活的作品，本身就是在向高峰迈进。张同的报告文学，真正走进了生活。作品中正能量很多，但我们知道生活中是伴随着许多艰辛的，但张同告诉我，苦日子也要笑着过，这种乐观与豁达，能感染身边人。在了解她创作过程之后再来读作品，有一种说不出的喜欢。今天早上看到了《绿色钥匙》中的一个人物，那就是胡元林老人，他在扫地，清晨的阳光透过树林照在他身上，特别干净，特别美好。和他聊了一会儿，感到员工在这里工作，有一种幸福是从内心里漾出来的。

刘建新：

对《绿色钥匙》中的两个人物我是发自内心的钦佩。在农村干点事比城里更难，尤其是做产业，他们从一个地地道道的农民成长为农民企业家，这一步已经很不容易。早上散步的时候，我碰到了一个修剪景观树的小伙子，他正好是张同作品中写的被光琴大姐帮助过的那个从四川来的小伙子。23年来，这对夫妇把这个贫穷的小伙子当自己的儿子一样看。中国不缺少富人，但富了之后，就不知道初心去哪里了。这对夫妇富裕之后，还能帮助穷人、普通人、社会底层的人，帮助他们燃起对美好生活的向往，令人钦佩。我和张同，相距较近，她在枝江，我在宜昌，有时候会同时参加一些活动。认识她也有几年了，也读过她以前不少的作品，她给我的印象就是一个字：淡。她淡如止水，很淡很淡，正是这种淡，让她的文风很清新。没有那么多华丽的辞藻。我也读过一些著名作家的作品，很花哨，很华丽，故事编得很曲折，但始终找不到这种清新。文如其人，淡淡的张同，淡淡的张同的作品，很接地气。这篇《绿色钥匙》，她发给我的时候，我正在下面县市做乡村振兴的调研，收到之后我很快就看完了，故事脉络非常清晰。我们的乡村很需要这样的作家,不一定非常高大上,但一定是接地气的,对农民更有感情。我不是一个作家,但我渴望读到更多的乡土文学作品。茅盾说过,乡土作家,不能只是一个游历家的眼光,写一点散文,写一点小说,抒发一下心情,那你只不过是一个游历家。但一个作家,要有自己的人生观世界观,要反映社会的变迁,关注时代发展。跟张同接触较多,从她的作品当中,从她的为人当中,我学习了很多,她的写作与她的为人,是我学习的榜样。从黄卫民、胡光琴两人的身上,我看到了中国农民的善良,看到了自己父母的风格。总书记讲不忘初心,无论你走多远,都不要忘记从哪里出发,为何出发,在这对农民夫妻身上体现得非常明显。

那天晚上,故事的主人公黄卫民和胡光琴也在研讨会现场。黄卫民心情有些小激动,他说:"各位老师,大家好!首先我代表我们家庭欢迎大家!我们是农民,只知道天天劳动,栽树栽花栽草,洒水施肥剪枝,每天有干不完的活。好像从来没有消停的时候。要说实践经验,我们还是积累了不少,但没有张同妹写得那样好。经她帮我们一总结,我们才发现,我们农民也可以成就一番事业,这是对我们的鼓励。今天听了老师们对这部作品的评说,我们太感动了,也非常感谢大家,远道而来,我们这里和大城市相比,差距很大,条件就是这么个条件,请大家多多包涵。以后,老师们只要是来到枝江,来到宜昌,只要是来了,只要不嫌弃我们这里是农村,就给我打电话,我接老师们到我这里来住,来采风,来创作,在这里,吃住我全包了,大家也可以把这里当作自己的家。今天跟老师们参观调研了一天,是我幸福指数最高的一天,我自己没有文化,但非常喜欢跟文化人交往,做朋友,好像自己也提高了不少。"

黄卫民很真诚的肺腑之言,给老师们留下了非常深刻的印象。他谦称自己没有文化。老师们知道他是园林专家,更是有着发明专利的实践型专家。人家这样谦虚,始终把自己放在农民的身份上,让老师们看到了也感受到了黄卫民的厚道和朴实。

月光如水,照得卫民园林流光一样美丽。紫薇含笑不语。最大的一棵紫薇已五米多高,树干挺拔,树冠天成,这棵紫薇是黄卫民当年从日本带回的枝条扦插而成的,先是移栽在位于滕家河村的卫民苗木基地,去年又移栽到这片园区里来了。细数一下,大大小小的紫薇竟然有两百多棵。桂花在这样的月夜,飘来阵阵暗香。柚子、橘子、金橘比香似的,都有了隐隐约约的香味儿,银杏、乌桕、枸骨、丁香、榔榆、冬青、龙槐、香樟、红枣、石榴、橡子树等园区内的百余种树木,在月光下随风轻拂。酒店外一片空旷的草坪,显得如此安静。这一夜,黄卫民、胡光琴夫妻俩没怎么睡着,他们回味着刚才老师们说过的话。时间晃得真快啊,转眼间40年过去了。八千里路云和月,他们一直忙、忙、忙,都到花甲之年了,心理上还像年轻时一样。他们的脚步跟随时间,一直向前,向前,前方,有着无数的梦想,等待着他们。

"睡吧,明天还要早起呢!明天送老师们去机场之后,我们俩去长阳王子石工地看看,争取把这个项目申报成今年的省优质工程。"黄卫民一边说话,一边就进入了梦乡。胡光琴望着窗外的月光,心慢慢安静下来。她在思考着下一步,奇石馆的扩建,枝之绣坊的建设,研学基地的申报,好多好多的事情,要一项一项去实现。

四年之后的中秋月夜,我和胡光琴漫步于卫民园林,她规划的几个项目都如期实现。"枝之绣"已被列入宜昌市非物质文化遗产保护名录；奇石馆对外开放，接待国内外客人超过了十万人次；研学基地开营两年来，已接待学生5万余人。更令人欣慰的是，卫民园林已被批准为湖北省中小学生劳动实践基地。

从劳动中来，又回到劳动中去，这就是幸福的轮回。

33

亲近乡土少年游

2023年6月10日，我和卫民园林的光琴大姐去红旗渠参加全国智慧营地的一个培训。到会的三百多个营地负责人中，光琴姐的年龄虽不是最大的，但她是唯一一个来自乡村营地的负责人。作为一个热心于研学且关注乡村教育的普通乡村妇女，步入这样的培训课堂，她听得十分认真。三天时间，笔记做了一大本。来自成都的一个大姐，七十岁了，她的胖乎乎的儿子是小跟班。老大姐每次听课都坐在前排。三百多人的会场，有这样的好学者，实乃提振好学精神之样板。然而，当我在佩服这位老大姐的虚心好学的时候，我无意之中看到了她胖乎乎的儿子，小伙子在座位上睡得十分香甜。城市生活优越，父母拼搏为"胖乎乎"们积攒下几辈子都用不完的家业，不用吃苦的孩子好幸福！好好享受生活吧。此时此刻，我想起留守在乡村的老母亲们，也自然想到城乡差别，想到温铁军在《"三农问题"：世纪末的反思》中对"城乡二元结构体制"的解读。《乡土的逃离与回归——乡村教育的人文重建》的作者刘铁芳亦提出：在以城市化、工业化为核心的现代化追求进程中，城市成为现代化的先导与主体，农村被动地跟随其后，20世纪50—70年代遗留下来的"城乡分割、对立矛盾的二元体制"更人为加重了城乡二元割离，城乡普遍地被人们解读为富/贫、先进/落后、文明/野蛮、现代/传统二元价值对立模式，传统乡村文明已然被排斥于"现代文明"的视野之外，到今天，应该说农村的面貌有了不同程度的改观（改观得较好的，多是把乡村变成了城市化或近城市化的模式），但城乡差别依然客观存在，并且有不同程度的扩大趋势。当城市文明中的人热衷于互联网、知识经济、麦当劳与肯德基、时尚与高雅之际，农村中还有人为衣食、为入学、为基本的生存担忧，这就是事实。正因为如此，人们对城乡的二元解读并未有实质性变化。

此次培训，印象最深的是听取南京行知基地负责人刘明祥的研学经验分享。他的"生活即教育，社会即学校，教学做合一"的理念与我们所思所想相吻合，尤其他们在研学初期，"蓝天是屋顶，大地是课桌"的实践，是多么难能可贵的研学实践。他播放的PPT里的画面，孩子们在20世纪80年代初的江苏农村，集体睡在稻草铺的地铺上，集体在乡村做饭的情景，唤起我们对童年生活的怀念。虽然，孩子们在乡村的表现也被村民们戏称是"鬼子进村"，有扰民之嫌，但能够培养他们对土地的亲近，对乡村生活的感悟，对我们国家国情的了解，从某种程度上来说，远远超出了他们在书本上学到的"纸上功夫"。钱理群先生说过：当人们，特别是年轻的一代，对生养、培育自己的这块土地一无所知，对其所蕴含的深厚的文化，厮守在其上的人民，在认识、情感，以至于心理上产生疏离感、陌生感时，就在实际上失落了不只是物质的，更是精神的"家园"。当他们逃离土地，远走他乡与异国，就走上了永远的"心灵的不归路"；即使不离乡土，也会因失去家园感而陷于生命的虚空。在我们看来，这不仅可能导致民族精神的危机，更是人自身的存在危机：一旦从养育自己的泥土中拔出，人就失去了自我存在的基本依据，成为"无根"的人。回想湖北卫民园林新上的研学项目，我们的出发点也正是基于此种观念的认同。在刘祥明老师的课件分享里，他介绍了一本书，即《乡土的逃离与回归——乡村教育的人文重建》。他也许说者无心，我这个听者却有意，随即在网上购了一本，作者，刘铁芳。等我和胡光琴回到枝江的时候，书也到达快递网点。回家第一件事就是取快递。有那么点如饥似渴的味道，这年月，遇见一本好书不容易。两天之后读完了，书上画了无数横线，都是我要回看的重点。为了认真领会书中所说的观点，我还特地在电脑上把电影《草房子》下载下来看了一遍，享受一次沉浸式的视觉和文学相融合的精神盛宴。对书的作者刘铁芳心生敬佩。在浩瀚的书海中，品味到真正沁人心脾的书香，内心是满足的，并且是感恩的。因为从这本书中，我找到了共鸣，也找到了一直困扰着我的答案。我的手头刚刚完成的报告文学《嫁接草木的人》，好像就是对《乡土的逃离与回归》中所提出的问题的回答。我的这本书以枝江一对农民夫妇创业四十年的传奇经历为主线，以他们日常生活相关的人物为辅线，勾画出一幅长江中下游地区农民跨越半个世纪的演变长卷。穷则思变，富而思进。他们从承包梨园开始，后来发展花卉苗木，成功繁育了世界上濒临灭绝的珍稀树种，用绿化产业带领一方乡亲致富，他们既是把论文写在大地上的实践型专家，又是引领地方产业发展的新型农民。党的二十大报告中指出，发展乡村特色产业，拓宽农民增收致富渠道。巩固拓展脱贫攻坚成果，增强脱贫地区和脱贫群众内生发展动力。枝江的花卉苗木因为这对农民夫妇的带动，已经成为部分农民脱贫致富的产业。他们的创业故事被媒体誉为"打赢脱贫攻坚战的时代镜像",他们为乡村振兴工程建立了一个乡村家庭样本,也为引导新时期青少年热爱绿水青山提供了生态样本。

刘铁芳教授在书中提到:"乡村少年与本土亲近性的缺失,使得乡村少年不再是文化意义上的乡村少年,他们中有许多人变得看不起乡土,看不起劳动,但他们又无所适从,他们同样不是城市文化意义上的少年,他们因此成了一种在文化精神上无根的存在,成了文化的荒漠中人。既有的乡村文化处于解体之中,而新的适合农村儿童健康发展的合宜文化秩序又尚待建设,他们内在精神的贫乏就成为不可避免的大势。除开其中天资较好的少数,能通过应试的成功而获得心理上的肯定,大量的乡村少年在无根的文化处境中表现出明显的生存的无奈与自卑。"这的确是个紧迫性的问题,带有普遍性。

我大姐的孙子小铭,是一个聪明可爱又有着语言天赋的乡村少年。有一年春节,我去了大姐家。小铭那一年才十一岁,奶奶昵称:淘气包!我对大姐说,淘气包也是你宠成这样的。大姐虚心接受我对她的批评。小铭也曾经是一名留守儿童,上一年级时,他父母才从南方回到枝江,父母陪伴,有人管教,大姐也省心了许多。我约了小铭去村子里打转。漫步于村子里的小道,小铭对关门闭户的房子了解得比较清楚,他一一向我介绍,这是哪个的家,那又是哪个的家,有几户好几年都没有回来了。"你看,乡村现在已经不热闹了,你奶奶他们年轻的时候,这里的烟火气息有多浓。再过十年、二十年,这里不知道又是什么样子。"我无不担忧地感叹道。小铭说:"我觉得,破败正是现在我们这里乡村的气质。"我惊讶地看着小铭,我不知道破败一词怎么可以和气质联系在一起。但他一语中的，又恰到好处地表达出眼前乡村的现实。可能在他的心中，即便是破败的乡村，也依然是有气质的，我们成人可能过于悲观，孩子对未来是充满希望的，在一切皆有可能的时代，要想改变现实，那也是令人振奋的。尽管他还是个乳臭未干的孩子，而乡村正是因为了孩子，才让人看到希望。我对小铭说："你所说的破败，只是局部的、暂时的，我们全国的很多乡村发生了巨变，你现在长大了，有机会要爸爸妈妈多带你出去长长见识，不能因为你个人的理解的局限性，认为所有的乡村都是这样。就我们枝江来说，江南江北就不一样，这里有一个发展不平衡不充分的问题，有的走在前列，有的还是原样。比如，江北的计划村，有一个卫民园林，虽是乡下，却比城市更城市。有机会带你去参观参观。"这孩子反应快，说："那敢情好，我好期待跟着姨婆婆去长见识！"

一晃几年过去，小铭已上了高中，进入紧张的备考状态。去年夏天，他们老师布置了一个采访任务。小铭居然带了四个同学来采访我。我问他们，理想是不是考北大清华？他们笑笑，不回答也不否定。也是啊，人家来采访我，倒是我问他们的多。其中有一个女生说："父母对我们期望越高，我们压力越大。其实，考个一般的大学，学业完成之后回到枝江来工作，可以陪伴父母，又有熟悉的生活和环境。"我为这个女生的想法点赞。如果说这次和高中生们的对话是一个伏笔，那么2023年夏天，在我看完《乡土的逃离与回归》之后，我便决定着手编写一个十日游的研学课程。

在它的前言我这样写道："很多的时候，我们对诗和远方是向往的，却对身边的美好视而不见。每一片天空下，都生长着五彩缤纷的生命。与其梦寄远方，还不如立足本土，解读家乡，从而重新发现家乡之美，思考本土发展之策，增强对乡土的感情。为满足部分有志于研究枝江人文历史和自然风情的中小学生的需要，卫民园林研学研发课程组设计了一套适合中小学生暑期社会实践的体验课程，供学生和家长选择。"

体验项目共有十三项。一是打卡孤岛，重新发现。你知道百里洲1954年分洪时江堤被炸开的地方吗？你知道百里洲有一条路叫"十里长堤"吗？你知道百里洲的南河大桥修建于哪一年吗？你知道百里洲上的很多村庄的名字为什么都与"水"有关吗？……有趣的孤岛之行，还可以有在南河边上的树林里放歌成长的美好。二是徒步金湖，追寻"仙踪"。枝江金湖，是多种珍稀鸟儿的天堂，它们像天仙一样展翅于金湖的天空。让学生了解十种以上珍稀鸟儿的名称，寻找金湖珍稀植物，培养孩子们的观察感悟能力，由带队老师指导他们写一篇精彩的游记散文。三是探访古镇，提升审美。枝江的江口和董市是长江边上具有1600多年历史的古镇，青青的石板路，古老的木板楼，方方正正的小天井，热热闹闹的船码头。这幅远去的古镇图今天还有多少可见的遗存，等着我们去寻访和发现。漫步老街，向学生讲述曾经出生于古镇的先贤、学者、英雄人物，让学生感知古镇历史文化的厚重。四是柴火饭菜，自创美食。人间烟火自有魅力。今天的部分少年，或许在家里不做家务，是否想到离开父母之后，和小伙伴们共同完成一次柴火做饭的经历？我们会选点农家，让同学们体验柴火做饭、自创美食的乐趣，在体验实践之中，感知一日三餐的来之不易，也品味自己动手的小小成就感。五是手工编织，妙趣时光。聘请有专业素养的民间艺人，指导学生手工编织鞋、帽、包、桌布等手工制品。培养学生的专注力，克服浮躁气。还可以拼接边角面料，做成样式简单的衣服、布包等，让学生感知无处不在的身边学问。六是墨香悠远，见字如面。邀请中国书法协会会员现场传授书法练习的基本常识，发给学生笔墨纸砚，开启写一手漂亮字的入门之旅。七是红心向党，结伴而行。在老师的带领下，参观枝江境内的十个红色遗址，聆听老师讲解发生在枝江大地上的革命历史，了解枝江边界，增加学生对家乡的历史认识和地域认识。八是草坪诗会，星辰诵读。组织学生举办一场诗歌诵读活动。在学生中推选主持人，让学生自己主持。研学基地提供场地、音响、话筒以及茶点。老师对诵读者进行点评，对优秀的诵读者，给予奖励。九是笔下生花，心笔同行。邀请知名作家为学生分享写作入门、写作中必备的常识和写作心得，让学生掌握写作的基本原理，拓宽学生想象，增加学生写作兴趣。十是亲近清水，泳中有乐。请专业的游泳教练，教学生掌握游泳的基本知识以及应对水上突发事件的一些常识。十一是未来农场主之体验。家庭农场的兴起，是新时代乡村振兴中不可或缺的组成部分。如果你的梦想里，也有当农场主的愿望，那么，给你一个农场，一个星期的时间，让你当农场主！十二是参观现代工业园区，感受智能时代新型工厂。从枝江酒业到马家店产业园，从三宁化工到姚家港工业园，通过参观，了解枝江现代工业发展状况，要求学生找出不足，并提出解决方案。十三是游走美丽乡村，感悟山乡巨变。通过参观曹店村、向巷村、张家湾、青龙山等美丽乡村，让同学们观察乡村公路和房前屋后的变化。从细微之中发现新时代乡村文明。

  于是，2023年夏天。我们通过微信朋友圈，在三天之内召集了二十多名学生，开展了两天的体验旅行。这是一次有益的尝试。我和卫民园林的胡光琴，带着二十多个中小学生，按照我们编写的"亲近乡土少年游"课程，启动了这项有趣有益的公益项目。由卫民园林胡光琴带队，她提供车辆，安排了卫民园林专业司机开车，第一站到达百里洲，也就是我们课程中的"打卡孤岛，重新发现"。到了百里洲，我们意外地遇见百里洲的农业技术专家李道勇，问他有空没有，我说明来百里洲的目的，如果可以，请他给孩子们讲讲百里洲砂梨的种植历史和品牌故事。他说，没问题。于是，我们在完成既定的参观点之后，多了一个现场专家授课的内容。那天，李道勇带我们到上百里洲和艾村，那里还有未采摘的梨，同学们到梨园里采摘梨子，村支书带着学生参观冷库，还抱出两个大西瓜，给学生们解渴。那天在和艾村一个农家乐吃中饭，趁着等饭熟的时间，孩子们围着李道勇，聆听砂梨在百里洲的起源。原来，卫民园林的胡光琴他们是百里洲最早一批种植梨子的万元户，四十多年了，百里洲的砂梨已成为中国十大水果之一。那天在百里洲，同学们说还没有"玩"好。在为期两天的行程中，孩子们深感收获满满，对家乡枝江有了重新认识，特别是在听了百里洲农业技术专家的讲课之后，在体验了当农场主的快乐劳动之后，他们深有感触地说："原来我们的家乡真的在希望的田野上啊！父母那一辈为什么要跳农门呢？在农村不是挺好的呀？不可思议。"我想说，亲爱的少年，等你们有了一定的人生阅历之后就会明白，跳农门是一个历史时期人们的选择，回乡村也是一种时代的选择。当你们成年之后，如果能选择回到乡村，在希望的田野上播种自己的梦想，那便是乡村之幸，时代之幸，也是国家之幸。

看到孩子们游有所乐，游有所思，游有所悟，游有所获，我们感到，这种公益活动很有意义。胡光琴负责孩子们的交通、食宿费用，还亲自给孩子们上植物移栽课，讲农场的发展和在乡村振兴中发挥的作用，让孩子们深受启发和教育。他们懂得了劳动创造美，劳动健全体魄，土地上的劳作，可换来丰硕的成果。

借用意大利著名儿童文学家德·亚米契斯在《爱的教育》中的一段话作结：

身体精神都染了病的人，快去做五六年农夫吧。

人的堕落，与物的腐败一样。

物虽腐败，只要置诸土中，就能分解成清洁的植物的养料。人亦然，虽已堕落，只要与土亲近，就成了清洁健全的人。

34

新生代成长

2023年12月5日，宜昌市科协秘书长周全胜、宜昌市科协组宣部部长滕明静、副部长牟建等到卫民园林调研，并送来由湖北省科协颁发的"卫民园林专家工作站"，历时五年时间的申报终于拿到了这块牌子。也许正如人们说的"好事多磨"，五年前，卫民园林接到可以申报专家工作站的通知，还邀请华中农业大学的包满珠教授到公司察看实践基地，达成了初步的合作协议。卫民园林也着手申报专家工作站的相关材料。申报材料由我和刘念按照文件要求共同完成，递交给枝江市科协之后，我们各自忙碌于其他事情，一边也在耐心等待结果。没想到，这一等竟等了五年时间。

问题究竟出在哪里，不得而知。2022年春，我和爱人去武汉看望孩子们，搭乘了省农科院宋放博士的顺风车，一路上聊到专家工作站的事，说仙女镇一家柑橘合作社，申报专家工作站四个年头了，一直没有结果，还是宋放博士插手之后"临门一脚"，才有了结果。我因要在武汉带孙女，在电话里向卫民园林的胡光琴反馈了这一情况，希望他们继续跟踪，不要放弃对专家工作站的申报。胡光琴倒是坦然，说随便他们，审批也好，不审批也好，我们做我们的工程，种植我们的花草，繁育我们的苗木，把日常工作做好，确保我们的员工有收入，公司健康发展，这不是一种很好的状态吗？再说了，我们是农民，又不会走关系，也不知道是哪个环节出了问题，去问的话都不知道从哪里问起。胡光琴说的也是实际问题。那就等待吧，看哪一天有结果。

2023年夏天，在我重新回到卫民园林的时候，刘念早已去武汉工作了，办公室又招来一个小姑娘，叫李苗，是个本科生，松滋人，找的男朋友就在计划村，和卫民园林是邻居。成家之后，李苗应聘到卫民园林做资料员加内勤，就近上班，可以照顾孩子。在接到枝江科协工作人员的电话时，我不知道是该激动还是觉得好笑。枝江市科协要我们在湖北省科协网站上提交专家工作站的电子版。时隔五年，这期间材料又经过几次修改，不断添加内容，因为卫民园林每年都在发展，科技成果也在不断累积。我在网站上找到提交申报材料的入口，把申报的材料全部转换成PDF格式，逐个上传。可是却提交不了。找枝江市科协工作人员请教，枝江市科协要我问宜昌市科协，并转发给我一个联系人"牟部长"。我把电话打过去，牟部长非常热情，也很耐心地教我怎么操作。直到两个月后，在网上看到卫民园林专家工作站批准建设的文件，我还在心里感念那位牟部长，那种为民服务的意识和态度真值得点赞。12月5日那天，我看到宜昌科协来调研的人员中有"牟建"的名字时还有一丝小小的激动，因为这位后生可敬！见到他，说出心中对他的感激，他谦虚一笑，说，都是应该做的，不必挂在心上，企业做得这么好，服务必须跟上。胡光琴也走过来，表达了心中的感激。那天卫民园林准备了中饭，希望宜昌市科协一行能在卫民园林吃中饭，可他们执意地走了。临

新生代成长 // 289

走，胡光琴盯着宜昌市科协秘书长周全胜看了又看，似曾相识，却又记不起来了。大家无意之中说到枝江的橙子，周全胜说，枝江江北的橙子还不错，百里洲只适合种砂梨，那意思是百里洲的橙子不行。"您对百里洲还挺了解啊？您是枝江人？"我问道。周全胜说："我不仅是枝江人，我还是百里洲人。我爸妈的田挨着胡总他们的田！"胡光琴恍然大悟，记起来了，你是周家三叔的儿子。原来是故人！怎么都没有想到，等了五年的专家工作站的牌子，会由周全胜他们送过来。机缘巧合还是冥冥之中的安排？一切都说不清楚。

办公室的李苗很开心，说："张老师，我觉得好有成就感，前两个月还在报材料，现在就有结果了。"我说，为这个结果，卫民园林等了五年。我们都不会忘记，在申报材料的过程中有你的辛勤付出，是你帮忙调整文档格式、帮忙找资料，包括在上传过程中，出现了程序故障，是你帮忙解决的，甚至可以说，是你的"临门一脚"促成了这一结果。李苗说，谢谢您对我的鼓励，还是胡总他们有实力符合条件，才会有这样的结果。我一直夸李苗是个有慧根的新生代，有她这样的小同事，也是一份幸运。我们在工作中可以相互协作，她待人也很真诚。我和李苗隔着27年的时间差，因为卫民园林，我们相识，她也暖心得如自家闺女一样，有什么心事毫无保留地向我敞开。

专家工作站授牌之后，接下来要实施的工作比较细碎。好在卫民园林一直在持续做科研项目，也在持续做科普，他们自我加压，这在农民这个群体中确实是少见的。

就在卫民园林实施专家工作站的系列工作过程中，枝江市总工会转来一个通知：关于举办宜昌市2023年"青年工匠杯"职工创新创业技能竞赛决赛的通知。枝江市农业农村局的工作人员给黄雷打电话，推荐黄雷参加比赛。黄雷犹豫不决。因为文件里说得很明白，是在科技创新上有成果的才去参加比赛。但文件里同时也说，创业者也可以参加比赛。文件下发半个月了，黄雷还没有报名。市里负责推荐的人着了急，催黄雷报名，黄雷说，不参加，参加了也是白参加，文件上说得很明白，要在高科技领域里有突出贡献的，能够体现工匠精神的。即使是旅游行业，也要有大数据系统，而我们没有。黄雷仍然没有信心。固执地选择不参加。我说，枝江相关部门推荐了就去参加一下，演讲对你来说又不是什么难事。创业板块，可谓五彩缤纷，三百六十行，各有各的创业之精彩。今天的卫民园林无论是科技成果还是社会效益，都是乡村振兴中的引领者。你好好准备一下。黄雷终于同意去参加创业板块的比赛。一个星期之后，黄雷提交的"发挥园林科普优势，丰富研学旅行内涵"PPT入围，主办方宜昌市总工会通知他去参加在点军区创业园举办的决赛。接到通知的黄雷，正在为武汉一个从事园林工程的朋友送藤本月季，他和朋友一个通宵没睡，2000多株有刺的月季要从车上搬下来，由于到达时已是晚上，请不到人帮忙，只好自己卸货。冷清清的夜晚，黄雷倒不怕冷，尽管戴了皮手套，手上还是划了许多小口子，一件新羽绒服也被划废了。比赛在即，黄雷没有时间熟悉演讲稿，也没有休息好。

比赛那天，我陪黄雷一起去了点军。在楼下的展板上，我看到卫民园林参赛项目的图片和文字介绍。指给黄雷看，旨在帮他增添信心，因为图片与文字放在正中间位置。黄雷笑了笑说，张幺幺，您去楼上比赛现场听创新组的演讲吧，我在车里熟悉一下演讲内容。我上电梯去三楼会议室听了一会儿，嗓子干痒，咳嗽得厉害，实在不愿意待在空调屋里就走出来了。又不想去打搅黄雷，就在一楼一避风处晒太阳，一边完成了当天学习强国的答题。在下午的创业组比赛中，听了前面几个参加比赛的年轻人的演讲，还是不错的，临到8号黄雷，在主持人播放完2分钟的视频展示之后，黄雷很淡定地走上台去。

各位评委老师，各位参赛选手，我是创业组8号选手黄雷。现在由我为大家作汇报。

2019年在我们承接的一场草坪婚宴中，有几个来做客的中小学生中途离席自己跑进了我们卫民园林里的三峡奇石馆，他们对奇石馆里的东西表现出浓厚的兴趣。结合卫民园林现有资源，我萌生了新增研学项目的想法。

我们公司于2005年成立，主要从事林木种植养护、园林规划设计、市政园林建设大中型工程施工等。先后荣获"全国巾帼现代农业科技示范基地""全国科普惠农兴村先进单位""高新技术企业"等荣誉称号。公司各类功能室齐全，园林树木繁茂，草坪广场开阔，绿化覆盖率高达90%以上，珍奇名贵树木70余种，建有三峡奇石馆，还有枝江刺绣、枝江剪纸等非遗传承技艺场馆掩映在绿荫之间，人文景观与自然山水浑然天成，堪称现代人工园林锦绣城堡。2019年，我们着手申报了宜昌市中小学生研学旅行基地，并顺利通过。

本公司创始人黄卫民，2010年获评全国劳动模范荣誉称号，黄卫民劳模创新工作室牵头负责人，主要负责园林绿化工程和团队技术培训。联合创始人胡光琴，主要负责项目管理和财务管理，获得"全国三八红旗手"称号，曾出席中国妇女第十二次代表大会。我本人负责园林景观设计、技术创新和管理。三年来，我们筹集资金380余万元不断改善硬件条件。接待中小学生开展校外研学实践活动达52000人次，涉及中小学校78所。

目前，围绕园林科普已开发10多个课程，即《树木观察笔记》《赏枝江枫杨 讲励志故事》《枝江刺绣》《赏三峡奇石命名 择玛瑙石子拼画》《秋叶的童画》《走进园林科普阵地》等，其中，有围绕传承劳模精神开设的《植树》《果树嫁接》《扦插育苗体验》《我向往的家园——园林设计初探》等多门劳动实践课程。《我向往的家园——园林设计初探》被评选为宜昌市研学旅行精品课程。我们管理规范、运行高效，让学生学有所乐、学有所思、学有所悟、学有所获。

三年来，公司带动周边就业3000多人，在公司内部，常态性地开展技术培训，并邀请华中农业大学包满珠教授到公司为枝江园林行业全体员工做专题讲座，提升全员技能。公司已有中高级称职的园艺师7人，一批技术骨干在全国劳模黄卫民的带领下成长为园林行业的专业技术人才，在宜昌和枝江园林系统组织的技术大比武中，卫民园林每次都获得第一名的好成绩。

2020年以来，我发明的实用新型专利已有13项，在诚信经营上，我秉承了父母为人处世讲诚信的良好传统，以出色的成绩被表彰为全国先进个体工商户。目前，我们公司已拥有湖北省中小学生劳动教育实践基地、宜昌市中小学生研学旅行基地、科普教育基地、湖北省青少年自然教育绿色营地、卫民园林成立专家工作站等金字招牌。这既是对我们的肯定，也是对我们的鞭策。

我们将把园林绿化产业、研学产业和生态酒店三大板块进行深度融合，打造一个助力乡村振兴、培养生态小公民的综合体。

希望地方政府在我们创业途中多一些关怀和支持。2023年暑假期间，我们卫民园林做了一项公益活动，组织二十多名中小学生开展"亲近乡土少年游"，带领同学们走访现代乡村，了解本土历史文化，增进同学们对市情、乡情、村情以及风土人情的了解，培养他们对家乡的感情。这一项公益活动我们将持续做下去，希望政府相关部门如工会、共青团、妇联等参与进来，让更多的同学们受益。

规定的6分钟汇报，黄雷把握得刚刚好。没有超过一秒钟。到了评委提问环节，这是我比较担心的，怕提到一些尖端问题，如果答不上来不仅要扣分，还会觉得蛮丢人。哪知来自三峡大学的一个教授这样说道："卫民园林是一个有责任有担当的企业，园林本身就建得很有特色，现在又充分发挥园林科普优势，培养孩子们的环保意识，教育他们在劳动中注重工匠精神，令人钦佩。祝愿卫民园林越来越好！"专家不仅没有提问，还给予了肯定式的点评，这对于黄雷来说，是莫大的鼓舞。下午共有20名参赛选手。黄雷演讲结束后坐到我旁边，说："您不是还要去城区找人拿书吗？我这时和您去拿了再回到这里。"这孩子记性真好，我和他在来的途中确实说过，等比赛结束了，返回途中去宜昌城区拿《宜昌楹联》。我看看时间，估计去拿了书回来，比赛仍不会结束。就和黄雷开车去了城区，拿了几本厚厚的新书，返回点军的比赛现场，是16号选手在演讲。这时，已是傍晚时分。比赛结束时，天完全黑了下来。主持人要求全体选手都不要离开，等待宣布比赛结果并进行颁奖仪式。半个小时之后，比赛结果终于出来了，黄雷参与的《发挥园林优势，丰富研学内涵》创业项目获得项目十佳。看到他拿着奖杯满脸自信的样子，我感到，卫民园林的新生代已经成长起来了,而负责专家工作站系列事情对接的也正是黄雷。

那天回来得较晚,黄雷约了人去谈事情,是之前就约好了的。返程途中,我和黄雷聊起他在宜昌新中标的项目。那是一个可以充分展示他才智的项目,将一个占地300多亩的荒山建设成一个惠及宜昌市民的公园。几年来在园林行业的实践探索和积累,黄雷已经是个小有成就的行家里手了。去年年底,他还报了长江大学的园林专业课程,一有空就在听课。

"你对园林行业,到底有没有兴趣?"我问黄雷。

"兴趣还是有的,毕竟从小就在这样的家庭环境中长大。我爸我妈对树木花草那是真热爱,仔细想想,他们这种爱好是对的,不仅在园林工程上做得很专业,也形成了他们的生态价值观。我也非常认可他们这种价值取向。喜欢花草树木的人,一般心地都很干净。他们几十年都在重复做着园林绿化,是近年来才开始尝试研学项目,正是从研学项目中,我开始意识到,园林这个行业要延伸,需要做的课题实在太深了。"

"卫民园林在你父母手中已经奠定了非常高的起点,全国性的荣誉都获得了那么多,会不会觉得给你创业带来一定的压力?"

"不会。一个时代有一个时代的特点,一代人有一代人的长征。爸妈获得的荣誉、公司获得的荣誉都是社会的财富,是卫民园林一代人没有辜负时代的证明。我们也许在荣誉上达不到那种高度,但我们同样会靠自己的双手实现自己的梦想。即便达不到,也不遗憾,做最好的自己就好。"

"你能有这种认知和心态,真好!"

"也非常感谢您这几年无论对卫民园林公司还是对我个人的

成长，都给予了很大的帮助！"

"缘分。"

……

这是一个平常的日子，也是见证了一个有着良好家风的孩子悄然成长的日子。回到家，在翻看手机信息时无意之中在"园林情深"微信群里又看到一条好消息，湖北省妇联网站正在公示"湖北省家风家教实践基地"名单。公示的名单里有卫民园林家风家教基地。这标志着，卫民园林家风家教基地已上档升级了。这是湖北省妇联为贯彻落实习近平总书记关于"注重家庭、注重家教、注重家风"重要指示精神，推进家风建设、家庭教育工作创新发展，营造家校社协同育人良好氛围，与省教育厅、省文明办联合开展的2023年湖北省家风家教实践基地推选工作的结果。全省共有30个单位入选。

附录

打赢脱贫攻坚战的时代镜像
——读张同的报告文学《绿色钥匙》

刘志刚　王宏波

（2018年10月27日刊于《黑龙江林业报》）

在全国上下深入学习贯彻习近平新时代中国特色社会主义思想，奋力打赢脱贫攻坚战的关键时期，国家林业和草原局、中国林业文学艺术工作者联合会主管、主办的2018年第5期《生态文化》，以二十多个页码刊发了湖北作家张同创作的报告文学《绿色钥匙》是有重要意义的。

确保坚决打赢脱贫攻坚战对如期全面建成小康社会、实现第一个百年奋斗目标具有决定性意义，是全党的一项重要工作，也是作家的一个重要责任和使命。

作家张同在多年的文学创作中，不忘初心、牢记使命，坚持以人民为中心的创作导向，坚持常年关注"三农"问题，坚持常年深入农村生活，和从事林业生产的农民结交朋友，说他们的喜乐，写他们的悲欢，创作出了《绿色钥匙》这篇在全国林业战线产生积极影响的报告文学。

这篇报告文学中讲述了一对农村夫妇自力更生发展林业经济，历经艰苦创业脱贫致富，并带领乡亲一同发展的故事，它深深地打动了我们。

作品中的黄卫民和胡光琴这对夫妻用40年的创业经历印证了习近平总书记的"幸福都是奋斗出来的"这句至理名言和"绿水青山就是金山银山"的光辉论断。

作品从女主人公胡光琴的少女时代写起,由第一章"月光下飞针走线"开篇,讲述了她通过学习手工刺绣表达了她对美好生活的向往和追求,然后分别以"书里书外滕家河""漂洋过海的小枝条""枝江枫杨的'救命恩人'""与两条娃娃鱼的相遇""家庭农场忧喜录""相聚在柚子树下的国际友人""他们是我晚年的贵人""我看到了榜样的力量"等,铺展开一对农民夫妻四十年来栽树致富的耕耘长卷。虽然文字长,但是因为写得好,故事好,阅读起来引人入胜。

这篇报告文学有以下几个特点。

第一,作者怀着对生活的热爱,做了大量的、深入的、细致的采访。报告文学是七分行,三分写。没有扎实地采访和深入地调研,是写不出好作品来的。张同在采访过程中对人物的成长以及在创业中的辛酸苦辣都有详细的了解和掌握,特别是对细节也做了深入的挖掘,使作品有事实、有故事、有情节。第二,两位主人公的形象鲜明生动。作者用大量的事实和感人的故事塑造这一对勤劳致富的夫妇。比如,对于女主人公如何做好梨园的设计,文中写道:"梨园就是梨园,而在胡光琴的梨园,梨树上结果实,梨树下是花卉,不仅可以有两项收入,而且如此套种种植,把田园装扮得锦绣如画。这或许是她有一种绣花情结,即便是种田,她也像在大地上绣花一样。"通过这一事情让人物立得起、站得住。第三,语言朴实。作品里没有绚烂而华丽的辞藻,都是大白话。作者用朴实的语言来讲述这对农民夫妻四十年的喜与乐、苦与忧，真实感人，读来亲切可信。他们为了繁育一种叫枝江枫杨的树种，几年来每天起床第一件事就是到地里看树苗子的生长情况，那天早上，黄卫民看到树苗有了生机，他高兴地跑回家向妻子报喜："'活了，活了，枝江枫杨插话了，你快去看啊！'"这几句纯生活化的语气，读来自然却完全让读者看到他心中的那种喜悦。胡光琴"看到扦插的枝条上长出了嫩绿的小树叶儿，虽然那树叶儿小得像刚发芽的种子，在胡光琴眼里，那就是出生婴儿的眼睛！"作者在这里没有进行过多的文学渲染，却以朴实的语言写出了她的情感。第四，在文本结构上，作者采用了纵横交织的模式。纵向看，是他们夫妻四十年创业的风雨历程，横向看又有一个个小故事的延伸，这幅纵横交织的全景图，全方位展现了他们四十年创业的幸福与痛苦、成功与喜悦，让人们看到了繁华背后的真实。第五，全篇充满了一个"情"字。作品中有这样三个情景让人印象深刻。一个是胡光琴嫁到黄卫民家的晚上，"公婆依照农村的礼数，把一串已有岁月痕迹的旧钥匙郑重地交给了她。胡光琴接过钥匙，心中感到沉甸甸的"。另一个是婆婆意外的车祸去世后，"夜深人静的时候，她常常想起婆婆"，让人看到了她内心的真实情感。再一个就是放生娃娃鱼。农村人或许不懂得娃娃鱼是国家保护动物，只知道是很贵重的东西送给黄卫民、胡光琴，他们在年三十夜晚把它们送到长江里，娃娃鱼"头向着胡光琴，好半天，娃娃鱼动也不动一下。胡光琴说：'你走吧，走得远远的，你不走，就会被人吃掉的。你来自长江，到你该去的地方去，'……""这时，娃娃鱼摆动了一下，但仍然没有转身离开。"这彰显了他们内心那种原始本能的善良。

同时，也引发人们对自然、对生态、对野生动植物保护的思考。这几个情景让我心中升起柔软的情感，也让我想起张同在作品中对一些感情场景的把握。第六，《绿色钥匙》三万之言，长而不空，大而不镂，好看耐读，都是细节在起作用。细节决定成败，在文学创作中更需要细节。比如，写黄卫民从日本考察学习归来，满箱子都装了树枝条，上了飞机才想起没给夫人带点化妆品啊什么的。这个细节真实可爱，生活气息浓郁，虽然只有短短几句描述，很能点燃人们心中情感的共鸣。第七，这篇报告文学尤为可贵的是，虽然弘扬的是主旋律，但不回避现实生活中的矛盾并敢于触及矛盾。这是报告文学的一种优良传统。比如写家庭农场的故事，就写了政府办的学校和农民企业家争利益的事，在这个问题上，让人们看到在太阳的光辉底下还有阴影，在百花当中也有蚊虫。我们有的作家写东西就是两极论，一说问题就直接揭露，一方面商业化、功利化现象突出。另一方面就是无限的歌功颂德，把报告文学写成了表扬信，有的所谓报告文学达到了登峰造极的地步。而张同这篇报告文学恰当地处理了歌颂和批评的关系。第八，这篇报告文学中，还突出了地方政府对农民企业家事业的支持，从一些侧面反映出地方政府在引导和支持农民企业家在发展中所发挥的作用，无论从侧面看、正面看、左边看、右边看，企业的发展都离不开政府的支持，让人看了更信服。第九个特点就是点题。文章的标题是文章主题的高度凝练，是文章主题的灵魂和眼睛。张同在创作中，在大量的采访中提炼出这个意蕴深远的标题，《绿色钥匙》这把绿色的钥匙，就是打开绿水青山大门的钥匙，打开通向金山银山坦途的钥匙。在奋力打赢脱贫攻坚战的途中，黄卫民和胡光琴夫妇无疑是先行者，他们的带动作用对于后来者同样具有开启新生活的钥匙作用。

《绿色钥匙》是一部反映在习近平新时代打赢脱贫攻坚战、重视"三农"问题、突出生态建设的好作品，是一部"有筋骨、有道德、有温度"的好作品。

在此，我们也衷心祝愿黄卫民和胡光琴夫妇在打赢脱贫攻坚战中，能够率领更多的乡亲走上脱贫致富的绿色发展道路。

一幅写意的山水画

董传莲

（刊于2018年10月20日《三峡晚报》）

张同的长篇报告文学《绿色钥匙》在《生态文化》《荆楚报告》等刊物上发表以来，好评如潮。著名报告文学作家、中国林业生态作协主席李青松称其为"一部成功的作品"，中国林业生态作协副主席王宏波、罗大佺均给予高度评价。三峡大学教授刘建新评价："文风清新，故事脉络非常清晰"，并称张同："她的写作和为人，是我学习的榜样"。作家李乐明说："我们有很多所谓的高大上的作品，离老百姓有点隔，张同的这部作品，打通了这个'隔'"。这些来自高层次的中肯评说，让我想起张同前几年写出的报告文学《棉田里的守望者》。因为这部接地气的报告文学引发近百家媒体的关注，"棉花奶奶李文英"成为荆楚大地上懂农业、爱农村、爱农民的典型代表。亲近百姓的写作是辛苦的，而这样的作品也是我们这个奋进的时代所需要的，是深受老百姓喜爱的。

张同的报告文学《绿色钥匙》共三万多字，由"月光下飞针走线""书里书外腾家河""漂洋过海的小枝条""枝江枫杨的救命恩人"等九个章节组成，讲述的是湖北卫民园林建设公司董事长黄卫民、总经理胡光琴夫妇四十年来执着于绿色事业的感人故事。黄卫民胡光琴夫妇艰苦创业四十多年，用绿色钥匙开启了逐梦之旅，开启了幸福之路，创造了绿色王国。该部作品是对劳动者、奋斗者的讴歌，是对时代的讴歌，更是对改革开放成就的讴歌，是一部充满正能量的力作。

作者以她一贯朴实清新的文风来讲述这个故事，既让读者感到亲切、轻松，也能从中受到启迪。娓娓道来的仿佛自家事、邻家事，仿佛自己的喜怒悲欢都在作者的笔下，正所谓"文章本天成，妙手偶得之"，而作者就是那个妙手。主人公黄卫民、胡光琴的一些语言，当地农民的土语，作者信手拈来，却是生动活泼，又充满了浓浓的人间烟火味。如：胡光琴说"生在农村，种田绣花织毛衣，洗衣做饭纳鞋底，这是起码的基础课"，又如："不是人的胆子大，说到底也是底子太薄被逼出来的"，这些话既朴实接地气，又符合人物性格。还有这样的叙述也是十分有趣：那一年的梨子也丰收了，其中有一个梨子，长到了5斤7两，村里人说，胡光琴种了个"母梨"。这些带着浓郁乡土气息的话语，诙谐幽默，为作品大大增色。

看似平平淡淡的叙述，却暗藏着作者的匠心，正所谓"清水出芙蓉，天然去雕饰"，正是这些朴实的话语，刻画出了黄卫民、胡光琴夫妇平凡中的执着、奋斗中的坚韧、奉献中的无私，如果说黄卫民、胡光琴是在用绣花精神经营他们的绿色事业，那么张同也同样是在用绣花精神打磨她的文学创作。

生动的故事，深刻到位的细节描写，令作品引人入胜。文中九个章节交相呼应，缺一不可。起初在读第一章"月光下飞针走线"时，似觉多余，感觉与他们的绿色事业似乎关系不大，细读不觉拍案叫绝，这一章其实在全文起着提纲挈领的作用。正是胡光琴拥有绣花精神，才能绣出绿色事业的锦绣前程，正因为胡光琴拥有对绣花师傅杜海英的孝敬，她才能保持富不忘乡亲，贵而助弱小的初心。关于黄卫民、胡光琴夫妇用匠心经营绿色事业的描写在文中见诸多处："或许她有一种绣花情结，即便是种田，她也像在大地上绣花一样。""她要向人们证明，只要是土地，不是石头，她就可以在这片土地上绣出花一样的美景来。"关于黄卫民、胡光琴的"善"，用三个故事、三个人物就表达得淋漓尽致了。对于投靠亲友没有着落的重庆小伙罗祖伦，夫妻俩把他接回家，教给他技术，从而交给他致富的钥匙。在写到胡光琴打电话和黄卫民商量接罗祖伦回家的事情时，作者写了一句非常妙的句子："黄卫民当然同意胡光琴的想法"，"当然"两个字写出了两夫妻的琴瑟和谐，志同道合。对于腹有诗书却一生坎坷不得志的胡元林，黄卫民、胡光琴给予他的是尊严是展示才华的舞台。对于家贫的农民甘继华，则是拉他进卫民园林合作社，在技术、销售上全力支持。很多细节的处理非常到位，令读者心中也充满了正能量。写黄卫民说胡光琴的忙碌是这样写的，"你卫民哥说我像日本女人，走路都是跑的！"写到黄卫民为了把日本的花卉种子和相关资料多带一些回来是这样写的："为了把购到的这些东西带回来，他把行李箱里的衣服都丢了，腾出空来装这些宝贝"。还有对黄卫民去日本学习无暇给胡光琴买礼物时的自责，黄光琴放生娃娃鱼时的不舍，招待国际友人时胡光琴大气而掷地有声的话语，让人感受到了朴实本分的中国农民的可爱与可敬。黄卫民、胡光琴从农民到企业家的蜕变写得脉络非常清晰：1980年，胡光琴通过抓阄承包了10亩梨树，夫妻俩拿到了绿色钥匙，正式开启绿色事业；1984年，偶遇黄杨木，正式开启花卉苗木种植之旅；1990年，举家从百里洲迁居到滕家河，建起了"枝江卫民花木园艺场"，开启企业家创业之旅；1998年，黄卫民到日本学习种梨技术，开阔了眼界，学到了新知识，经营理念得以升华，从此两夫妻一步一个脚印，用勤奋、用技术创造了拥有固定资产8000多万元、流动资金2000多万元的绿色王国。黄卫民成为全国劳动模范，胡光琴成为"全国三八红旗手"。

作品鲜明的时代特色，如此直面现实，彰显了一个作家的责任担当。写底层人，写时代变迁，讴歌新时代，为党和人民服务，是张同的行为自觉，也是她长期坚持的责任担当。她之前的作品《Email里的乡愁》关注的是家国情怀，关注的是国家统一、两岸团结。而《素袖红妆》关注的则是生态环保问题，这些都是与时代接轨，为时代为人民鼓与呼的。《绿色钥匙》秉承了作者关注时代关注民生的一贯风格，讴歌的是乡村振兴的先行者黄卫民、胡光琴，讴歌的是习总书记"绿水青山就是金山银山"这一"两山理论"的践行者黄卫民、胡光琴，讴歌的是孝亲敬老扶弱济贫的道德模范黄卫民、胡光琴。这部满满正能量的作品，充分体现了作者"以文化人，以文载道"的责任担当，这也是《绿色钥匙》的别样魅力所在。

读张同的《绿色钥匙》就像看一幅写意的山水画，不显山不露水却处处是山水，仿佛置身在黄卫民、胡光琴的绿色王国里，眼前一片新绿，一片清朗，一片宁静，正所谓"于无声处听惊雷"。

希望在我们枝江大地上，这样的惊雷多些，再多些！

淡淡桂花香

陈剑萍

（刊发于《生态文化》2019年第1期）

认识张同是在2017年夏天，参加在衢州召开的中国林业生态作家协会成立大会上。她梳着齐耳的短发，个子不高，文文静静，慢声细语，不显山不露水的，有着江南小女子的温婉柔情。那时她在湖北枝江酒业任宣传部部长，同时兼任枝江作家协会主席。

这次相见，是在她的家乡湖北省枝江市"农业高质量发展调研活动"中，同时为她发表在2018年第5期《生态文化》上面的三万多字的报告文学《绿色钥匙》举办研讨会，她说她刚刚从枝江酒业退休。

我好奇地问："你不大啊？真的退休了吗？"

"真的。这样我才能有更多的时间做自己想做的事，读书和写作。"

这夜，我歇息在枝江卫民生态酒店，枕着不远处的长江入眠。

第二天早上，急于去亲吻中华民族的母亲河长江，疾行在初升的太阳普照大地时，看到了枝江市段的万里长江。晨曦中，伫立江边，只见长江水滔滔向东流，时光带走了岁月，也带走了泥沙和污泥浊水，江水在雨后更加清澈。这让我想到了张同，想到了她送给我的她在2017年3月出版的小说《素袖红妆》，小说描写的是一群在乡镇的梨花岛上生活的80后女性，她们爱好文学、正义善良、敢作敢为，她们为梨花岛，就是我们之后踏上的枝江百里洲，用以讲述着护水的"三剑客"的故事。那时，"复兴之象，分外期许"。今天"河长制"，"共抓大保护，不搞大开发"，使得那些比小说还荒诞的荒诞永远成为旧闻。这也说明从那时起，张同就开始关注、关切、关心、关爱生态保护的大业了。

今天，一本不重的《生态文学》双月刊杂志在手，我再次通读了两遍张同的三万多字的报告文学《绿色钥匙》，确乎有些分量。

一把钥匙开一把锁。而钥匙是我们生活中一种常用的开锁工具，我们习以为常的几乎人手一把，有谁会多注意它呢？而绿色钥匙则不然。

《绿色钥匙》，是一个建设绿水青山的感人故事。作者张同讲述的是湖北枝江的一对靠种田起家的农民夫妻，他们从十亩梨园开始，尝试在梨树下面种花卉的复式种植，在改革开放的好政策中，用自己的勤劳和智慧钻研技术，勇闯市场，脚踏实地地创造了拥有上亿资产的园林产业。他们的故事，从开始选择种苗木的那一刻，他们的手中就握有一把这样的绿色钥匙，渐渐开启了绿水青山的大门，创造了金山银山一样的财富。

2018年4月开始，张同用真心、热心、诚心和爱心深入到卫民园林产业，通过深入细致地了解这一对恩爱的夫妻——丈夫全国劳动模范黄卫民、妻子"全国三八红旗手"胡光琴，用生动的语言，描述他们在事业的道路上一步一步走来的旅途，点点滴滴深入人心。《绿色钥匙》全篇分为九个部分，不论是"月光下飞针走线""书里书外滕家河""漂洋过海的小枝条""枝江枫杨的'救命恩人'""与两条娃娃鱼的相遇"，还是"相聚在柚子树下的国际友人""家庭农场尤喜录""他们是我晚年的贵人""我看到了榜样的力量"，用朴实的接地气的语言，通过一个个小故事，层层递进，展现了创业的艰辛，述说着这一把绿色钥匙的来之不易。

这是一首当代农民主旋律创业成功的赞歌。2018年1月2日《中共中央、国务院关于实施乡村振兴战略的意见》（中发〔2018〕1号）中指出"新时代乡村振兴战略的重大意义。党的十八大以来，在以习近平同志为核心的党中央坚强领导下，我们坚持把解决好'三农'问题作为全党工作重中之重，持续加大强农惠农富农政策力度，扎实推进农业现代化和新农村建设，全面深化农村改革，农业农村发展取得了历史性成就，为党和国家事业全面开创新局面提供了重要支撑。""坚持人与自然和谐共生。牢固树立和践行绿水青山就是金山银山的理念，落实节约优先、保护优先、自然恢复为主的方针，统筹山水林田湖草系统治理，严守生态保护红线，以绿色发展引领乡村振兴。""推进乡村绿色发展，打造人与自然和谐共生发展新格局。"而黄卫民、胡光琴正是在这样的道路上，用劳动创造了财富，带动了产业发展，走出了一条绿色和谐发展的康庄路。

这是一曲时空交错的交响乐。作者的写作，用时间的纵向维度和空间的地域维度大开大合，在时间线上以叙述黄卫民和胡光琴艰苦创业的全方位始末为主线，横向的维度以大姐在1979年江口刺绣厂当刺绣工与师傅杜海英的学习、帮助乡里乡亲共同致富、接待外国友人以及家庭农场忧思录等为脉络，纵横交错、阡陌交通般地构成了枝江岸上的创业全景图。这里，既有创业的艰辛，也有成功的喜悦，繁华的表象背后是默默支持与相互扶持的感人故事。但是，在一片祥和之声中也不回避矛盾，既有因公公去世后心境孤单的婆婆外出卖菜，家人心疼地反对，也有承包学校荒地投资回报后校方的反悔，新一代的农民拿起了法律的武器，维护正当权益的勇敢和智慧。

绿色代表的是生命、生机、自然和希望。而绿色钥匙，开启了浓浓的情，深深的意，不尽的爱，这贯穿在《绿色钥匙》作品的始终。不论是主人公胡光琴大姐与自己得到其真传的绣花师傅杜海英之间的师徒情，十亩梨园艰苦创业的夫妻情，去日本自费考察种梨技术而未给多年辛劳的妻子带任何礼物的愧疚情，帮助乡亲共同致富的相邻情，枝江枫杨的起死回生情，还是浓浓爱意在心头的善良婆媳情，培养从大山里来投奔远嫁到百里洲仍生活困难的姐姐的罗祖伦的知恩情，与两条娃娃鱼相遇的保护情，胡元林老人所说的贵人情，不惜重金抢救百年榔榆的爱树情，尊法、懂法、维护公民意识的法制情，情深意切，读之动容。

黄卫民、胡光琴夫妇，他们至今仍是农民，从20世纪80年代起栽树至今，"绿水青山就是金山银山"的理念，在他们的实践中成为现实。黄卫民、胡光琴夫妇先后获得了全国劳动模范、先进工作者和"全国三八红旗手"的荣誉称号，胡光琴的专业苗木合作社先后被评为全国农民专业合作社示范社、全国巾帼现代农业科技示范基地，这与党和政府的支持、帮助是分不开的。他们脸上的微笑，来自心底，是从心底里漾出来的。

清晨,我和张同漫步枝江卫民生态园林酒店这江南园林式的庭院中,古树葱郁,绿草茵茵,淡淡的幽香从不远处飘来,沁人心脾,我深深地吸了一口气,问张同:"这是什么花香啊?如此的清新淡雅。"

"是桂花。"

"好像江南有首优美的民歌叫《八月桂花遍地开》,记得是20世纪30年代歌唱八月里成立的苏维埃政府成立的民歌。"

我们俩嗅着淡淡的花香,不约而同地哼唱出"八月桂花遍地开,鲜红的旗帜竖呀竖起来……"

枝江,位于三峡之末、荆江之首,被称为"三峡东大门生态屏障"。境内物种资源丰富,其中国家级重点保护植物就有9种,珍稀物种枝江枫杨、枝江丹桂、疏花水柏枝等很著名。枝江,这长江边的生态之城越发美丽。

张同,枝江边的美丽女子,其实如飘散着淡淡的桂花香一般的你,你的手中同样握有这样一把绿色的钥匙,开启你退休后书写枝江大地上勤劳善良的人们的奋斗史,开启描写枝江大地的绿色故事。

【本文作者陈剑萍,工作于国家林业和草原局野生动植物保护司(中华人民共和国濒危物种进出口管理办公室),中国林业文联理事,中国生态作家协会理事。中国报告文学学会会员,中国散文学会会员,中国野生动物保护协会资深会员。】

后记

修改完书稿《嫁接草木的人》，已是2023年初夏。手握一本打印稿，在卫民园林深入生活5年的过往如此清晰地浮现在眼前。5年时间，见证了黄卫民、胡光琴这对农民夫妻兴建三峡奇石馆、兴建枝之绣坊、创办研学基地，为发展中国家女官员上生态课等系列大事，从追求物质的家园到追求精神的家园，这是中国农民在时代发展中的进步，也为乡村振兴提供了一个可供参考的乡村家庭文化的样本。写出来，了却一桩心愿，为家乡农民立传，也是对自己生存的这片土地一种笨拙的报答。

历史的车轮已驶进一个新的时代。印象中传统的农民是个什么样子，现代农民又是个什么样子。熟悉乡村的人都知道，天然气取代了柴火，抽油烟机吸走了炊烟，曾经流行于乡村的"自行车、缝纫机、手表"三件套变成了"小轿车、智能手机、别墅"，当现代文明元素进入乡村，你不得不以新的视角重新发现乡村。比如本书所记录的黄卫民、胡光琴夫妇所在的枝江乡村，在完成脱贫攻坚的历史性任务之后，乡村已迈出振兴的步伐。尽管在有的区域，还能找到我们熟悉的炊烟，部分空心化的村庄，渐渐老去的一代农民是我们不可回避的忧心和残酷的现实，但时代前进的步伐终究要改变这一现实，资本下乡、科技下乡、部分青年人返乡创业，一二三产业的融合，美丽乡村正成为很多人的诗和远方。本书中的《回归》正是年轻人回乡村创业的一个符号。怎样"实现乡村由表及里、形神兼备的全面提升"，可以说是一个非常系统的组合工程。不可否认的是，国家现在正在实施的乡村振兴，需要一大批像黄卫民、胡光琴这样的新型农民，也同样需要他们的模范带头作用。习近平总书记在2022年12月23日的中央农村工作会议上强调："要坚持本土培养和外部引进相结合，重点加强村党组织书记和新型农业经营主体带头人培训，全面提升农民素质素养，育好用好乡土人才；要引进一批人才，有序引导大学毕业生到乡、能人回乡、农民工返乡、企业家入乡，帮助他们解决后顾之忧，让其留得下、能创业。"重点说明了乡村人才的重要性。

我想起在卫民园林的时候，曾和黄雷有一次对话。"你介意别人说你是一个农民吗？""我不介意，当一个新时代的农民是让人感到光荣的职业。因为智能的进入，农村的发展空间更大。年轻人的舞台也就更大。"这个从英国留学归来的年轻人，作为新生代创业的代表，在同龄人当中，他显得与众不同，或许他出生在一个有着良好家风传承的家庭，父母的勤劳与善良本身就是最好的老师，骨子里早已吸收了诚实守信的做人根本。家有这样的新生代，是家之幸，乡村有这样的追梦人，又何曾不是乡村之幸！

疫情三年，值得反思的事情很多。反反复复中，大家在规避疫情风险的同时，也在不断调整和创新。如果没有疫情，卫民园林的研学项目会做得更好，惠及更多的学生。2022年秋天，作为卫民园林研学基地"家风家训"课程的主讲老师,在20多天的研学实践课程中,我几乎每天都处于亢奋状态,一张张稚气未脱的脸,围着你问这问那,校门之外,孩子们渴盼学到更多的新知识,我也"好为人师",向孩子们讲述枝江本土先贤在家风传承上的故事,耕耘在清华园的张子高、张滂父子,在全国第一位提倡说普通话的教育家张继熙,被称为处世三大奇书之一的《围炉夜话》的作者王永彬等,都是枝江人。孩子们在了解了本土先贤在家风传承上的故事之后,参观现代家庭,即胡光琴家庭,了解两代创业者的故事。在秋高气爽的季节,在风景如画的卫民园林,这样的研学于学生于研学基地,都是相得益彰,相映成趣。正当我们信心满满准备迎接宜都和宜昌的部分学生来研学的时候,因为疫情,研学被暂停。这一停不是暂停,而是这一学期的研学就停下了。胡光琴说,研学暂停了,我们可以自身充电,研究来年春天的研学方案,看还要新增哪些课件,我们基地还要增加哪些投入。于是,我们研学团队一行先后到五峰、长阳、宜都等研学基地考察。这种外出学习实有必要,磨刀不误砍柴工,我也想起布袋和尚的插秧诗,"手把青秧插满田,低头便见水中天。六根清净方为道,退步原来是向前"。在胡光琴的思维定式里,潜藏着朴素的辩证法。岁月练人啊,尤其是这疫情,让这对农民夫妻在不确定的变局中,冷静思考,正确决策。他们当初创业,可能从没有想过会有今天的研学新局,随之而来的,是湖北省中小学生劳动教育实践基地相关事情的对接,更多的学生会来到卫民园林体验劳动实践,当他们来到卫民园林,知道这里的一切是中国的一对农民夫妻创造的,不知道孩子们会对劳动创造幸福有怎样的理解与认同。从这个层面上来说,应当感谢黄卫民和胡光琴夫妇，他们为时代树立了一个样本，并且不仅仅是现代家庭样本，也创造了一个产业，一个可以长存于世的基地，一个令人向往的精神家园。

我们现在正经历的，都会成为历史。如实记录当下，也是对历史负责。现实生活中，既有很多深刻的精神情感存在，也有不少矛盾戏剧化冲突的精彩存在，我们追寻和发现，并用手中的笔呈现出来、表达出来，这是一个报告文学作家应该做的事情。从中，我也深切地领悟到了这样一句话的内涵：鲜花盛开、草木生长的地方才是真正的舞台。

本书收录了关于报告文学《绿色钥匙》的三篇评论，感谢老师们的辛勤付出！在出版过程中，得到福建教育出版社编辑良师益友般的指点和帮助，在此一并感谢！